btb

Aus Freude am Lesen

Eigentlich sind sie doch ein gutes Team, die Dänin Sine und der namenlose Rucksacktourist aus Deutschland. Er wird von ihr aus einer vermeintlich bedrohlichen Situation befreit, in die er gleich zu Beginn seines Burma-Aufenthaltes geriet. Sie wiederum ist fasziniert von seiner DDR-Vergangenheit, die ihn doch in die Lage versetzen müsste, den Einheimischen Mut zu machen, ja sie vielleicht sogar darin anzuleiten: wie man sich von einem totalitären Regime befreit. Sie kommen sich näher, verlieben sich. Doch bald muss Sine erkennen, wie sehr sie sich in ihm getäuscht hat und trennt sich von ihm. Getrieben von dem Wunsch nach Wiedergutmachung, getrieben aber auch von den Dämonen einer alten Liebesschuld, beginnt er sie zu suchen und verstrickt sich immer tiefer in das nur scheinbar malerische Land, dessen touristische Fassade bald zu bröckeln beginnt.
»Nirgendwo sonst« ist eine Reise ins Herz der Finsternis, eine spannende, dichte Expedition in die Abgründe einer bedrohlichen Diktatur und einer verloren gegangenen Identität.

Christiane Neudecker, geb. 1974, studierte Theaterregie an der renommierten »Hochschule für Schauspielkunst Ernst Busch Berlin« und ist heute Regisseurin bei phase7 performing.arts (www.phase7.de). 2005 erschien bei Luchterhand ihr Erzähldebüt »In der Stille ein Klang«, 2010 »Das siamesische Klavier. Unheimliche Geschichten«. Sie erhielt zahlreiche Auszeichnungen, u.a. den August-Graf-von-Platen-Förderpreis und den Wolfram-von-Eschenbach-Förderpreis.

Christiane Neudecker

Nirgendwo sonst

Roman

btb

Mix
Produktgruppe aus vorbildlich bewirtschafteten
Wäldern und anderen kontrollierten Herkünften
www.fsc.org Zert.-Nr. GFA-COC-001223
© 1996 Forest Stewardship Council
FSC

Verlagsgruppe Random House FSC-DEU-0100
Das FSC-zertifizierte Papier *Munken Pocket* für dieses Buch
liefert Arctic Paper Munkedals AB, Schweden.

1. Auflage
Mai 2010
btb Verlag in der Verlagsgruppe Random House GmbH, München

Umschlaggestaltung: semper smile, München
Umschlagfoto: Keren Su / Corbis
Druck und Einband: CPI – Clausen & Bosse, Leck
MM · Herstellung: SK
Printed in Germany
ISBN 978-3-442-74093-2

www.btb-verlag.de

Ich bin zwei,
und beide halten Abstand – siamesische Zwillinge,
die nicht miteinander verwachsen sind.

Fernando Pessoa, Buch der Unruhe

1

Etwas zerfällt. Mit noch geschlossenen Augen kann er es schon sehen. Der Raum um ihn hat sich über Nacht verschoben, sich ausgetauscht, während er schlief. Nichts ist verortbar in diesem Zimmer, das er gestern erstmals betreten hat. Er hatte die Tür geöffnet und etwas war verloren gegangen. War ersetzt worden durch etwas anderes. Durch ein Abbröckeln von Dingen, von Gedanken vielleicht. Wie schnell, fragt er sich, beginnt das Vergessen.

Er hat, daran erinnert er sich, das Licht nicht eingeschaltet, als er ankam. Hat die Wände nicht nach Halterungen für sein Moskitonetz überprüft. Er hat den Rucksack abgestreift und sich im Dunkeln zum Bett vorgetastet. Ist unter die Laken gekrochen, ohne sich umzusehen. Hat das Gesicht in die Kissen gepresst. Als könnte man sich so in den Schlaf stürzen. Als würde das helfen.

Hoch über seinem Kopf hört er den Ventilator. Das Geräusch schält sich in sein Bewusstsein. Träge rotierende Blätter in dickflüssiger Luft, angeschoben vom Dröhnen des Generators im Hinterhof. Manchmal ein Klacken. Ein Innehalten, wenn sich die staatliche Stromversorgung zuschaltet und der hoteleigene Generator verstummt. Ein Stocken in der auslaufenden, sich dann gegenstemmenden Bewegung. Bis zum nächsten Umsprung.

1

Er weiß, wo das Fenster sein müsste. Wo die Tür, der Schrank, das Bett, in dem er liegt. Die Anordnung der Möbel im Zimmer. Der Lageplan des Hotels, der Ort. Es lässt sich einkreisen. In Burma muss er sein, immer noch. Aber dann.

Kann nicht sein, dass ich Dich nie wieder sehen soll. Das lasse ich nicht zu.

Vor ihm ein Bild. Von jemandem. Von ihr womöglich. Schon jetzt ist es überlagert, beginnt sich zu verfälschen. Was wird bleiben. Die Farbe ihrer Augen etwa. Die gezackte Narbe auf ihrem linken Handrücken. Oder die Krümmung ihres Rückens, als sie sich von ihm wegdrehte.

Diese Schwere in seinen Gliedern. Er versucht, sich zu bewegen. Seine Füße, seine Finger: alles bleibt reglos. Selbst sein Atem scheint ihm nicht zu gehorchen. Sein Brustkorb ist fest, er hebt sich nicht, senkt sich nicht.

Luft will er holen, einfach anatmen gegen die Starre. Hat aber vergessen wie. Das ist ihm als Kind einmal passiert. Er hatte die Eltern gefragt, wann man schluckt. Beim Einatmen oder beim Ausatmen, ob davor, danach, währenddessen. Sie konnten ihm damals nicht antworten, verstanden nicht, dass es ihm Ernst war. Lächelten über die Frage. Und er saß auf dem Teppichboden im Wohnzimmer und starrte sie an. Wie sie schmunzelnd vom Sofa auf ihn herunterblickten, während sein Mund sich mit Speichel füllte und er versuchte, sich an den Vorgang zu erinnern. An die Mechanik, das Ein, das Aus, das Zusammenziehen der Brustmuskulatur, das Ausdehnen der Lunge, den Unterdruck. Bis ihm die Spucke über das Kinn auf den Boden troff, sein Gesicht blau anlief, bis sein Vater ihn hochnahm, ihn schüttelte und anschrie, ihm auf den Rücken trommelte, ihm schließlich ins Gesicht schlug und er erschrocken Augen und Mund aufriss und scharf nach Luft schnappte.

Daran versucht er sich jetzt zu erinnern: das Gefühl des kalten Sauerstoffs, der ihm durch die Luftröhre schoss, so schnell und hastig, dass sein Hals noch Tage später schmerzte. Er zwingt sich zu der Bewegung, die er seitdem verinnerlicht hat. Die er geübt hat. Damit ihm so was nicht noch einmal passiert. Das Öffnen des Mundes. Ein kurzes Anatmen. Ein heftiges Ausstoßen. Bis sich die Gedanken, die ihm durcheinander geraten sind, wieder ordnen.

Er dehnt den Kiefer. Holt endlich Luft. Lauscht. Kann die eigenen Atemzüge wieder hören. Sie scheinen jetzt aus der anderen Ecke des Raums zu kommen. Ein Schnaufen, fremd, unregelmäßig, wie von ihm abgetrennt. Einen Moment lang verändert er den Rhythmus. Will sicher gehen, dass nicht doch eine andere Person dort drüben steht. Die ihm aus dem Halbdunkel des Zimmers entgegen atmet. Fast glaubt er schon, den Luftzug in seinem Gesicht zu spüren, den verdrehten Kreislauf, mit dem ihm der andere die Luft beim Ausatmen ins Gesicht bläst. Doch dann folgt das Geräusch seinem eigenen, umgewandelten Takt. Der da atmet, ist er. Niemand sonst im Raum. Auch wenn es sich anders anfühlt. Als wäre seine Atmung nun völlig außerhalb seines Körpers. Als hätte er sich verzweifacht und stünde seinem gedoppelten Ich gegenüber.

Als wäre das, was verloren ging, er selbst.

Mitten in der Nacht war er in Mandalay angekommen. Er war aus dem Bus gestiegen, hinein in den nächstgelegenen der wartenden Pick-ups: bringt mich zu einem Guesthouse, irgendeinem, vielleicht ist sie dort. Noch im Bus hatte er versucht, zu erraten, wohin sie gehen würde. Nach Preislisten hatte er seinen Reiseführer durchsucht, nach Stadtteilen, Hinweisen auf ihre mögliche Unterkunft. Schließlich hatte er das Buch beiseite gelegt, war müde geworden angesichts dieser Vielzahl von Möglichkeiten. Hatte begonnen, aus dem Fenster zu starren, auf Straßenkanten, abfallende Kurven im nächtlichen Felsgebirge. Den im Regen zerbröckelnden, aufschwemmenden Abgrund vor Augen. Die unbekümmert schwungvolle Fahrt des Betelnuss kauenden Busfahrers.

An einer der Haltestellen hatte er sich eine Flasche Whiskey gekauft, flach, klein, hatte den Amerikaner abgewehrt, den sie neben ihn gesetzt hatten, dessen Angebot, take my pills, they make you sleep.

Er hatte getrunken, in tiefen, stetigen Zügen, die Fensterscheibe zur Seite geschoben, den Kopf in den Fahrtwind gehalten, dem Sprühregen entgegen, während der Amerikaner mit offenem Mund neben ihm schlief. Hatte versucht sich abzulenken. Zu errechnen, beispielsweise, ob er sich würde retten können, falls das Fahrzeug vom Weg abkäme, die leer laufenden Räder im plötzlichen Nichts, der Sturz in die Schlucht. Ein beherzter Sprung aus dem Fenster vielleicht, ein Griff nach Wurzeln, nach Geröll, *wäre mein Leben das wert.*

Die Bilder von Sine, die er auch jetzt noch auszublenden versucht. Ihr Gesicht, erst ungläubig, fragend. Dann vor Wut verzerrt. An der Kreuzung von Shwenyaung war es passiert. Sie hatte es herausgefunden. Er hatte es kommen sehen, die ganzen zwei Wochen über, ein sich enger ziehender Kreis. Einen kurzen Augenblick lang hatte sie versucht, auf ihn einzuschlagen. Hatte ihre Hände zu starren Fäusten geballt, auf ihn eingehämmert, sein Brustbein, seine hängenden Schultern. Auffangen wollte er sie, sie mit seinen Armen umschließen, ich kann das erklären, Sine, so hör doch, hör, aber dann riss sie sich los, schrie ihm ins Gesicht, vor den Augen der verwunderten Burmesen, die im Straßenstaub still mit ihnen auf den Bus warteten, sie stieß ihn von sich, während sie schrie und schrie, screaming on top of her lungs, wie die schrill kreischenden Todesfeen der Iren, banshee, banshee, wie konntest du. Warum.

Er hatte nicht verhindern können, dass sie in den Bus sprang. Dass sie den Busfahrer anflehte, ihn nicht mit an Bord zu nehmen. Dass alle ihn anstarrten, what did you do to this girl. Stumm blieb er stehen und blickte auf die sich schließenden Türen, den aufwirbelnden Sandstaub, das zweifach beschriftete Schild im Rückfenster, birmanische Schriftzirkel und lateinische Buchstaben, Bestimmungsort: Mandalay.

Den ganzen Tag hatte er auf den nächsten Bus warten müssen. War dort sitzen geblieben, auf seinen Rucksack gekauert, den Kopf in den Händen vergraben, den Körper über die Erklärungen gebeugt, die er nicht loswerden hatte können: versteh doch, wir sind da hineingeschlittert, ich wollte das nicht, der Fehler lag am Beginn, sagen hätte ich es dir müssen, längst schon, aber ich wollte dich nicht verlieren, didn't want to loose you, Sine, listen, listen to me. Please. Der Regen begann beim Einbruch der Dunkelheit, als er in den endlich heranrollenden Bus stieg.

»Wohin?«, hatte ihn sein Hausarzt stirnrunzelnd gefragt. Und war nicht der einzige gewesen. Das vielfach umgetaufte Land. Burma, Birma, Myanmar. Verständnislose Blicke. Wie soll man es nennen. Zweimal so groß wie Deutschland? Wie kann das sein? Ja, wo denn nur? Und wieso.

Weil Du mir davon erzählt hast. Weil ich die Bilder gesehen habe. Ein weiter, endloser See, auf dem ein dürrer Fischer mit breitkrempigem Strohhut seine Reuse schwenkt. Goldbauchig aufschwingende Kuppeldächer von Pagoden. Lachende Frauen mit weiß bestrichenen Gesichtern, die, schwerelos, tönerne Krüge auf dem Kopf balancieren. Deine Augen, wenn Du Dich erinnertest. Deine Gesten, die weich wurden, oder lebhaft. Aber das Militär, sagten die, die etwas wussten. Das sozialistische Regime. Die Kindersoldaten, die Rauschgiftfelder.

Ich habe Deine Argumente übernommen. Die Argumente von einer, die dort war. Dass das Land sich öffnen muss. Dass es für die, die nicht hinauskönnen, ein Zeichen ist, wenn wir kommen. Dass man die staatlichen Hotels meiden muss. Das staatliche Transportwesen. Die Staatsträger, wo immer man kann.

Polio, Hepatitis A, Hepatitis B, Twinrix am besten. Eine Malaria-Prophylaxe empfehle ich nicht, sagte der Hausarzt. Die Nebenwirkungen, toxische Effekte im Zentralnervensystem, da haben Sie nichts mehr von Ihrem Urlaub. Kaufen Sie sich ein Moskito-Netz, einen Schnelltest, ein Gegenmittel, kostengünstig übers Internet, aus Holland, das muss reichen. Ich gebe Ihnen ein Schreiben mit, mit Briefkopf, mit Stempel und Unterschrift. Bewahren Sie es bei den Medikamenten auf, sonst kommen Sie mir in Schwierigkeiten: for medical purpose only.

In kürzestmöglichen Abständen war er zu den Impfungen gegangen. Hatte nur einmal eine heftige Gegenreaktion entwickelt, Gelbfieber, scherzten die Freunde. Die Fluggesellschaft feierte ein Jubiläum, das Ticket war billiger als erwartet.

Jetzt sitzt er auf dem Bett. Hat seinen Körper zusammengeschoben, sich aufgesetzt, langsam, als wäre er über Nacht alt geworden. Vor dem Fenster hört er den Regen. Spürt den nassen Film auf seiner Haut, die mit Feuchtigkeit durchtränkte Luft.

Beim ersten Schritt aus dem Flugzeug hatte ihn die Last dieser burmesischen Luft zurückgeworfen. Sie fiel von oben auf ihn herab, eine schwer gesogene Decke, die er nicht abschütteln hatte können. An Dampfbäder hatte er flüchtig gedacht, Saunalandschaften in Spaßbädern, an türkisches Hammam.

»Es könnte knapp werden, zu nah am Ende der Regenzeit«, hatte die Frau im Reisebüro gesagt. Anfang September, riskant sei das. Andererseits, lenkte sie ein, als sie seinen entschlossenen Gesichtsausdruck bemerkte, die meisten kämen zu Weihnachten, eine Welle aus Individualtouristen, so nannte sie das: Individualtouristen, da sei das dann ja auch nicht mehr schön. Er hatte sie nicht angesehen, hatte gesagt: jetzt. Oder nie.

Ein anderer Tag in einem anderen Land: an der portugiesischen Küste war er in der Mittagssonne über Felsklippen geklettert, die Finger in bröckelnden Schiefer gekrallt, die staubigen Zehen im Geröll verbohrt, Muschelkalksplitter auf der austrocknenden Haut. Obwohl er damals schon zwei Wochen in Portugal unterwegs gewesen war, war er erst in diesem Moment angekommen. Er hatte sich, das fühlte er, in das Land hineingetrocknet. Noch auf dem Rollfeld des Mingaladon Airport hatte er begriffen, dass es in Burma anders sein würde. Hier, dachte er, muss ich, um anzukommen, versickern. Wir müssen uns ineinandersaugen, das Land und ich. Wenn ich nicht mehr weiß, ob ich schwitze oder die nasse Luft auf mir spüre, werde ich da sein.

Mit der einen Hand schält er das klebrige Laken von seinem Körper. Hält sich mit der anderen den Kopf. Dieses Pochen hinter den Schläfen. Der Whiskey, vielleicht. Dessen Namen er nicht kennt. Kein Jim Beam, Jack Daniels, erst recht kein Lagavulin. Keine Aufteilung in Bourbon, Single Malt, Double Wood. Keine westlichen Marken im sozialistischen Sperrgebiet. Du fährst, hatten die Freunde gesagt, in eines der einzigen drei Länder der Welt, in dem keine Coca Cola hergestellt wird. Wusstest du das. Wie fremd muss das sein.

Die Nässe überall. Alles warm. Zum Zerfließen. Und doch friert er. Spürt die Aufrauung seiner Haut, das Zusammenziehen der Poren, die gesträubten Härchen an den Schenkeln, den Oberarmen. Sein Körper spannt. Als wäre ihm die eigene Haut eng geworden. Als müsste er sich häuten, die Hülle abstreifen, sich aus ihr winden wie aus einer dieser schillernden Schlangenhäute, die er früher im Wald immer gesucht und nie gefunden hat.

Sine hätte jetzt gelacht. Goosepimpels, hätte sie gerufen, you look like a goose. Und er hätte vorgetäuscht, den Begriff nicht zu kennen. Hätte sie zu sich gezogen, gesagt: Gänsepickel, wie lustig. Dass er diese Redewendungen liebe. Diese Begrifflichkeiten. Die Verdrehungen in der anderen Sprache. Gänsehaut, Gänsepickel. It's raining cats and dogs. I am not out of the woods yet. Fällt dir noch so was ein.

Zwei Wochen. Wie kann das sein. Dass er sie erst seit vierzehn Tagen kennt. Sie fort sein soll, jetzt. Und er sie trotzdem neben sich spürt. Sich an ihren Geruch erinnert, ihre Bewegungen. Weiß, wie ihre Stimme klänge, wenn sie jetzt sagte: lass uns nicht reden, just be quiet, will you, ich möchte nicht, dass sie uns zuhören dabei.

So war das auch bei Dir, damals. Ich habe Dich gesehen und mich verhalten, als würde ich Dich schon kennen. Habe mir zugesehen, überrascht von mir selbst. Wie ich die Hand auf Deine Schulter legte beim Abschied. Du saßt mit dem Rücken zu mir, vertieft in das Gespräch mit den anderen. Hast nicht bemerkt, dass ich ging. Dass ich die Handfläche – ganz entgegen meiner Art – auf Deiner Schulter ablegte, kurz, leicht. Du hast nichts gemerkt, weil Du mich nicht gespürt hast. Ich Dich immer, von da an.

Er steht am Fenster. Hat sich die Brille vom steinernen Nachtkästchen gegriffen und im Dunkeln versucht, die Sandalen auf Ungeziefer zu überprüfen, auf Kakerlaken, Skorpione, kleine Gifttiere. Mit gesenktem Kopf hat er sich zum Fensterkreuz vorgetastet und den verbretterten Laden aufgedrückt. Die Augen zusammengekniffen. Sich abgewendet von dem Hinterhof, den Regenfäden, dem Anblick rostender Stahlträger, die jemand am Mauerwerk angelehnt hat, Rostschlieren auf blätterndem Putz.

Der Raum ist nur wenig heller geworden, die Umrisse der Möbel kaum schärfer als zuvor. Und doch beißt ihm das schwächliche Licht in den Augen, sticht ihm bis in den Hinterkopf, ein klopfender, ein sich ausbreitender Schmerz. Die Tabletten in seinem Kulturbeutel fallen ihm ein, wasserlösliche Aspirin. Dass er kein Trinkwasser mehr hat, bemerkt er einen Augenblick später. Wütend dreht er die leere Plastikflasche zwischen den Händen, starrt auf die wenigen, rinnenden Tropfen an der Innenwand.

Diese Ratschläge. Nur Wasser aus Flaschen trinken, industriell abgepackt. Den Mund schließen beim Duschen. Nie barfuß laufen, nirgends. Wegen der Bilharziose, der Cholera, den Parasiten. Fast will er die Flasche gegen die Wand schmettern, gegen den schweren Holzschrank ihm gegenüber, oder aus dem Fenster hinaus in den Hinterhof, aber dann lässt er sie aus der Hand gleiten, nutzlos gewordener Gegenstand, und lauscht auf das hohle Geräusch, mit dem sie von den Steinfliesen abspringt und unter das Bettgestell rollt.

Das wird so nichts. Ich muss sie suchen.

In der engen Nasszelle will er gerade den Duschkopf vom Haken nehmen, als ihm das Bild vor den Augen zerrieselt. Flirrende Punkte, flockendes Störbild. Er tastet mit der Hand nach der Klobrille, setzt sich zitternd auf den Rand, wartet mit nach vorne gebeugtem Körper darauf, dass der Schwindel nachlässt.

Just a hang-over, hätte Sine ihn jetzt beruhigt. Ein Kater nur, mach dir keine Sorgen. Halblaut wiederholt er die Worte: just a hang-over, just a hang-over, believe me. Aber noch während sein Murmeln lauter wird, während er den Whiskey verflucht, fuseliges Gesöff, während er begreift, dass er englisch mit sich spricht, weil es zwei Wochen lang die Sprache zwischen Sine und ihm gewesen ist, während all dieser zeitgleichen Gedanken also spürt er schon die Angst in sich aufsteigen. Zu untypisch der Schwindel, zu bohrend der Kopfschmerz, er kennt das so nicht. Fremd ist ihm das, fremde Anzeichen einer fremden Krankheit. An die Malariasymptome versucht er sich zu erinnern. Massive Schweißneigung, stirnbetonter Kopfschmerz, Abgeschlagenheit. Das Fehlen von Grippemerkmalen: kein Schnupfen, kein Halsweh. Schüttelfrost stattdessen. Vorsichtig legt er die Hand auf seine Knie. Will das Zittern abschwächen, sich erheben, die Signale seines Körpers ignorieren, den kalten, schweißnassen Rücken mit dem löchrigen Handtuch trocken reiben. Sine suchen. Sie finden.

Er kann nicht aufstehen. Sein Gleichgewichtssinn hat sich verheddert, zwingt ihn wieder und wieder auf den Rand der Kloschüssel zurück. Bis er die Arme ausstreckt, vorsichtig, sie zum kleinen, rissigen Waschbecken reckt, den Hahn aufdreht, das lauwarme Wasser über die Handgelenke laufen lässt, sich schließlich vorbeugt, den Mund in den Strahl hält – nie Wasser aus Leitungen trinken – und gierig zu schlucken beginnt.

Den Malaria-Schnelltest zerrt er aus dem untersten Fach seines Rucksacks. Ein Plastikbehälter, klein, blau, fast wie die Pausenbrotdosen, die er aus der Schulzeit kennt. Die Packung, so steht es auf dem Etikett, enthält ein komplettes Equipment zur Blutentnahme.

Mit der aufgeklappten Dose stellt er sich in das Licht am Fenster. Entnimmt die Gebrauchsanweisung, zwei flache Päckchen aus Silberfolie, je zwei Papiertüten: Desinfektionsmittel und sterile Nadeln, zwei Plastikfläschchen: Reagenzflüssigkeit und Kapillarröhrchen. Der Test ist kompliziert, hatte der Hausarzt gesagt, angeblich gibt es eine hohe Fehlerquote. Machen Sie ihn also, wenn Sie können, besser nicht allein.

Vollblut. Das ist das Wort, an dem er hängen bleibt. Zum Nachweis von Plasmodium-Antigen in Vollblut. Die Assistentin hatte gelacht, wenn er unter dem Anblick der Impfspritzen zurückgewichen war. Dass das meistens so sei bei Männern, hatte sie gesagt. Immer eine große Klappe, ihr Helden. Und dann Angst vorm eigenen Blut.

Er blättert in den Anweisungen. Kapillar- und Venenblut kann verwendet werden. Stechen Sie sich in die Fingerbeere.

Wenn Ihnen das schwer fällt, bedenken Sie die lebensbedrohliche Krankheit, die es zu erkennen gilt.

Wieder bricht ihm der Schweiß aus, in Schüben kommt er jetzt. Als wollte er damit die Gedanken ausschwitzen, die in ihm sind. Sine, denkt er, Sine, ich habe alles verdorben. Muss sie finden, ihr erklären. Darf jetzt nicht krank werden. Nicht hier. Nicht mitten in diesem fremden, rückständigen Land. Nicht ohne sie an meiner Seite.

An seinem Fußknöchel entdeckt er neue, rot geschwollene Mückenstiche. Er hatte vergessen, sich mit Insektenmittel einzureiben, als er bis zum Abend auf diesen Mandalay-Bus wartete. Schon am Inle See waren sie zu sorglos gewesen, keine Malariagefahr in dem hochgelegenen Gebiet, das hatten sie glauben wollen.

Er reißt die Silberfolie ein, legt die Testkarte vor sich auf das Fensterbrett. Entfernt die Hülle von der Nadel: blood lancet, steht da, und: single use. Einen kurzen Moment zögert er. Betrachtet die Fingerkuppen der linken Hand. Die Narbe am Zeigefinger, zwei Jahre alt. Ein Unfall beim Kürbisschälen, das neu gekaufte Messer war abgerutscht, das Blut hörte nicht auf zu fließen. In der Notaufnahme hörte er zum ersten Mal das Wort »Fingerbeere« und fand es schön. Die Ärztin, die ihm den Finger mit wenigen Stichen nähte, hatte gelacht, als er beteuerte, für den Rest des Herbstes nicht einen Kürbis mehr anrühren zu wollen. »Ganz falscher Ansatz«, hatte sie gesagt, »jetzt rächen Sie sich und essen soviel Kürbissuppe wie Sie nur können.«

Er spreizt den Zeigefinger ab. Setzt die Nadelspitze knapp neben der Narbe an. Spürt ein Ziehen in der Magengegend und sticht zu. Schnell setzt er das Kapillarröhrchen an dem winzigen Blutstropfen an, quetscht mit dem Daumen die punktierte Fingerkuppe, wartet darauf, dass das Blut zu laufen beginnt. Selbstsaugend sei das Röhrchen, steht in der Gebrauchsanweisung, aber nichts passiert, das Blut stockt in der Hornhaut, die Verletzung ging nicht tief genug.

Für den zweiten Stich braucht er mehrere Anläufe. Immer wieder setzt er an und zuckt zurück. Zählt bis drei, ruft: »Jetzt« und sticht nicht zu. Der Schweiß läuft ihm kalt über das Gesicht, ein herabfallender Tropfen verfehlt nur knapp den Aufnahmefilz der Testkarte. Dann endlich gelingt ihm ein neuer Stich und er träufelt das Blut direkt auf das markierte Feld. Er trägt die Reagenzflüssigkeit auf, löst den Klebestreifen und presst die Karte zusammen. Fünf bis zehn Minuten könne es dauern, bis sich der rote Blutfarbstoff kläre. Erst danach sei das Ergebnis zu beurteilen.

Fest hat er das Sichtfenster im Blick, das klare Plastik, unter dem die Linien auftauchen werden, die ihm die Dichte der Parasitenkonzentration in seinem Körper anzeigen sollen. Ein Strich bedeutet: negativ. Ab zwei Strichen wäre die Diagnose positiv: Malaria tropica, Malaria tertiana, eine Mischinfektion vielleicht, wie lange wäre die Inkubationsphase. Wie viel Zeit bräuchte er, um das Land zu verlassen, um überzuwechseln nach Thailand, in die fortgeschritteneren Krankenhäuser Bangkoks, zu englisch sprechenden Ärzten.

Seine Augen beginnen zu schmerzen, nichts tut sich auf der Kontrollbande. Das Feld bleibt blank. Er lässt den Blick schweifen, über die abgerundeten Ecken der Testkarte auf den blauen Behälter, auf dem ihm plötzlich ein Satz auffällt, linke, untere Ecke, klein gedruckt: hergestellt in Darmstadt. Darmstadt.

Er muss lachen. Der Name der deutschen Kleinstadt holt ihn zurück. Zu unwirklich alles. It is just a hang-over. Einen lächerlichen Kater habe ich. Bin müde, dehydriert, durcheinander. Die Kontrollbande wird den einen Strich anzeigen, der mir ein negatives Ergebnis zusichert. Keine Malaria. Was mache ich mich selbst verrückt. Als wäre ich eine Frau, die schwanger sein will.

Er wendet sich ab, greift nach dem Hemd, der Hose, dem Bauchgürtel mit Pass, Visum und Geld. Atmet durch. Steckt sich zwei Aspirin in die Hosentasche. Sucht den Reiseführer, die kleine Stadtkarte, die ihm die zerkästelten Straßen Mandalays auflistet, als befände er sich in New York: 22nd street, 85th street, 33rd. In der Tür dreht er sich noch einmal um, will sich vergewissern, ein schneller Blick auf das Kontrollfeld. Er greift sich die Testkarte, zögert und wirft sie dann – ohne sie anzusehen – in den hölzernen Abfalleimer neben dem Bett.

An der Rezeption kauft er eine Flasche abgepacktes, eisgekühltes Wasser, und fragt, während er die Tabletten auflöst, noch einmal nach Sine, vielleicht ist sie doch, aber der junge Burmese hinter dem Tresen schüttelt den Kopf, keine junge Frau angekommen, und: blond, oh, leider nein, what a pity.

Die Straße ist Wasser geworden. Eine Wasserstraße, denkt er, ein Hafen. Der Regen läuft ihm in den Kragen, während er noch im Türbogen des Guest Houses steht, zögert, wohin. *Ein aufkochender See zu meinen Füßen, wann käme die Flut.* Dass der Anblick etwas Ehrliches hat, denkt er. Endlich greifbar: die Feuchtigkeit in den Räumen, in den Kleidern, der Lunge. Zu Tropfen zerschmolzener Sauerstoff, abtauende Luft.

In seinen Sandalen balanciert er am Wasserrand entlang, links, rechts, alles eins, ertrunkene Wege. Sucht sich Stege über Pfützen, erspäht sich Steinplatten, aufragende Überreste abschüssiger Bordsteinkanten, bis eine Hauswand ihn einfängt. »You stuck, eh?« Eine Stimme hinter ihm, Zuruf eines Rikschafahrers, der inmitten der Wasseroberfläche aufragt, ihm gefolgt sein muss, Rinnen gezogen hat mit den Reifen seines Fahrrads, den Speichen des Anhängers, den nackten Zehen, die beim Anhalten nach dem Boden tauchen. Er schüttelt den Kopf, not stuck, brauche keinen Fahrer, finde mir meinen Weg allein. Streift wie zum Beweis die Sandalen von den Füssen, »I walk«.

Das Lachen, das sich an ihn hängt, während seine Knöchel von der braunen Flüssigkeit umspült werden, »you walk, sure«. Die Unsicherheit, mit der seine Fußsohlen nach den Unebenheiten auf dem Grund spüren. Dann das Stechen, als sich unter Wasser der spitze Gegenstand in seine Haut bohrt, der Schreck. Mit einem Satz ist der Rikschafahrer bei ihm, reicht ihm den Arm, zieht ihn zu sich, »sit, sit«. In den Anhänger lässt er sich fallen, lässt sich einbetten von einer Plastikplane, Säugling im Kinderwagen, denkt an die Spritzen des Hausarztes, Tetanus war dabei gewesen, muss dabei gewesen sein. Eine Scherbe, der Schnitt nicht tief, aber das Wasser, diese Dreckbrühe, wer weiß, was da alles.

Der Rikschafahrer zieht ihn aus dem Pfuhl. Stehend stemmt er sich gegen den Widerstand der Pedale, tritt mit gebogenem Oberkörper das Fahrrad in eine Nebenstraße, abebbende Strömung, where do you want to go, what do you want to see.

Dass sich etwas rückgängig machen lässt, möchte ich sehen. Möchte sehen, wie Sine mich anhört, mir eine Möglichkeit offen lässt, mir glaubt. Ihr gegenüber will ich mich sehen, will die Worte loswerden, die in mir kreisen seit gestern, will ihr nahe bringen, warum ich. Gemeinsam sähe ich uns, sähe Sine, mich, ein Wieso, das ich selbst vielleicht nicht be-

antworten kann, es gestern schon nicht begründen konnte, sähe uns, würde von Sätzen absehen, die alles verwirrten, könnte klären. Sehen wollte ich das, aber.

Stattdessen reibt er sich die Beine unter der Plane, ihm ist nun doch kalt. Den Longyi hätte er anziehen sollen, wie eine Hülle hätte er ihn um sich legen können, das blaublaue Karomuster, hell, dunkel. Sine hatte es ausgesucht, auf dem Markt am Inle See, that suits you. Er hatte stattdessen nach den Hosen gegriffen, vorhin, weil es ihm merkwürdig vorgekommen wäre: dieser burmesische Männerrock ohne Sine an seiner Seite. Als würde er sich bei den Einheimischen anbiedern wollen, ein Japaner in Lederhose beim Schuhplatteln.

Das fragende Gesicht des Rikschafahrers, der sich zu ihm beugt, ratlos, schwarzes Muttermal unter dem Mundwinkel, don't you speak english. Doch, doch, yes, yes, just give me a second. Was man denn sehen müsse von Mandalay, fragt er schließlich. Ob es einen Ort gebe, den jeder besuchen würde, selbst wenn derjenige nur einen Tag in der Stadt bliebe. »Only one day«, der Rikschafahrer strahlt auf, »then I recommend big tour, six hours, you see everything.« Kann das Kopfschütteln nicht verstehen, I make you good price, aber warum denn nicht, am one of the best, will show you Pagoda. Dass es darum nicht gehe, versucht er dem Fahrer nahe zu bringen, einen Ort suche ich, suche jemanden, der in der Stadt sein müsste, wahrscheinlich heute, vielleicht morgen noch, muss die Person finden. Wo könnte sie sein.

Die Stirn des Rikschafahrers in Falten gelegt, I see, I see, is it boy, is it girl. Einen Augenblick zögert er mit der Antwort. Sagt dann: »young lady«. Der Rikschafahrer nickt, streicht mit den Fingern über die Kurve des Lenkers: Does she like

Pagodas, she sure does, all the women do, must be Mandalay Hill then, has big Pagoda, beautiful place, off we go, off through the rain.

Im Vorüberfahren tasten seine Blicke die Gesichter der wenigen Leute ab, die ihnen am Straßenrand entgegenkommen. Keine weiße Frau ist dabei, nicht eine.

»We have onehundred-thirtysix tourists at the moment«, hatte vor zwei Wochen der Mann in der militärischen Uniform gesagt und ihn durchdringend angesehen, kurz bevor er ihm den Einreisestempel in den Pass jagte. Er hatte gestutzt, hatte genickt und sich die Information in einen abgeschirmten Winkel seines Bewusstseins gestopft. Hundertsechsunddreißig, was ist das schon. Jetzt erst stolpert er darüber, immer wieder, diese Zahl, verschwindend gering im übergroßen Land, hundertsechsunddreißig, wie kann das sein.

Er sieht die Statuen von weitem. Sie ragen vor ihm auf, eine kunstvoll gemeißelte Kreuzung aus Hund und Drache. Scharf geschliffene Zehennägel in den Boden gerammt, spitze Zähne zwischen aufgezogenen Lefzen. »Chinthe«, sagt der Rikschafahrer, den er angeschwiegen hat, seit sie sich in Bewegung gesetzt haben. »They are guarding the hill.« *Könntet ihr mir Sphinxen sein, mir die Antwort verrätseln auf meine ungestellten Fragen.*

Die Stufen. Tausendsiebenhundert hat ihm sein Reiseführer gezählt, und dass ihre Bezwingung ein langes Leben verheiße, *wie müde bin ich bereits jetzt.* Der Rikschafahrer führt ihn zum überdachten Aufgang: »I show you where to put your shoes.«

Sie könnte schon hier sein. Sie könnte vor ihm eingetroffen sein, könnte den gleichen Weg gewählt haben wie er.

Vier Möglichkeiten bieten sich für den Aufstieg: der Norden, der Westen, der Süden zweimal, sich verzweigende Treppenstränge auf bewaldetem Hang. »Everyone comes here«, sagt der Rikschafahrer, erratene Gedanken. Und: »Do you want me to wait.« Keinen Sinn mache das, hört er sich sagen, während er die Sandalen von seinen Füßen streift, weiß nicht, wann sie kommt, kann sein, dass ich den Rest des Tages hier verbringe, nach ihr suche in den Körpern, die sich über die Treppenstufen der Anhöhe entgegen winden. Werde Schritte verfolgen, Bewegungen werten, in der Tiefe unter mir nach ihrer Kleidung Ausschau halten, die helle Bluse, das blonde Haar. Ihr Gesicht muss ich aufspüren, muss ihren Blick einfangen, und dann, ob sie mir zuhört, ich weiß es nicht, zu unsicher all das, aber danke für die Fahrt hierher. Das Kopfschütteln des Rikschafahrers, der den ihm hingehaltenen Geldschein annimmt, ihn faltet, in die Brusttasche schiebt, ein Lächeln, ein Nicken schließlich im Sich-Abwenden.

Seine nackten Füße auf Stein, der Schnitt in der Sohle schon verkrustet. Mit den Zehen fährt er die Kante der ersten Stufe entlang, eintausendsiebenhundert. Seitwärts die Garküchen, die sich über Plattformen legen, die sich auf geräumigen Treppenabsätzen ausbreiten. Stärkung für den Weg, eine Cheroot, eine Tasse Tee vielleicht. Er beginnt mit gesenktem Kopf den Aufstieg, bewegt sich stumm an den Händlern vorbei. Sein Körper sucht sich im Übersprung der Stufen einen Rhythmus, abstützen, atmen. Vielleicht, denkt er, ist sie schon oben, wählt sich dort einen anderen Abstieg, wird mich nicht kreuzen im Wirrwarr der Treppengänge, schneller muss ich.

Er hält nicht inne beim Tempel mit den Peschwar-Reliquien, Buddha wieder, wie immer in diesem Land, drei Knochen diesmal, oder drei Zähne, Haare, er kann sich nicht erinnern, verstreute Körperteile in ganz Asien, wie in Europa die viel zu vielen blutigen Nägel des christlichen Kreuzes. Streift nur flüchtig mit seinem Blick an Statuen entlang, toter Stein in Form von Dämonen, Vögeln aus Fels, die einer liegenden Figur die Schnäbel ins Fleisch bohren, weiter, atmen, nächste Stufe, nicht stehen bleiben bei der goldenen Buddhaskulptur mit dem richtungweisend gereckten Arm, nicht ruhen bei den Teestuben und aufgestellten Tischen mit Andenken, bestickten Taschen, Schärpen, Sandelholzketten. Kurz nur zögert er bei dem Mann, der am Boden kauert, der zu ihm aufsieht, ihm eine Weissagung verspricht, you can trust my words, abstützen, ja, nein, maybe tomorrow, weiter. Der Regen, der nicht aufgehört hat, der an den Stützpfeilern herunterrinnt, über die Ränder der Überdachung fällt. Flimmernde Seitenwände ziehen die Tropfen in die Treppenfluchten ein, verwandeln den Aufstieg in einen Hohlweg aus Wasser. Die Feuchtigkeit an ihm, der eigene, schwitzende Körper, anschwellender Pulsschlag, könnte ich schwimmen, stromaufwärts, bis es höher nicht geht. Atmen, weiter, über den Wendeplatz der kreuzenden Straße, letzte Treppenabsätze, Kinder, die etwas rufen, die Anzahl der Stufen vielleicht, dann das Ende des überdachten Treppenaufgangs, eintausendsiebenhundert, offener Himmel endlich, Nässe im Gesicht. Der Rückblick auf das überquellende Grün der Baumwipfel im Sprühwasser tief ziehender Wolken; über den Hügel rollt es dem Tal entgegen, verläuft sich im Nebel am Horizont.

Auf einer gekachelten Terrasse steht er, dieses große Gebäude vor sich. Wünsche, sagt man, erfüllen sich hier. Säulengänge, die sich dreireihig um den Hauptraum spannen, ein Gewölbe aus glitzerndem Spiegelmosaik, sich verschränkende Bögen aus Stein, spitz aufstrebende Türmchen, geschwungenes Mauerwerk. Kleine Stupas stechen aus dem Dach, manche vergoldet, er zwingt seinen Blick von ihnen weg, den Menschen zu, wo könnte sie sein.

Zu einer schnellen Umkreisung entschließt er sich, will Sine nicht übersehen, wäre sie hier. Dass man im Uhrzeigersinn die Heiligtümer umläuft, hat sie ihm beigebracht, just follow the flow, von rechts nach links, die Streckenschleife der Sonne. Er dreht sich gegen das Ritual, heftet seinen Blick in die Gesichter, die sich auf ihn zu bewegen, zu dunkel alle, burmesische Familien, rot gekleidete Mönche, eine Reisegruppe mit Italienern, Spaniern, er weiß es nicht, hört nicht hin. In einer Außenecke der Pagode kleine Buddhafiguren, Schalen, mit denen er Wasser schöpfen könnte, die Statuen begießen, zugeordnet nach Wochentagen. An der Wand ein grellblaues Schild, weiße Buchstaben: Long Liveness will be prevealed if you be with Mandalay Hill. Davor Leere, niemand.

Ein kurzer Gang in das Innere der Pagode, das Dunkel. Der Schreck, als sich Umrisse zu einer europäischen Gestalt verdichten, weit flatternde Hose, eine Bluse, sei mir Sine. Aber sie ist es nicht, ist nicht sie, kurzes Stolpern im Atem, das Haar zu lockig, eine Backpackerin mit verschwörerischem Lächeln. Er weicht zurück in das verhangene Tageslicht, sucht sich einen ruhigen Ort. Den Aufgang will er im Blickfeld haben, das Viereck des Treppenendes, aus dem heraus die Besucher auf die Plattform treten. Er schiebt sich unter einen glitzernden Säulenbogen und wartet.

Wie lange er dort steht. Mit zusammengekniffenen Augen starrt er auf die Bewegungen der sich Nähernden. Das blonde Haar einer Frau, das sich im Herankommen als gefärbt erweist, nachdunkelnder Ansatz. Die flinke Handbewegung eines jungen Mädchens. Eine Touristin in aufgekrempelten Jeans. Bruchstücke sind das, Überbleibsel von Sine, seiner Erinnerung an sie, die jetzt schon, nach nur zwei Tagen Abstand, zu verblassen beginnt. Einen Mönch weist er ab, der sich zu ihm stellt, ihm Geld abnehmen will, you have camera, you need to pay fee. Reibt sich die Schläfen, den noch immer schmerzenden Kopf. Sie muss doch, sie wird noch, jeder kommt hierher.

Er steht. Bis der Vorhang aus Regentropfen auszudünnen beginnt. Später Nachmittag muss es inzwischen sein. Diese bewegungslose Betrachtung der auf ihn zusteigenden Menschen. Nur eine einzige Runde nehmen die meisten, drehen sich ab von ihm, versperren sich seinem suchenden, müder werdenden Blick, biegen in die Kurve hinter ihm, aufgezogene Figuren eines Wetterhäuschens, bis sie auf der anderen Seite wieder hervortreten, sich mit ihren kleiner werdenden Rücken zurücksenken in die abschüssige Treppenflucht. Die blonde Frau, die Touristin, das Mädchen mit den wirbelnden Händen, die gelockte Backpackerin schließlich. Im Abstieg dreht sie sich noch einmal zu ihm, sucht ein Zeichen von ihm, er bietet es ihr nicht. Wartet.

Eine Veränderung des Lichts lässt ihn hochsehen. Dieses Aufleuchten um ihn. Aus dem geklärten Himmel fallen die Sonnenstrahlen in das Spiegelmosaik der Säulen, brechen sich im Splittermuster der Wandverzierung.

Er löst sich. Tritt ein paar Schritte nach vorn, über den feuchten Kachelboden. Unter seinen Füßen die Spiegelung einer verdrehten Welt. Mit beiden Händen greift er nach dem nassen Geländer, öffnet endlich den Blick. Sieht vor sich: den Fluss, die aufdampfenden Reisfelder, die scharf konturierten

Berge der Shan. Mandalay, die vom Regenwasser glänzenden Dächer der Stadt. Irgendwo dort unten muss sie sein, irgendwo dort unten, wo.

Es tut mir leid. Komm, bitte, komm.

2

Ein sich verlierender Raum. Ein lang gezogener Schlauch aus vergilbten Wänden. Die Sonne vor den weit geöffneten Fensterflügeln am Ende des Zimmers, Tunneleffekt. Er auf der anderen Seite, totes Ende. Die vielen Gesichter, die ihm zugewandt waren. Die unzähligen Augen, die ihn anstarrten. Mönche, die vor ihm auf dem Boden kauerten, auf Bankreihen, an niedrigen Tischen. Sie drängten nach durch die immer wieder aufschlagende Tür, schoben sich an die Wände, lehnten am Fensterrahmen, ihre gebogenen Körper Schattenrisse im Gegenlicht. Er saß vor ihnen, blickte auf diesen Teppich aus kahl geschorenen Köpfen, safranfarbenen Roben, halbnackten Schultern. Auf der graugrünen Tafel in seinem Rücken zerfiel sein Name zu Zeichen. Die Kreidespuren schoben sich ein in die verschlungenen Kreislinien der Landesschrift, in aufbrechende Hufeisen, sich verzahnende Zirkel, in die liegende Acht, Symbol für Unendlichkeit. Der Schweiß floss ihm von der Stirn in die Augen, während er sich an dem Mikrophon festhielt, das sie ihm gegeben hatten. Er beugte sich vor, ihren Fragen entgegen. Ihren immer gleichen Fragen, die hinter ihm auf die Tafelfläche zu prallen schienen, die sich aufhängten an seinem zu Kringeln verformten Namen, seinem zu ihnen gekrümmten Rücken, der Ratlosigkeit in seinem nass geschwitzten Gesicht. Wer waren sie, warum hörten sie nicht auf.

Where do you come from. Where do you go. How long will you stay.

Die Worte der Regisseurin fallen ihm ein. Die er einmal gefragt hat, wie sie es schaffe, bei Proben zu einem Theaterstück die fehlerhafte Stelle aufzuspüren. Das sei, antwortete sie, tatsächlich ganz einfach. Sie suche den Augenblick, von dem an die Inszenierung sie zu langweilen beginne. Und dann, sagte sie, gehe ich von dort aus zurück. Das ist wichtig: dieses Rückwärtsgehen, Schritt für Schritt. Denn es sind die Momente ganz kurz vor dem Problem, die geändert werden müssen. Der Fehler, sagte die Regisseurin, entwickelt sich immer im Davor.

Ich muss zurück zum Ausgangspunkt. Es gab da einen Fehler.

Er war hinter dem Mönch durch dieses dunkle Treppenhaus nach oben gestiegen und hatte nicht gefragt. Er hatte sich ansprechen, sich mitnehmen lassen. Es war so angenehm gewesen: neben jemandem zu laufen, der wusste, wohin er ging. Der ihm sagte: this way, turn left. Und er hatte den Mönch nicht gefragt, wer diese Freunde waren, denen er ihn, den Europäer, den Deutschen, vorstellen wollte. Ein paar Freunde, hatte er gedacht, ein paar Mönche vielleicht, das könnte spannend werden. Man könnte mit ihnen an einem Tisch sitzen, vielleicht etwas trinken, sie befragen, reden. Die Mönche könnten von ihrem Alltag erzählen, den Gebeten, dem Land. Und später könnte man von ihrem Tisch aufstehen und beschwingt durch die Stadt laufen, während man in tiefen Zügen die Nachtluft einatmet und sich freut, weil sich nun alles schon weniger fremd anfühlt.

Die vielen Stimmen hatte er erst gehört, als sie schon knapp vor der Tür standen. Ein seltsames Murmeln war das gewesen, ein Durcheinander aus unverständlichen Satzfetzen und abgehackten englischen Wortbrocken, die er in ihrer ungelenk ausgesprochenen Klangfärbung fast nicht wieder erkannte. Der Mönch hatte ihm die Tür aufgestoßen, bevor er hatte reagieren können. Bevor er hatte sagen können: was soll das. Wo sind wir hier.

Sie waren sofort verstummt. Schweigend hatten sie ihm ihre Köpfe zugedreht, hatten ihn mit diesen Blicken angesehen, die er bis heute nicht deuten kann. Er war im Türrahmen stehen geblieben, hatte versucht, die Anzahl der Gesichter zu überschlagen, sie hastig zusammenzurechnen: siebzig, achtzig Leute waren das mindestens. Gerade wollte er sich umdrehen, wollte den Mönch zurück auf die Treppenstiege ziehen, ihm sagen: Entschuldigung, das ist ein Missverständnis, ich kann so was nicht. Wer sind diese Leute. Aber dann kam der Lehrer. Mit erhobenen Armen war der auf ihn zu gelaufen, hatte sich mit seinem dürren Körper durch die durchbrochenen Linien der Holzpulte geschlängelt, hatte ihn an der Schulter gepackt und nach vorne zur Tafel gezerrt. Hatte ihn auf einen Stuhl auf dem Podest gedrückt, während er sich gleichzeitig die öligen Haare aus dem Gesicht strich und seinen Schülern unverständliche Worte zubellte. Einer der jüngeren Mönche sprang auf und brachte das Mikrophon, überreichte es dem Lehrer. Es gab eine kurze Rückkopplung, als sie den Verstärker zuschalteten, ein Knacken, ein Rauschen. Dann die Frage: where do you come from, wo kommst du her.

Beim ersten Mal hatte er versucht, zu lächeln. Germany, hatte er gesagt. Und dass er gerade erst angekommen sei, I arrived a few hours ago. Er hatte dabei den Lehrer angesehen. Hatte an ein Gespräch denken müssen, in dem ihm ein Freund von der Beklemmung erzählte, die er fühle, sobald er im Ausland zuzugeben habe, dass er Deutscher sei. Ständig müsse er beweisen, dass er harmlos sei und unpünktlich, unorganisiert und lustig. Ganz anders eben, irgendwie undeutsch. Mit seiner hellen Haarfarbe habe das zu tun, stöhnte der Freund, mit den blauen Augen und der athletischen Figur. Zu arisch also, selbst heute noch. Da komme man ja kaum gegen an. Inzwischen sei er dazu übergegangen, sich als Schweizer auszugeben, manchmal als Österreicher. Und, nachdem er ein Jahr in Stockholm verbracht hatte, schließlich als Schwede. »Aber natürlich«, hatte der Freund gesagt und gelacht, »geht so was nur bei Leuten, die du nie wieder sehen willst.«

Germany. Der Lehrer hatte auf seine Antwort kaum reagiert. Er schien mit Deutschland nichts in Verbindung zu bringen, kein Drittes Reich, kein zweigeteiltes, wiedervereinigtes Land. Burkina Faso, schoss es ihm durch den Kopf, hätte man antworten müssen, Papua Neuguinea, irgendetwas Exotisches. Der Lehrer war neben ihm gestanden, hatte ihn von oben herab mit diesen wachen Augen angesehen, hatte nicht genickt, nicht nachgefragt, hatte das Wort nicht wiederholt, Germany, Germany, sondern sich vorgebeugt und gesagt: And where do you go.

Wo gehe ich hin.

Als er antwortete, ließ er den Blick schweifen, versuchte, sich Gesichter zu vereinzeln. Von Kin Pun habe er gelesen, sagte er, ein goldener Felsen, das interessiere ihn. So etwas fände man nicht in Europa. Zwar gäbe es Pilgerstätten, Wallfahrtsorte, das schon. Von einem goldenen Felsen aber habe er dort noch nie gehört. Gerade wollte er Luft holen, sich warm sprechen, weiterreden, einfach auf sie einreden, bis sie ihm erklären würden, was sie von ihm wollten. Doch da hatte der Lehrer sich schon in sein Blickfeld gestellt, hatte sich zwischen ihn und die Klasse geschoben, hatte ihm den schmalen Rücken zugedreht und eine Kette fremd klingender Sätze in den Raum gerufen. Bis es in den Gesichtern der Mönche und jungen Männer zu zucken begann. Bis sich die wenigen Frauen, die er erst jetzt im Zimmer entdeckte, gegeneinander lehnten, um ihre lachenden Münder im Haar der anderen zu verstecken.

Er führte ihn vor. Das war der Moment, in dem er das begriff. Der Lehrer führte ihn vor. Sie deuten mich, dachte er. Sie beobachten mich und finden mich komisch. Ich fange an zu sprechen, aber es erreicht sie nicht. Sie sehen mich hier sitzen und verstehen mich nicht. Also macht er etwas aus mir. Aber was.

Legal action will be taken against those who violate or contravene any provision of the existing laws, rules and regulations of the Union of Myanmar.

Er hatte zu schwitzen begonnen. Der Stuhl klebte an seinen Oberschenkeln, scheuerte ihm in den Rücken. Wo war er hier. Das Gebäude konnte keine offizielle Einrichtung sein, soviel glaubte er zu verstehen. Zu verborgen war es gelegen, zu verwinkelt die angrenzende Gasse, zu unruhig der schnelle Blick, mit dem der junge Mönch – jetzt fällt es ihm ein – sich umgesehen hatte, bevor sie das Haus betraten.

Ein Bild blitzte vor seinen Augen auf: die Spitze des Kugelschreibers, den sie ihm im Flugzeug gegeben hatten. Diese Kugelschreiberspitze, die er ansetzte, um das Papier zu unterschreiben, in dem er dem Staat Myanmar zusicherte, keine politischen Gespräche mit Einheimischen zu führen. Er versuchte sich an das Formular zu erinnern, den genauen Wortlaut. Begann sich zu fragen, ob sie überhaupt mit Touristen sprechen durften, egal worüber. Ein militärisch kontrollierter Tourismus sei das, hatte ihm die Frau im Reisebüro gesagt und ihn dabei zweifelnd angesehen: wollen Sie das wirklich. Die wissen immer, wo man ist.

How long will you stay.

Der Lehrer hatte ihn das gefragt: wie lang wirst du bleiben. Genickt hatte der Lehrer, als er ihm sagte, dass er nur achtundzwanzig Tage hier sein könne, die von der Militärregierung gewährte Zeit. Und dass er zum ersten Mal in Asien sei. Das hatte den Lehrer interessiert. Wie er denn auf Myanmar gekommen sei, hatte der Lehrer wissen wollen und sich dabei nah an ihn herangeschoben. Wieso nicht Thailand, nicht Vietnam, wieso unser Land.

Er hatte auf den Boden gesehen bei dieser Frage. Hatte die Flasche Star-Cola entdeckt, die ihm jemand hingestellt haben musste, inländisches Erzeugnis. Er nahm die kühle Flasche in die Hand, beäugte den rostigen Hals, Wassertropfen unter den Fingerspitzen. Sagte dann, dass ihm jemand von Burma erzählt habe, a friend of mine told me about your country. Der Lehrer schwieg einen Moment lang. Must have been good friend, sagte er dann.

... und ich zuckte zusammen beim Gedanken an Dich.

Was danach begann, kann er sich bis heute nicht erklären. Es hing mit dem Mikrophon zusammen: wem der Lehrer es gab, wer es in die Hand nahm, stellte ihm die gleichen Fragen wie sein Vorgänger, in der immer gleichen Reihenfolge. Hello, my brother, sagte derjenige dann, where do you come from. Where do you go. How long will you stay. Sie fragten ihn, er antwortete. Sie fragten ihn wieder, er blickte auf, ungläubig, antwortete erneut. Es war, als würden seine Worte sich auflösen, sobald er sie ausgesprochen hatte. Als würde mit dem Weiterreichen des Mikrophons ein kollektives Vergessen einsetzen. Niemand lachte, wenn ihm wieder die gleichen Fragen gestellt wurden. Niemand rief: We know that already. Ask him something else. Sie blieben stumm, ließen den sprechen, der das Mikrophon hielt, und nickten im Takt ihrer Fragen. Where do you come from, where do you go, how long will you stay. Und er sagte: Germany, Kin Pun, twentyeight days.

Er versuchte, sich zu beruhigen. Drehte die Flasche in den feuchten Händen. Sagte: Germany, Germany, Germany. Lauschte auf die eigenen Antworten, wieder und wieder, folgte mit seinem Blick dem weiterwandernden Mikrophon. Dass sie Staatsgegner sein könnten, kam ihn in den Sinn. Dass sie an ihm ihr Englisch trainierten. Für später. Was aber, wenn es anders war. Wenn das hier eine staatliche Schule wäre. Sie waren zu gut gekleidet. Sie waren zu gebildet. Die Stoffe der Roben zu edel. Und wer, wenn nicht die Staatstreuen, bekäme in einer Diktatur das Geld. Verstohlen wischte er seine feuchte Handfläche an seiner Hose ab. Wofür benutzt ihr mich.

Immer schneller sprang das Mikrophon von Hand zu Hand. Immer eifriger prasselten die Fragen auf ihn ein: where do you, where do you, how long will you. Die Klasse wurde selbstsicherer, das konnte er spüren. Niemand zögerte mehr. Sie entrissen sich gegenseitig das Mikrophon, warfen es sich zu, begannen zu fragen, während das Mikrophon sich noch in der Luft befand. Er starrte auf ihre Münder. Rief ihnen die Antworten zu, bevor sie ausgesprochen hatten. Germany, Kin Pun, twentyeight days. Er stieß die Worte in ihre Richtung. Atmete heftig und flach. Seine Stimme klang abgehackt in seinen Ohren. Ein sich beschleunigender Rhythmus war das, ein anschwellendes Stakkato aus Frage, Antwort, Frage. Längst hatte er die Bedeutung seiner Worte vergessen. Sie waren leer, abgeschält, eine sinnlose Verkettung von Buchstaben.

Applicant shall abide by the Laws of the Union of Myanmar and shall not interfere in the internal affairs of the Union of Myanmar.

Der Raum schwarz vor seinen Augen. Die Sonne vor den Fenstern von nachdrängenden Mönchen verdunkelt. Er wusste, dass er trinken müsste. Sein Körper schwitzte, brauchte Flüssigkeit. Das T-Shirt klatschnass, die Schuhe schon rutschig, kein Halt mehr unter den Füßen. Die Flasche mit der Star-Cola wollte er nicht an die Lippen setzen. Sie hatten sie ihm geöffnet gebracht. Wer weiß, dachte er, was sie da zufügen, was sie da beisetzen, in Fällen wie meinem. An einen Club in Berlin musste er plötzlich denken, an einen Abend, an dem er seinen Gin Tonic auf einem Mauervorsprung abgestellt hatte, neben einer Kerze mit tropfendem Wachs. Er war auf die Tanzfläche gestürmt, hatte dem Lied nicht widerstehen können. Als er keuchend und durstig zurückgekommen war, hatte er das Glas hochgerissen und in einem Zug leer getrunken. Später im Krankenhaus hatte die Ärztin den Kopf geschüttelt. Wie können Sie Ihr Glas unbeaufsichtigt lassen.

Daran musste er denken, während sein Mund weiter antwortete: Kin Pun. Germany. Während ihm zeitgleich die Artikel einfielen: Myanmar, das Rauschgiftland, Lieferant von Schlafmohn, von synthetischen Drogen. Während sein Körper an die Stuhlkante rutschte, seine Finger sich in die seitliche Verstrebung des Stuhls krallten, seine Füße begannen, den schneller werdenden Takt der Fragen in den Boden zu stampfen. Sein Blick flog zur Tür. Noch immer drängten Mönche in das Zimmer. Ihre Konturen schienen in der feuchten Luft zu verschwimmen. Where, where, how.

I hereby declare that I fully understand the above mentioned conditions, that the particulars given above are true and correct and that I will not engage in any activities irrelevant to the purpose of entry stated herein.

Er gab sich einen Ruck. Bückte sich nach vorn, stellte die Cola-Flasche auf den Boden, *ich muss hier weg.* Als er sich wieder aufrichtete, sah er die Spiegelung seines eigenen Gesichtes, das sich in der Flaschenwand brach. Ein Doppelgesicht, dachte er, das muss es sein: sie machen einen anderen aus mir.

Schnell stand er auf, trat auf den Lehrer zu. Senkte die Stimme. Dass er gehen müsse, sagte er, es täte ihm leid. Termine, eine Verabredung im Guesthouse, dennoch: danke für diese Erfahrung. *I really enjoyed being here.*

Der Lehrer lächelte. Zuckte mit den Schultern. Zog dann etwas hinter seinem Rücken hervor, wog es in den Händen. Und da sah er es. Der Stab, den der Lehrer hielt, war kein Zeigestock. Ein breites Lederband baumelte von der zugeschliffenen Spitze des Holzendes: der Lehrer trug eine Peitsche. Immer noch lächelte der Lehrer. Prüfte mit den Fingerspitzen die Verknotung des Bandes. Deutete mit einer kleinen, unmerklichen Bewegung des Kinns in Richtung Tür. Drei der älteren Mönche waren aufgestanden und hatten sich dort zwischen die Novizen gestellt. Mit leeren Gesichtern blickten sie ihn an, schoben ihre Schultern in die Luftlinie zwischen ihm und der Tür, eine synchrone Choreographie. Leise seufzte der Lehrer. Sagte, so gedämpft, dass er es kaum hören konnte: I don't think you will leave. You will want to stay with us. Du wirst bei uns bleiben wollen.

Er weiß nicht mehr, was er in diesem Moment dachte. Weiß nur, dass er stand und starrte. Dass sein Blick hin und her ruckte: vom Lehrer zu den Mönchen vor der Tür, von der Tür zum Lehrer. Dass er sich schließlich umdrehte, still, und langsam zum Stuhl zurückging. Im Setzen stierte er auf seine Knie, versuchte das Zittern zu unterdrücken. Als es ihm nicht gelang, drückte er sich tief in die Sitzfläche, presste den Rücken gegen die Lehne und schlug ein Bein über das andere. Don't worry, sagte der Lehrer in nun überdeutlich ausgesprochenem Englisch zu seinen Schülern, our friend will stay with us. Unser Freund wird bleiben, wo ist das Mikrophon, wer ist als nächster dran.

Erst jetzt fiel ihm auf, dass der Lehrer Hosen trug. Lange schwarz-glänzende Haare. Die Mode des Militärs. We continue, rief der Lehrer und zerschnitt mit knallender Peitsche eine kurze Unruhe der Schüler. Wieder zuckte er zusammen. Aber der Lehrer schien es nicht zu bemerken. Achtlos ließ der jetzt die Peitsche an seiner Seite baumeln, während er zwischen seine Schüler trat, sich das Mikrophon zurückholte, es einem kleinen, rundlichen Mönch in der ersten Reihe in die Hand drückte, leise sagte: your turn.

Wie einen Fremdkörper betrachtete der Mönch das Mikrophon. Hob es vorsichtig an sein Gesicht. Öffnete den Mund. Schlug mit den Zähnen auf Metall, als er sagte: Hello, my brother. Where do you come from.

Germany, hörte er sich sagen, noch bevor er es hatte denken können. Er sagte es mit Nachdruck in der Stimme, während sein Blick die Gesichter der Mönche absuchte. Wo war der, der ihn hergebracht hatte.

In einer der hinteren Reihen sah er, dass ein junger Mönch etwas auf einen Zettel schrieb. Er tat es verstohlen, starrte an ihm vorbei zur Tafel. Mein Name, dachte er. Er notiert sich meinen Namen. Vorsichtig drehte er seinen Oberkörper in die Schräge, bis er aus den Augenwinkeln die Buchstaben sah, die der Lehrer auf die Tafel gemalt hatte. Er konnte in den runden, burmesischen Schriftschnörkeln nichts Vertrautes entdecken. Nichts, was er mit sich selbst in Verbindung bringen konnte. Wer weiß, dachte er, was da steht. Wer weiß, was sie da sehen. Was sie sehen, wenn sie mich betrachten.

Plötzlich stach ihm ein Bild in die Augen: es hing in einem Winkel am Ende des Raums. Schwarz-weiß, mit der Wand verklebt. Wellige Ränder, kein Rahmen, kein Glas. Der Kopf einer Figur, die er, kurzsichtig, von hier aus nicht erkennen konnte. Die Stärke seiner Brillengläser hätte, dachte er, korrigiert werden müssen, bevor er fuhr. Alles verschwommen in der Ferne.

Er blinzelte. Das Bild könnte einen Buddha darstellen, lächelnd. Oder es war Aung San Suu Kyi, die im Hausarrest versperrte Hoffnungsfigur der unterdrückten Nationalen Liga für Demokratie. Er biss sich auf die Lippe bei dem Gedanken. Ein verbotenes Abbild der Trägerin des Friedensnobelpreises – das würde die Situation klären, wäre ein Hinweis. Er hielt das Bild mit dem Blick fest. Versuchte, während er weiter die Fragen beantwortete, es sich scharf zu stellen.

Einen Zoom, dachte er, ich brauche einen Zoom. Hightech im rückständigen Land, fünfundzwanzig Prozent auf neunzig Prozent, hundert Prozent. Sein Fotoapparat fiel ihm ein, flach, klein, digital, aber als er in seiner Hosentasche nach ihm tastete, erinnerte er sich, dass er ihn im Rucksack liegen gelassen hatte, zwischen Reisewecker und Waschzeug. Germany, Kin Pun, twentyeight days. Was tat er hier.

Verzeih mir, ich mache manchmal so Sachen.

Auf einmal ein Stocken. Ein Moment der Ungläubigkeit. Jemand hatte die Regeln verletzt. Ein Mönch aus den hinteren Reihen war das gewesen. Der hatte sich das Mikrophon geben lassen, hatte die drei Fragen gestellt: die erste, die zweite, die dritte. Und hatte dann, als sein Nachbar schon die Hand nach dem Mikrophon ausstreckte, nicht losgelassen. Hatte stattdessen Luft geholt. Hatte seinen Oberkörper über das schon an den nächsten gerichtete Mikrophon gereckt und gesagt: How many countries have you travelled, my brother.

Die Frage blieb im Raum hängen. Niemand bewegte sich. Wie viele Länder hast du bereist, Bruder. Er blickte auf. Versuchte, den Fragesteller mit seinem Blick einzufangen. Im Halbdunkel stand der, das Gesicht verschattet.

In seinem Kopf fielen die Antworten durcheinander. Wie viele Länder. Wieder Schweiß, beschleunigte Tropfen auf seinem Rücken. Viele Länder, zu viele: Portugal, Italien, England, der Norden, der Süden, der Westen, der Mittlere Osten sogar. Wie musste sich das für sie, die ihr Land nicht verlassen durften, anhören. Was würde der Lehrer aus so einer Antwort machen. Wie würde er sie ihnen deuten. Dorthin könntet Ihr reisen, wenn sie Euch ließen. Stürzt das Regime und Ihr werdet frei sein. Oder: wahllos sind sie, diese Touristen, wissen Euch nicht zu schätzen, Euer Land nur eins von vielen, sie interessieren sich nicht, nicht für Euch. So wollt Ihr nicht werden, so rastlos. Stärkt den Staat, der Euer Bestes will.

Das Warten auf seine Antwort. Ein Kichern aus den Bänken. Er wollte Zeit gewinnen. Lächelte. Zuckte mit den Schultern. Sagte: »Germany«. Der Mönch atmete in das Mikrophon. Yes, my brother, sagte er, die Stimme abgefälscht durch das Knistern der Lautsprecherboxen, but how many countries.

Sein Blick irrte zur Tür. Junge Burmesen rückten nach. Die Wand hinter ihm nahtlos, kein Notausgang, kein Fluchtweg, nichts. Die Schultafel plötzlich eine Mauer. Er musste etwas tun. Endlich herausfinden, wer sie waren. Zu wem sie gehörten. Dem Staat. Den Gegnern. Er zögerte, *I will not engage in any activities irrelevant to the purpose of entry.* Dann sagte er: We had a wall in our country, did you hear about that: We were divided. Wir waren geteilt nach dem Krieg, wusstet ihr das.

Eine Bewegung in seinem Rücken. Fremde Worte, die über seinen Kopf hinweg in den Raum stürzten. Die Stimme des Lehrers, der hinter ihn gesprungen war. Sich verzerrende Silben. Wie sie tiefer in die Holzbänke rutschten: die Mönche, die jungen Männer, die Mädchen. Nur die älteren Mönche blieben aufrecht sitzen. Sahen sich um. Sie mussten, das glaubte er jetzt zu verstehen, die Aufseher sein. Er selbst war zurückgezuckt, suchte – noch einmal – mit den Augen nach der Tür. Schob seine zitternden Hände unter die Oberschenkel.

Die plötzliche Stille. Der Lehrer beugte sich zu ihm, ein Glitzern in den Augen. I'm only testing their english, flüsterte er und legte ihm dabei kurz eine Hand auf die Schulter.

I am only testing their english. Der Lehrer wiederholte den Satz, stand plötzlich wieder hinter ihm, blies ihm die Worte in den verschwitzten Nacken. Er nickte. Spürte, während das Mikrophon wieder zu wandern begann, wie ihm die rechte Hand unter dem Druck seines Oberschenkels taub zu werden begann. Einem älteren Mönch wurde es zugereicht, im Türrahmen lehnte der, dunkelrote Robe, geschorener Kopf, war nur durch sein zerfurchtes Gesicht von den Umstehenden zu unterscheiden.

Where do you. Germany. Where will you. Kin Pun. How long. Beschleunigter Austausch von Sätzen. Er verfolgte mit den Augen den Weg des Mikrophons, verlor sich mit wieder ansteigender Geschwindigkeit in der Ähnlichkeit der Gesichter. Als spräche eine einzige Person ihn an, ein mehrzüngiger Mönch mit misstrauischen Augen und vielfachen Armen. Where. Where. Er musste denken, nachdenken. How. Aufstehen vielleicht, flüchten, sich lächerlich machen, diese Hitze. Denken, denken, nachdenken. Wieder das scharfe Surren der Peitsche, zerschnittener Raum. Schnell sein jetzt. Etwas einwerfen, eine Frage gegen die Fragen, den Satzfluss unterbrechen, sie stören. Tanzender Pulsschlag, *legal action will be taken.* Etwas sagen, den nächsten Fragesteller ansehen, einfach etwas gegenfragen, irgendetwas, Echo der vorherigen, abweichenden Frage: What about you – have you ever been to another country.

Wie sie ihn anstarrten. Das Poltern im Lautsprecher, als der ältere Mönch von vorher das Mikrophon zu sich zurückreichen ließ. Die Furchen in seinem Gesicht jetzt verzogen, seine Stimme kalt. We are not, sagte er, supposed to leave the State of Myanmar. We are not supposed to leave our country. Don't you know that.

I know, sagte er, neither was I.

Bis jetzt weiß er nicht, warum der Lehrer schwieg. Warum er schwieg und ihn antworten ließ. Vielleicht hatte der Lehrer sie schon im Türrahmen entdeckt. Vielleicht konnte er sie sehen, von dem Punkt aus, an dem er war. Wie sie dort gestanden haben muss: blond, hell, ruhig. Vielleicht hat sie dem Lehrer zugelächelt, eine Hand in den Nacken gelegt, wie sie es immer zu machen schien, wenn sie eine Situation in sich aufnahm. Vielleicht hatte sie mit den Lippen einen tonlosen Gruß geformt, hatte gelacht, auf die Peitsche gedeutet, sie bestaunt mit spielerisch hochgerissenen Augenbrauen.

Then why are you here, rief der Mönch aus der ersten Reihe, dessen runde Gesichtszüge plötzlich hart wirkten, als gäbe es eine unerwartete Veränderung des Lichts. Er sah es, nahm es wahr, hielt es für ein erstes Zeichen der nahenden Lösung: *wer seid ihr, wofür benutzt ihr mich.*

Er richtete sich auf, rutschte näher an die Stuhlkante heran, war kurz davor, vornüber zu fallen, auf die Gesichter der Mönche zu. Aber er hielt das Gleichgewicht, balancierte sich aus, *shall not interfere in the internal affairs,* atmete tief ein. Ich bin noch vor dem Mauerfall geflohen, antwortete er. They built a wall around us. We broke it, sagte er, but I did leave before. Er hatte langsam gesprochen, wollte keine der Reaktionen verpassen. In ihren Gesichtern suchte er die Wirkung seiner Worte. Wie verhaltet ihr Euch zur Möglichkeit einer Staatsflucht. *Sagt mir.* Dieses Anatmen. Der Lehrer, der abgewendet stand, der – immer noch – nicht unterbrach, *I am only testing their english.* Ein kurzer Verlust der Zeit.

– und niemand bei mir außer Dir.

Wie sie sich ihm bemerkbar gemacht hat, kann er heute nicht mehr sagen. Wahrscheinlich war sie vorgetreten, um besser sehen zu können. War hineingelaufen in den unbewegten Raum, um ihn, den Redenden, zu betrachten. Wie er da saß, vor der Tafel, auf dieser gezimmerten Bühne, die rostige Glasflasche zu seinen Füßen, sein verschlungener Name über ihm erstarrt, während sich nichts rührte, außer der Schatten der vom Fenster hinterleuchteten Mönche, diese länger werdenden Schatten, die sich mit der höher steigenden Sonne auf ihn zu zu bewegen schienen, die sich dehnten, sich auf das Podest zu legen begannen, ihn an den Fußspitzen fast schon erreichten.

Sie war plötzlich da. Stand in der Mitte des Raums, auf einer Achse mit ihm, mit seinem Stuhl auf dem Podest. Er hatte sie nicht kommen sehen, war zu sehr auf die Antwort konzentriert gewesen, auf die Stille im Zimmer, *sagt mir.*

Die Mönche mussten sich unter ihren lautlosen Schritten zur Seite gebeugt haben, ihr den Weg freigegeben haben: ein geteiltes Meer aus safranroten Stoffen, durch das sie ging. Aber für ihn war es anders gewesen: sie hatte da gestanden, so selbstverständlich, so ruhig, als wäre sie immer schon hier gewesen. Als wäre sie der Grund für diesen Raum.

Jetzt kam Bewegung in den Lehrer. Dass sie einen neuen Gast hätten, rief er und deutete mit dem Ende seines Peitschenstocks auf sie, please join us, please sit down. Und sie lachte, als sich schlagartig alle Köpfe zu ihr drehten, kam fast ins Schwanken von dem plötzlichen Ruck der Aufmerksamkeit, stützte sich kurz mit der Hand an einem der Pulte ab, während ihr der Riemen ihrer roten Tasche von den Schultern glitt.

Einer der Mönche fing die Tasche im Fallen auf, reichte sie ihr von unten zu. Und sie nahm sie, dankte ihm auf burmesisch, sagte dann, dem Lehrer wieder zugewandt: sure, I would love to.

Er sah sie auf sich zukommen. Glaubte kurz, unter ihrem aufrechten Gang alles zurückweichen zu sehen: die Mönche, die Pulte, die Wände des Zimmers, die Schatten. Die rote Tasche pendelte ihr im Gehen gegen die Hüfte. Sie hatte ihre blonden Haare zum Pferdeschwanz hochgeklammert, nur wenige, verschwitzte Strähnen hingen ihr im Gesicht, im braungebrannten Nacken. Dass sie Stöckelschuhe tragen musste, dachte er beim Anblick ihres geraden, hoch aufgerichteten Körpers, doch als sie näher kam, als sie aufstieg auf das Podest, bemerkte er ihre Füße in den Flipflops, das rote Bändchen um den Knöchel, den Ring am linken, zweiten Zeh.

Sie beugte sich kurz zu ihm, lächelte ihn an, schwang dabei ihre Tasche über die Rückenlehne des Stuhls, den sie ihr hinstellten. Unter ihrer hellen Bluse konnte er die Konturen eines eng anliegenden, weißen Bodys ausmachen. Ihre Jeans schien ihr zu groß zu sein, sie schlackerte ihr um Oberschenkel, um die Knie, die sie jetzt im Hinsetzen anzog, die sie seitwärts schob, bis sie im Schneidersitz auf dem Stuhl saß, den Rücken gerade, das Brustbein nach vorne gedrückt. »Hello«, rief sie den Schülern zu und wartete nicht auf das Mikrophon, das sie ihr reichen wollten. Hello there, I am Sine.

Sehr britisch kamen ihr die Worte über die Lippen, very british indeed. Aber als der Lehrer sich hinter sie stellte, ihren Namen in lateinischen Buchstaben neben seinen schrieb, Sine, Sine, da sagte sie schon: I am from Denmark.

Are you married, brüllte einer der Mönche vom anderen Ende des Raums. Niemand schien mehr an das Mikrophon zu denken, niemand an die Wiederholung der vorgefertigten Fragen: where, where, how. Und Sine schüttelte sich bei dem Gedanken an Heirat, verzog ihr Gesicht zu gespieltem Entsetzen, rief: nonono, bis die Mönche zu lachen begannen. Bis selbst der Lehrer ein Zucken in den Mundwinkeln nicht länger verbarg und der junge rundliche Mönch aus der ersten Reihe ihr sagte: Pity I can't marry you, because I am a monk.

In Asien sei sie, sagte sie, seit fünf Monaten unterwegs, gestern angekommen in Burma. Vorher Laos, Thailand, Kambodscha. Sie sei, erklärte sie und blickte fröhlich um sich, losgereist auf der Suche nach Etwas. Nur was, fügte sie lachend hinzu, das habe sie leider vergessen.

Zum Inle See müsse sie da fahren, rieten ihr die Mönche, unbedingt. Zu den Ein-Bein-Ruderern, den schwimmenden Gärten, the floating gardens. Zum Kloster mit den springenden Katzen, Nga Phe Kyaung. Den Handweberinnen mit ihren Schals aus feingesponnener Lotusfaser. Nach Bagan. Wo sie in der Abenddämmerung eine der Pagoden erklimmen müsse, um das Aufsteigen des Nebels über den Ruinen zu verfolgen. Mandalay. Mrauk U. Oder wolle sie das Meer sehen. Die Korallenriffe vor Ngapali. Möge sie finden, was sie suche.

Dass sie neunundzwanzig Jahre alt sei, erzählte sie ihnen, als einer der Mönche sie danach fragte. Aufgewachsen in Dänemark, Kopenhagen. Nach der Schule habe sie die Ausbildung zur Softwaredesignerin gemacht. Danach ein Angebot nach London, ein Umzug, ein Bruch. Sie sprach mit der Haarspange zwischen den Zähnen, während sie sich das Haar mit beiden Händen zurück in den Pferdeschwanz schaufelte. Danach sprang sie auf, fischte sich von der Ablage vor der Tafel ein Stück Kreide, ließ sich vom Lehrer zeigen, wie sie ihren Namen in der Landesschrift zu schreiben habe. Konzentriert malte sie die Reihung der Kreise ab, klemmte die Zungenspitze zwischen die Zähne. Verbeugte sich lachend, als die Mönche, die jungen Männer, die Frauen in ihren gemusterten Blusen ihr applaudierten. Ließ sich vom Lehrer eine Star-Cola reichen.

Und er, der er still neben ihr gesessen hatte, der den Blick nicht hatte abwenden können von ihr, griff nach der Flasche zu seinen Füßen. Er stand auf, stellte sich neben sie, prostete ihr zu. Ließ sie nicht aus den Augen, ihre Lippen, die Schluckbewegungen an ihrem Hals, die geschwungenen Augenbrauen, das wippende Haar, während er die lauwarm gewordene Cola ansetzte und endlich trank.

Es dauerte, so schien es ihm, eine Ewigkeit, bis er mit ihr alleine war. Dass man gemeinsam Essen gehen werde, verkündete der Lehrer, thank you to our foreign guests. Vorher bemalten die Frauen Sines Gesicht. Sine. Ursprünglich Signe geschrieben, wie sie später berichtigte – und er dachte: Sign. Thanaka rieben sie ihr auf die Haut, kleine Kreise aus dieser Paste aus zerstoßenem Sandelholz und gelber Baumrinde. Sonnenschutz sei das, erklärte eines der Mädchen, ein Schmuck außerdem und gut für die Haut. Er stand neben ihr, während sie die Creme mit Wasser anrührten, lehnte sich schließlich zu ihr, flüsterte: Thank god you are here. Ein Aufblitzen in ihren Augen, ein verwundertes Lächeln, bis die Frauen sie baten, still zu halten, sonst verzerre sich das Muster.

Im Restaurant saß Sine ihm gegenüber. Er erinnert sich, wie sie da saß, wie sie ihm über den Tisch mit den dampfenden Tellern hinweg zuzwinkerte. Alles andere verwischt. Die Müdigkeit drückte ihn auf den Stuhl, die plötzliche Erinnerung seines Körpers an die Strapazen der Reise, den Abflug in Berlin, den endlosen Flug, die Ankunft am Mingaladon

Airport vor nur wenigen Stunden. Die Fahrt ins Guesthouse, erster Gang durch die Stadt. Dann der Mönch an der Straßenkreuzung, *do you want to meet friends of mine,* der Raum, der Lehrer. Die Anstrengung der Unsicherheit. Die Erschöpfung, die Hitze. Er weiß nicht mehr, was sie aßen. Reis muss es gewesen sein, Reis mit Gemüse, mit Huhn vielleicht. Er aß, weil sie aß. Blieb, weil sie blieb. Kann sich kaum erinnern. An die Gesichter der anderen, die Sitzordnung, die Gespräche, die er geführt haben muss.

Einer war da, der mit ihm reden wollte. Das hätte, ist er sich heute sicher, etwas geklärt. Aber er wollte nicht mehr. War auf der anderen Seite des niedrigen Plastiktisches, verfolgte Sines Gespräche über die Bewegungen ihres Mundes. Es war zu laut: das Scheppern und Brutzeln aus der offenen Küche hinter ihr, junge Mädchen, die in brodelnden Töpfen rührten, aufzischende Gewürzschwaden, Kurkuma, Tamarinde, Kreuzkümmel vielleicht, die rufenden, lachenden Leute. Zu ihren Füßen neugeborene Kätzchen, von denen eines noch geburtsblind gegen Sines Knöchel torkelte. Er sah sie stutzen, sich herabbeugen, jubelnd das Kätzchen auf ihren Schoß heben. Sie rief etwas, aber er verstand nicht, was sie sagte. Schon wollte er aufstehen, endlich zu ihr gehen, sich noch einmal vorstellen, sie in ein Gespräch verwickeln, aber da drängte sich der Mönch an ihn heran. Schob seinen Stuhl dicht neben ihn, lehnte sich ihm entgegen. Wer hat dich hergebracht, wollte der wissen. Er schüttelte den Kopf, unwirsch, sagte: weiß nicht mehr, lass mich, da drüben, ich will hören, was sie sagt. Ich war das, bestand der Mönch auf Aufmerksamkeit, es gibt etwas, das ich dir sagen will, erinnerst du dich an mich. Und er runzelte die Stirn, sah kurz zur Seite, besah sich den Mönch, das junge, fragende Gesicht, die Glatze, die rote Robe, nackte Schulter, alles austauschbar für seine müder werdenden Augen. Sagte: egal, kann sein, eher nicht, wieso. Ist das denn wichtig.

Dafür schämt er sich jetzt. Für die Enttäuschung, die sich im Gesicht des Mönches ausbreitete. Dieser Mönch, der, das glaubt er zu verstehen, nicht derjenige gewesen war, der ihn zum Lehrer geführt hatte. Es war der, der verstohlen seinen Namen von der Tafel abgemalt hatte. Kurz hatte er den Impuls gehabt, ihn zurückzuhalten, als der nun aufstand und sich im Gehen noch einmal nach ihm umdrehte, ihn ansah. Aber dann rief ihm Sine über den Tisch hinweg etwas zu und er vergaß.

Gemeinsam mit den Mönchen verließen sie später das Restaurant, liefen weiter, bis sich an Biegungen, an Straßenecken ein Begleiter nach dem anderen von ihnen verabschiedete. Auch der letzte, der ihn ansah, plötzlich aussah wie der Mönch zuvor. Der schließlich stehen blieb, den Kopf schüttelte, und im Zurückbleiben sagte: I brought you there.

Sine zog im Weiterlaufen ein Zigarettenpäckchen aus ihrer roten Tasche, sagte: I am dying for a smoke. Im Anzünden drehte sie sich nach dem Mönch um, der noch immer dort stand, der ihnen nachsah. Sie winkte ihm zu, sagte: das also war dein Mönch. Sie selbst sei an der Sule Pagode angesprochen worden, in einer Seitenstraße, abseits der Bretterbuden, in denen die Militärs den von den Touristen zu zahlenden Eintritt einforderten, sign here, give me number of visa. Sie sei, sagte sie, neugierig gewesen und gerne mitgegangen. Und was für ein Glück das sei: diese Offenheit der Menschen hier.

Er nickte. Wollte etwas hinzufügen, wollte sie nach ihrer Einschätzung fragen, was meinst du, was war das für eine Versammlung, was war das für eine Schule. Diese Mönche, dieser Lehrer, waren die staatstreu, wer waren die. Aber da hielt sie sich plötzlich die Nase zu, presste Zeigefinger und Daumen auf ihre Nasenflügel, deutete mit dem Kopf auf einen am Straßenrand kauernden Händler, auf das vor ihm aufgetürmte, stachelige Obst: Durian, sagte sie und stieß Zigarettenrauch durch ihren geöffneten Mund, let's run, this is the smelly queen of all fruits.

Der Gestank der aufplatzenden Durianfrüchte trieb sie weiter, in eine angrenzende Gasse hinein, vorbei an Männern in bunten Röcken, die auf kleinen, grün-verwaschenen Plastikschemeln kauerten, Tee aus Schalen schlürften. Die Gebäude waren hier höher, als er erwartet hatte, blätternde Farbe an abgeschabten Hauswänden.

Yangon ist eine Stadt, hast Du gesagt, die sich unter den Schatten ihrer Pagode duckt, damit nichts dem Himmel näher kommt als die Spitze der goldenen Kuppel von Shwedagon.

Sine blieb stehen, blickte sich um. Ob er nicht irgendwo ein Mandalay-Bier mit ihr trinken gehen wolle, sagte sie und schnippte ihre halb aufgerauchte Zigarette auf den Boden. Denn, fuhr sie fort, was er da vorhin begonnen habe zu erzählen, das interessiere sie sehr. Sie habe gar nicht verstehen können, wieso keiner der Mönche nachgefragt habe. Wieso sich alle auf sie konzentriert hätten, auf ihren Namen, ihr Leben. Deine Vergangenheit, deine Flucht, sagte sie, faszinieren mich. So jemanden muss ich kennen lernen. Auf ihrem Gesicht war die Thanaka-Verzierung eingetrocknet. Einen Strich hatten sie ihr auf das Nasenbein gezeichnet, zwei große Kreise unter die Wangenknochen. Als sie jetzt zu ihm sah und lächelte, riss die helle Farbe ein wenig ein. Er stand vor ihr. Und hatte zum ersten Mal das Gefühl, dass sie ihn direkt betrachtete, ein offener Blick. Gerade wollte er antworten, wollte etwas sagen. Da zog sie das Zigarettenpäckchen wieder aus ihrer Tasche, diese rosafarbene Schachtel, thailändische Marke. Sie klopfte es auf und hielt ihm die vorgeschobene Zigarette hin.

Bitte, erzähl mir. Wie war das.

3

Das Absinken der Kofferraumklappe, die sich über mir schließt. Mein Pulsschlag zu laut, das Herz ein stolperndes, fehl schlagendes Metronom. Immer wieder: mein Atem. Das eigene Keuchen im Ohr. Die Enge, die Luft. Der Schrei, den ich nicht ausstoßen darf. Meine schwitzende Hand um die Uhr gekrallt, der Zeigefinger knapp über der Stopptaste. Mein Blick auf die digitale Anzeige gerichtet, auf das kleine, rechteckige Feld, auf dem sich Sekunden verlaufen, Bruchteile von Sekunden, Hundertstelsekunden, diese Nanofragmente aus Zeit.

Als ich begann, mich vorzubereiten, war es fast schon zu spät. Ich weiß nicht, wie ich mir das dachte. Unvorstellbar war das: Ich, fünfzehnjährig, im Kofferraum dieses Diplomatenwagens. Ich mit meiner furchtbaren Angst vor geschlossenen Räumen. Schon der Einstieg, das wusste ich, würde mir nicht möglich sein.

Der Diplomatensohn wusste nichts von meiner Furcht. Ich hatte ihm nichts davon erzählt. Er hätte mich, da war ich mir sicher, sonst niemals mitgenommen. Ich wäre ihm zu riskant gewesen. Ohnehin redeten wir kaum miteinander in den Wochen vor unserer Flucht. Wir wollten uns nicht verdächtig machen.

Wann wir den Plan entwickelten, kann ich heute nicht mehr

sagen. Es muss schnell gegangen sein, wir kannten uns gar nicht lang. Irgendwann war der Gedanke da. An seinem achtzehnten Geburtstag sollte es soweit sein: er würde den Wagen seines Vaters stehlen und damit über die Grenze fahren. Von Westberlin flöge er dann heim nach Ecuador. Um seinen Neuanfang, den Bruch mit seinem Vater, zu finanzieren, würde er im Kofferraum einen Flüchtling nach drüben transportieren. Den würde seine Flucht zehntausend Westmark kosten. Das Risiko schien uns gering. Diplomatenwägen, das sagte er mir, wurden nicht kontrolliert. Wir stellten uns das einfach vor: eine Fahrt, bei der ihm nichts weiter gelingen musste, als beim Grenzübergang unbeteiligt dreinzublicken.

Dass ich mich selbst als Flüchtling ins Spiel brachte, hat mich mehr überrascht als ihn. Heute glaube ich, dass er mich von Anfang an als Kundschaft betrachtete. Dass er deswegen begonnen hatte, mit mir zu sprechen. Damals dachte ich, wir wären befreundet. Ich sah ein, dass der Plan für ihn nur Sinn machte, wenn ich zahlen konnte. Ich fand das richtig. Und tatsächlich war das Geld nicht mein größtes Problem. Wir hatten Westkontakte, entfernte Verwandte meiner Mutter, die verstanden, dass ich Abitur machen dürfen wollte, Architektur studieren. Im Nachhinein wirkt das alles ganz einfach. Eine Cousine nahm die Sache in die Hand. Sie sprach mit den Familien, beschwor sie, mich meinen Eltern, meinem kleinen Bruder nicht zu verraten, richtete ein Konto ein. Am Fluchttag wollte sie in Westberlin mit dem Geld auf uns warten. Sie würde es, sagte sie, erst auszahlen, wenn ich vor ihr stünde. Sie traute dem Diplomatensohn nicht.

Mir machte Anderes Angst. Sobald ich daran dachte, wurde mir übel. Ich würde nicht einsteigen können. Das war mir klar. Es war einfach nicht denkbar: ich in diesem stickigen, winzigen Raum.

Sines Gesicht. Ihre Körperwärme, die er spürte, als sie näher zu ihm rückte. Ihr Atem, der ihn streifte, erstmals, als sie sagte: Go on. Please.

Heute weiß ich, dass es Therapien gibt. Dass erprobte Methoden existieren, Analysen, wissenschaftliche Auswertungen. Man spricht von Gegenüberstellung mit der Furcht, Konfrontation in vivo, face your demons. Damals aber hatte ich keine Ahnung, wie das gehen sollte. Es war einfach die einzige Lösung, die mir einfiel: ich beschloss, mir selbst meinen Raum zu verringern. Ich musste, so dachte ich mir, mich in immer kleiner werdende Räume hineintrainieren. Mit weitläufigen Gebäuden würde ich anfangen. Täglich würde ich mich dann weiter begrenzen. Von Hallen in Häuser, von Zimmern in Kammern hinein, in Winkel, in Truhen schließlich. Bis ich mir zutraute, in den Kofferraum zu steigen. Viel Zeit hatte ich dafür nicht. Bis zum Fluchttag blieben mir drei Monate.

Zunächst suchte ich mir Orte. Für den Trainingsbeginn fand ich mir Bauten, die so groß, so geräumig waren, dass ich sie gerade noch angstfrei betreten konnte. Markthallen, Bahnhöfe, Turnräume, S-Bahnbögen. Dort hielt ich mich auf. Ich zwang mich, zu bleiben, lief hin und her, beobachtete mich selbst dabei. Meine Reaktionen auf enger werdende, abzweigende Gänge. Die ansteigende Geschwindigkeit meines Herzschlags beim Einbiegen in unbekannte Teilräume, in fensterlose Nebenflügel, architektonische Verschachtelungen. Meine Körperwärme, den Takt meiner Schritte. Meine Gewohnheit, mir die Fingernägel in das Handgelenk zu graben, wenn die Furcht begann. Ich wiederholte Handlungen so lange, bis sie mir möglich wurden. Immer wieder lief ich die gleichen Strecken, schrieb alles auf.

Die erste Phase war leicht. Ich kam gut voran, konnte mich bald schon kleineren Räumen zuwenden: Läden, Treppenhäusern, unbenutzten Dachböden sogar. Ich wurde geschickt im Finden von Vorwänden, von Gründen für meine Anwesenheit. Schwieriger wurde es, als ich mich dem Bereich der Zimmergröße näherte. In unserer Wohnung zu trainieren war unmöglich, die Eltern durften nichts merken. Ich musste mich von zu Hause fern halten, musste meinen Parcours in die Außenbezirke verlagern. Mein Bruder hatte schon begonnen, mich zu beobachten. Auf meinen Wegen wechselte ich jetzt mehrfach die Straßenseiten, um sicher zu sein, dass er mir nicht folgte.

Wann ich auf die Aufzüge kam, ist heute schwer zu sagen. In dieser Erinnerung gibt es viele Lücken. Ich spreche nicht oft über all das.

Vielleicht, sagte Sine, muss das so sein.

Die Punkthochhäuser hatten mich schon immer fasziniert. Die Doppelhochhäuser waren mir am liebsten. Ich kannte ihre Seriennummern, hatte mich mit der Großtafelbauweise beschäftigt. Ich wusste um die Spannweite der Deckenplatten, hatte mich eingelesen in die Maße und Beschaffenheiten von Außenwänden, Innenwänden, Querwandsystemen. Das Treppenhaus war ausgelagert, die Aufzüge führten in zwei Strängen nach oben. Sie fielen mir ein, als ich nach einer Möglichkeit suchte, mein Training zu verschärfen.

Der einundzwanzigste Stock war mein Gipfelkreuz. Dorthin musste ich kommen. Selbst für einen Menschen ohne Klaustrophobie war das eine Herausforderung. Die Aufzüge waren eng. Sie stanken, sie klapperten. Wenn sie auf den Aufsetzblöcken aufkamen, erzeugten sie ein Donnern, des-

sen Echo sich bis unter die Flachdächer zog. Früher glaubte ich, dass der Nachhall die Mauern zum Einstürzen bringen würde. Ich konnte das Schwanken spüren. Fühlte das fortgesetzte Vibrieren der erschütterten Betonplatten. Hörte schon das scharfe Knacken sich ausfächernder Risse.

Ich suchte mir sieben Hochhäuser aus. Ich würde im Dreischritt vorgehen: nach jeweils drei bewältigten Stockwerken, dem sechsten, dem neunten, würde ich das Gebäude wechseln, in einen anderen Bezirk hinein. Das war mein Plan.

Schon am ersten Tag scheiterte ich. Der Einstieg gelang mir nicht. Ich stand vor der geöffneten Kabine, trat nicht ein. Nur rückwärts war möglich. Immer wieder zerrte ich die Außentür auf. Lehnte mich aus dem Hauseingang, rang nach Luft. Wenn Leute kamen, wich ich aus. Fast dreihundert Wohnungen befanden sich in einem Areal. Dass mich jemand als unzugehörig identifizierte, war unwahrscheinlich. Dennoch durfte ich nicht auffallen. Durfte nicht schreien, nicht zittern. Ich musste die Kontrolle behalten. Irgendwann stieg ich das Treppenhaus hoch bis in den ersten Stock. Versuchte, mich davon zu überzeugen, dass die Distanz zwischen den Stockwerken so kurz war. Dass der Moment schnell vorüber wäre. Ich stellte Rechnungen auf. Multiplizierte die Deckenhöhe der Stockwerke mit der mutmaßlichen Fahrgeschwindigkeit pro Meter. Sagte mir, dass es hier um wenige Sekunden ging, die ich überstehen müsste. Dass der erste Stock für den Anfang reichen würde, dass die Zeitspanne winzig wäre. Nichts half.

Trotzdem kam ich wieder. Am dritten Tag trat ich ein. Der Fahrkorb gab nach unter meinen Füßen. Ich konnte das spüren. Konnte hinter der Spanplattentäfelung der Kabine die Wände der Schachtgrube erahnen. Über mir zuckte das

Licht. Jemand hatte die Verblendung der Leuchtstoffröhren abgerissen. Ich versuchte, mich darauf zu konzentrieren, versuchte, als sich die Tür schloss, meinen Blick gegen die Helligkeit zu lenken, auf die Bruchkanten des Holzfurniers. Das Krachen, das Rattern zwang mich in die Knie. Ich kauerte auf dem Boden, atmete nicht. Im ersten Stock stieg ich nicht aus. Angelte mit der Hand nach dem Knopf über mir, drückte die Zwei. Blieb auf dem Boden. Spürte den Schwindel kommen, die Übelkeit. Blieb bis zum dritten, zum vierten Stock. Dort kippte ich in den Flur, erbrach mich gegen die Wand. Ich stand auf, sah mich nicht um. Stieg über das Treppenhaus ab und versuchte es wieder.

Drei Wochen vor der Flucht hatte ich mich bis zum sechzehnten Stock hochgearbeitet. Das war meine Grenze, darüber kam ich nicht hinweg. Hätte es eine Halterung gegeben, eine Stange, an der ich mich hätte festketten können – ich hätte es getan. Stattdessen floh ich. Schon der dreizehnte, der vierzehnte Stock waren kaum zu ertragen. Im sechzehnten war ich nicht mehr zu halten, mein Körper koppelte sich ab. Er warf sich gegen die Tür, bis sie sich öffnete, er rannte.

Zum ersten Mal dachte ich an Medikamente. Ob es da etwas gäbe. Eine Möglichkeit, mich zu betäuben, vielleicht. Mich beim Einstieg in den Kofferraum unter Narkose zu setzen. Mich auszuschalten, bis ich drüben wäre. An Chloroform dachte ich. An anästhetische Mittel. Aber ich hatte Angst vor dem Ernstfall. Dass sie uns anhalten könnten. Mich aus dem Kofferraum zerren. Dass sie meinen betäubten, leblosen Körper irgendwo hinbringen würden. Was würden sie dann machen mit mir.

Sines Hand, die sich zu ihm schob. Eine Umgewichtung war das, eine leichte Verlagerung der Ellenbogen. Bis ihre Finger wie unbeabsichtigt an seinem Arm auflagen.

Ich verdoppelte das Training, stahl meiner Großmutter den zweiten Wohnungsschlüssel. Wochentags, während sie arbeitete, schlich ich mich in ihr Schlafzimmer. Ihr Wandschrank hatte die richtigen Maße. Ich zog die Türflügel hinter mir zu, stoppte meine Zeit. Die Armbanduhr, die ich besaß, war ein Geschenk unserer Westverwandten. Sie hatten sie mir bei einem Besuch zugesteckt, hinter dem Rücken meines Vaters. Über die Leuchtziffern auf dem Display verfolgte ich meinen Fortschritt.

Eine Stunde wollte ich erreichen. Sechzig Minuten. Sehr viel länger, so dachte ich, würde unsere Flucht nicht dauern. Anfangs mogelte ich. Ich ließ Ritzen offen, presste meinen Mund, meine Nase an die Öffnung, sog die Zimmerluft tief ein. Aber schon nach dem vierten Tag hörte ich damit auf. Ich stopfte Kleider, Jacken, Mäntel von innen gegen die Tür, wollte sicher sein, dass alles abgedichtet war. Damit ich mir hinterher nicht vorwerfen müsste, ich hätte nicht alles versucht.

Das Schrankinnere roch nach Lavendelholz. Meine Großmutter schwor darauf. Es sei, sagte sie, gut zur Vertreibung von Kleidermotten. Etwas an dem Geruch war tröstlich. Ich versuchte, mich in der Dunkelheit darauf zu konzentrieren. Malte mir Waldspaziergänge aus, blühenden Lavendel, Kornfelder. Immer wieder dachte ich an das Haus. Mein Haus, das ich bauen würde, irgendwann. Ein Haus, das nur aus Fluren bestünde. Man könnte dort, dachte ich mir, immer atmen. Weil man wüsste, dass sie irgendwohin führen, diese Flure. Weil alles offen wäre. Es gäbe Eingänge, Ausgänge, immer in Sichtweite. Fenster wären nicht nötig.

In der DDR hätte ich das Haus nie bauen können. Sie hatten mir alle Schritte in diese Richtung verweigert. Ich wollte Baupläne zeichnen können. Wollte lernen, wie man konstruiert, wie man vermisst, wie man berechnet. Von Werkstoffen und Raumbegrenzungen wollte ich Ahnung bekommen, von Gleichgewichtsformen für Tragsysteme, von den Tücken doppelt gekrümmter Flächen. Aber daran war nicht zu denken gewesen.

Im Schrank entwarf ich Skizzen in meinem Kopf. Suchte nach Grundrissen, während ich meine Stirn gegen die Kleider meiner Oma presste. Zwang meine Gedanken zu Statikfragen, sobald mein Körper zu schwitzen begann. Während meine Augen im Dunkeln zu flattern anfingen, während meine rutschenden Finger sich in Gürteln verfingen, in Handtaschen, in Schals, in Schnallen, dachte ich an Deckengestaltungen, Fußbodenbeläge. Fragte mich, während mein Atem in der stickigen Luft schneller wurde, ob ich mich für ein Flachdach entscheiden würde. Würde ich Treppen einbauen, gäbe es Stufen. Manchmal zwang ich mich noch zur Beantwortung der Fragen, während ich schon die Schranktüren aufriss. Ich hörte dann, obwohl ich schon zum Fenster stürzte, nicht auf zu denken. Obwohl ich gerade die Doppelscheiben aufzerrte und meinen Kopf – die tränenden Augen, den aufgerissenen Mund – in den Innenhof hielt.

Anfangs hielt ich es nicht lange aus. Ich erreichte sieben Minuten, manchmal zehn. Ich zwang mich dazu, wieder von vorne anzufangen. Rechnete in Hundertstelsekunden, verbuchte noch den minimalsten Erfolg. Ich würde, das wusste ich, besser werden müssen. Ich hatte keine andere Wahl.

Am Tag vor meiner Flucht zog ich Bilanz. Meine letzte Testzeit betrug vierunddreißig Minuten. Die letzte Aufzug-

fahrt brachte mich bis in den achtzehnten Stock. Es fehlten sechsundzwanzig Minuten und drei Stockwerke. Ich musste das einsehen: es würde nicht reichen. Ich war nicht bereit.

Weshalb ich nicht absagte, ist mir heute ein Rätsel. Ich kam gar nicht auf die Idee. Vielleicht hatte ich schon zuviel investiert. Vielleicht gab es kein Zurück.

4

Eine Stimme neben ihm: I am sorry, my brother, we close. Er fährt hoch. Vor seinen weit aufgerissenen Augen ist es dunkel geworden, schwarz alles, die Sonne längst hinter den Schatten der Shanberge versunken, er hat es nicht bemerkt. Im Abgrund unter ihm die wenigen Lichter Mandalays. Bei ihm der Mann, der ihn angesprochen hat, fremde Gesichtszüge im Dämmerlicht einer Laterne, who are you, wieso darfst du mich wegschicken. We close, wiederholt der Mann, die Stimme ruhig, freundlich.

Er nickt. Versucht, die Erinnerung abzuschütteln, Sine, der erste Abend, die erzählte Vergangenheit. Atmet ein. Will sich auf diesen Berg zurückholen, zu diesem Mann, fort von den eigenen, herumirrenden Gedanken.

Ich kenne, hast Du mir einmal gesagt, niemanden, der so tief in sich verschwinden kann wie Du.

Noch immer liegen seine Hände auf dem Geländer. Im Loslassen spürt er das Metall in den Innenflächen, seine Finger formen noch in der Luft den Griff um die Stange. Der Mann lächelt, als er es bemerkt. Langsam begleitet er ihn bis zum Treppenabsatz, streicht dabei über die Falten seines rotbraunen Gewands. Ein Mönch, denkt er, natürlich.

Vor dem scharf gezirkelten Rahmen, den Dach und Stützpfeiler an der ersten Stufe bilden, bleibt er stehen. Zögert. Sieht vor sich die nachflimmernden Schemen der Menschen, die er auf dem Schwellenübergang belauert hat, sei Sine, sei Sine. Ob er nicht bleiben könne, will er den Mönch bitten, es ist wichtig, sie kommt noch, muss doch kommen, wie sonst soll ich sie wieder finden. Aber dann bringt er es nicht über die Lippen, über dieses Kratzen im Hals. Stattdessen lächelt er dem Mönch zu und hebt im Abwenden die Hand zum Gruß.

Dass das Gewicht seines Körpers ihn abwärts zieht. Seine Füße, die ihn über die Stufen tiefer tragen, verursachen ein Scharren, das sich mit den nächtlichen Geräuschen vermischt. Der Berg knistert, denkt er. Ratten im Gestrüpp, am Rand der Treppen Schlangen, Skorpione vielleicht.

Da, plötzlich, der Klingelton seines Handys. Jäh fällt das Geräusch in den Treppenschacht, durchschneidet die Dunkelheit. Er beginnt in den Taschen seiner Hose zu wühlen, ein Mechanismus, kein Gedanke, er zerrt an Reißverschlüssen, stülpt das Stofffutter nach außen, fingert nach dem Telefon, irgendwo muss hier doch, wo ist es, wo ist es, Sine, sie ruft mich an. Bis er aufsieht und begreift, dass der Ton anders klingt. Dass er aus der Tiefe des Bergwaldes kommt. Und er erinnert sich: er hat sein Handy nicht bei sich. In Deutschland ist es, nicht hier in Myanmar, Burma, Birma, dem letzten der netzlosen Länder. Sine kann ihn nicht anrufen, sie weiß seine Nummer nicht, ebenso wenig wie er ihre. Nicht einmal ihren Nachnamen kennt er, besitzt keine e-mail-Adresse, keine Telefonnummer, nichts, wer konnte denn ahnen, dass.

An die im Waldboden verlaufende Treppenseite tritt er heran, kneift auf der Suche nach der Klangquelle die Augen zusammen. Bis er sich schließlich bückt, einen Stein aufhebt und ihn in die Richtung des Klingelns wirft. Ein Rascheln, ein Aufflattern, dann Stille. Nur noch das Rauschen in den Baumkronen.

Am Anfang der Reise, in Yangon, am Goldenen Felsen, selbst am Inle See noch, war ihm das manchmal passiert: er glaubte das Klingeln seines Handys wahrzunehmen, gedämpfte Obertöne im Lärm des Straßenverkehrs, manchmal ein Vibrieren in seinen Hosentaschen. Phantomschmerzen sind das, hatte Sine gelacht, als er ihr davon erzählte, als sie wahrnahm, dass er, wieder einmal, nachfühlte in seinen Taschen, der Griff nach dem Hörer, hallo, ja bitte. Phantomschmerzen durch Phantomklingeln, wir sind die Opfer einer degenerierten Zivilisation, Fehlzüchtungen allesamt. Noch im Schlaf, sagte sie, greife ich manchmal nach dem Computer, will den Rechner hochfahren, tippe auf meiner Bettdecke Zahlenkombinationen in eine imaginierte Tastatur. Bevor sie sich das nicht ausgetrieben habe, gehe sie nicht zurück. Eine ihrer Freundinnen sei Tänzerin, ein elfenhaftes Wesen. Manchmal träume die sich nachts die Bewegungsfolge schwieriger Choreographien. In Tanzposen erstarrt wache sie dann auf, müsse sich am Morgen die Glieder zurechtsortieren, schimpfe schließlich am Telefon über den eigenen, übereifrigen Körper. Aber für mich, sagte Sine, wäre das ein Lebensziel: me, dancing in my sleep.

Wie soll er sie erreichen. Im Abwärtsgehen sackt das Begreifen in ihn: sie ist nicht gekommen. Und doch muss sie in Mandalay sein. Er hat den Bus dorthin davonfahren sehen, als er ihr nachrannte, als er schrie, bleib, versteh doch. Sie muss hier sein, in dieser Stadt, irgendwo. Wo, fragt er sich, wo soll er sie suchen. Soll er morgen auf diesen Berg zurückkommen, soll er anderswo warten, die Stadt wechseln, macht das Sinn.

Weiter unten sieht er den Schimmer der Straßenlaternen. Beinahe hat er schon den Boden erreicht. Die aufbrechenden Händler blicken ihm verwundert entgegen. Sie haben längst ihre Auslageflächen kahl geräumt, haben die Andenken in Kisten verpackt. Einer will ihn ansprechen, will eine gerade verstaute Buddhafigur wieder hervorziehen und ihm anbieten, aber ein anderer hält ihn zurück.

In dem leeren Bastregal am Eingang sind seine Schuhe das letzte übrig gebliebene Paar. Fast ist er zu müde, um sich zu bücken und die Klettverschlüsse der Sandalen festzuziehen. Die Kopfschmerzen vom Morgen fallen ihm ein. Aber als er kurz innehält und nachspürt, fühlt er nichts.

Zwischen den hoch aufragenden Statuen der Chinthe bleibt er stehen. Ein verlassener Platz vor ihm. In Gedanken versucht er, die Strecke abzufahren, die er mit dem Rikschafahrer genommen hat. Versucht, sich an Biegungen zu erinnern, an Abzweigungen und Kreuzungen. Tastet dann nach dem Stadtplan in seiner Hosentasche und läuft los, ohne ihn hervorzuziehen. Der Weg knirscht unter ihm, als er sich in Bewegung setzt. Seine Muskeln schmerzen von dem hektischen Aufstieg, dem schnellen Abstieg. Dann das leise Surren eines Fahrrads. Die Stimme des Rikschafahrers: was she not there.

Langsam schüttelt er den Kopf. No, sagt er und sieht auf, no, she wasn't. Die Augen des Rikschafahrers, die ihm plötzlich im Blickfeld verschwimmen. Schweigend deutet der Fahrer auf den Sitz. Eine stumme Fahrt durch die Nacht. Ein Satz, schließlich, vor dem Hotel: tomorrow, wann soll ich kommen, I bring you back to the hill.

Immer noch ist alles mit Dir verknüpft. Ich werde Dich nicht los.

An der Rezeption steht der junge Burmese vom Morgen. Er muss ihn durch das Glasfenster der Tür kommen gesehen haben, denn der Zimmerschlüssel liegt schon auf dem Tresen für ihn bereit. This blond girl, ruft ihm der Burmese entgegen, noch bevor er ihn grüßen kann, hello, min-ga-la-ba, this blond woman: not arrived.

Er nickt. Greift sich den Schlüssel von der Ablage. Und stellt sich vor, wie der Burmese dagesessen haben muss, diesen ganzen Tag lang. Wie er von Sine geträumt hat, von dieser unbekannten, blonden Frau aus Europa. Wie er gehofft haben mag, dass hinter dem wasserbenetzten Glasfenster ihr heller Haarschopf auftauchen möge, die beschriebenen, feinen dänischen Gesichtszüge.

Vielleicht, denkt er, ist sie längst unterwegs zu den Tempelruinen von Bagan. Oder hinauf in die Berge: nach Pyin Oo Lwin, zu den Pwe Kauk Wasserfällen. Nach Hsipaw. Dort hatten sie hinreisen wollen, gemeinsam. Noch vorgestern waren sie auf dem Bett gelegen und hatten ihre Reiseführer nebeneinander gehalten wie fragwürdige Spielkarten: Bei mir steht das, bei mir steht etwas anderes. Sine hatte sich auf seiner nackten Brust abgestützt, hatte das Buch in die Höhe gereckt und gerufen: Das ist mein Führer, mein Mister *Lonely Planet*, nur ihm allein werde ich folgen. Und er hatte ihren Arm zu sich gebogen, hatte sie auf sich herab gezogen und in ihren lachenden Mund hineingemurmelt, just follow me, this way, now this way, bis ihr lauter werdender Atem das Lachen verdrängte. Bis sie nach ihm griff und ihren kühlen Körper um ihn schlang. Bis an beiden Seiten des Bettes die Bücher über die Matratze rutschten und aufblätternd zu Boden fielen.

Der *Lonely Planet*, Reise-Guru der Backpacker. Den, begreift er, bräuchte er jetzt. In Deutschland war er in der Reiseabteilung der Buchhandlung gestanden und hatte den

Lonely Planet nicht aus dem Regal gezogen. Er war mit dem Finger über die Farbe des Einbandes gefahren und hatte nicht innegehalten. Das Dunkelblau hatte ihn abgeschreckt. An Horden von Rucksacktouristen hatte es ihn erinnert: in den malerischen Gassen der Prager Altstadt, auf verborgenen Plätzen der schönsten Stadtteile Lissabons, in den Szene-Cafés im Prenzlauer Berg, Berlin. Immer hielten sie dieses dunkelblaue Buch umklammert, folgten den vorgezeichneten Wegbeschreibungen: this is the place to be, yeah! Don't miss it! Stattdessen hatte er nach einem Führer aus einem anderen Verlag gegriffen. Einem seriös wirkenden, soeben erschienenen Buch, das nur in deutscher Sprache erhältlich war. So, hatte er gedacht, würde er den Globetrottern aus dem Weg gehen können, den Australiern und den Amerikanern, all diesen Anfang zwanzigjährigen Europäern, die nach dem Zivildienst nicht wussten, wohin. Den Mittdreißigern auf Sinnsuche: den Chefredakteuren gecrashter Internet-Start-ups, den arbeitslosen Art-Direktoren und überdrüssigen Web-Designern. Und hatte nicht damit gerechnet, dass er eine von ihnen suchen würde, ausgerechnet.

Im Zimmer beugt er sich über seinen Reiseführer. Essen gehen will er, muss er. Den ganzen Tag lang hat er nichts zu sich genommen außer Wasser und Aspirin. Schon beginnt seine Hand zu zittern, das kennt er von daheim, Unterzucker auf leeren Magen. Er blättert schnell, findet die Seite mit den Restaurantempfehlungen in Mandalay, sucht nach Indischer Küche. Sine, das weiß er, wird heute Abend indisch essen gehen. Egal, wo sie ist. Sie kann die burmesischen Gerichte nicht ausstehen. Eine unappetitliche Pampe sei das, hatte sie sich immer wieder bei ihm beschwert. Ein geschmackloser Brei aus Reis und ölverschmiertem Gemüse. Dabei habe sie sich so auf die Nationalgerichte gefreut. Von Seetanggelee hatten ihr andere Reisende erzählt, kyaukkyaw, von scharfen Suppen zum Frühstück und süßem Reiskuchen mit kokosmilchgetränkten Bananen zum Nachtisch. Sie aber habe, sagte Sine, seit dem Tag ihrer Einreise noch nicht ein leckeres Gericht gegessen. Fad sei das alles, als gäbe es in Myanmar keine Gewürze. Vielleicht Fleisch, räumte sie ein. Hühnercurry, Lammfleischspieße, Fischpasten, das könne sein. Aber das helfe ihr nicht weiter, sie sei schließlich Vegetarierin. Deswegen waren sie am Inle See indisch essen gegangen, jeden Abend. Dass sie das weiter so handhaben werde, hatte Sine geschworen, als sie ihr einen Blechteller mit scharf gewürztem, indischen Curry auf den Tisch stellten und sie glücklich die Gabel mit aromatischem Gemüse in ihren Mund schob: nur noch indisch ab jetzt, fuck the burmese haute cuisine, fuck kyaukkyaw.

Die indischen Restaurants, steht in seinem Reiseführer, befinden sich im Bereich der 81. und 26. Straße, nahe der Hindu- und Sikh-Tempel. Sein Blick irrt über die aufgereihten Namen: Marie Min I, Punjab Food House, Laksmi Restaurant. Wohin würde Sine gehen. Wieder wünscht er sich den *Lonely Planet*. Er würde herauslesen können, wo Sine sich aufhält. Er könnte das. Oft genug hat er beobachtet, wie sie ihre Weiterreise plant. Was ihre Kriterien sind. Der Preis. Die Lage. Er kennt die Worte, auf die sie reagiert: reasonable prices, zum Beispiel, oder: off the tourist track.

Das Marie Min I, beschließt er, könnte es sein. Familienbetrieb, steht hier, sehr preiswert, sehr gutes vegetarisches Essen. Ob es im *Lonely Planet* erfasst ist, kann er nicht wissen. Einen Versuch aber, beschließt er, ist es wert.

Als er auf der Straße steht, fällt ihm ein, dass er jemanden anrufen könnte. Irgendjemanden in Deutschland, der für ihn die indischen Restaurants von Mandalay im *Lonely Planet* nachschlagen geht. Jemanden, der Zugang zum Internet hat, zum Worldwideweb, in das man sich hier, im militärüberwachten, abgeschotteten Land nicht einloggen darf. Der könnte auch Sines Namen für ihn googeln: Signe + Software + London zum Beispiel. Oder: Sine + Design + Kopenhagen. Vielleicht käme da was. Vielleicht ist alles nicht so schlimm, wie er es sich jetzt vorstellt. Vielleicht ist sie auffindbar.

Aber dann begreift er, dass das nicht geht. Nicht heute. Es würde ihn Stunden kosten, ein Postamt zu suchen, eine Verbindung nach Deutschland herstellen zu lassen. Zu warten, bis jemand reagiert. Er hat nicht viel Zeit. Sie ist noch hier. Die Fahrt vom Inle See hierher war anstrengend genug. Er glaubt nicht, dass sie die Kraft hatte, sofort weiterzureisen. Sie war schon zu erschöpft, als sie losfuhr. Von den vielen Tränen. Der Wut, mit der sie ihn anschrie. Der Fassungslosigkeit.

Es gibt, denkt er, diese Erschütterungen in den Tiefenzonen der Psyche. Momente, die etwas bedeuten. Die etwas hätten ändern können. Kreuzungen sind das, abzweigende Möglichkeiten. Dramaturgische Ausschläge hatte es die Regisseurin genannt. Emotionale Vorgänge eröffnen szenische Richtungswechsel, hatte sie gesagt. Die Nadel eines Seismographen könnte dir diese Bodenbewegungen aufzeichnen. In jedem guten Theaterstück findest du Augenblicke, in denen die Tragödie ein glückliches Ende hätte nehmen können, in denen der Komödie die Katastrophe droht. Shakespeare war darin ein Meister. Sie hatte ihm Seismogramme ihrer Inszenierungen gezeigt, eng gekritzelte Sinuswellen zu Tschechow, zu Kleist. Er hatte die Graphiken betrachtet, die sie angelegt hatte, geometrische Auswertungen von Figuren, von Orten. Hatte ratlos das Papier in den Händen gedreht.

Es muss einen Weg geben, sie zu finden.

Das Marie Min I ist geschlossen. Er steht vor der verbretterten Tür. Starrt auf das vom Regen aufgeweichte Pappschild: closed. Seine Faust zuckt auf die zerlaufenden Buchstaben zu. Ein kurzer, heftiger Schlag, der die nasse Pappe vom Nagel reißt. Ein Tritt gegen Holz.

Am Boden rote Speichelflecken von Betelnuss-Tabak. Pfützen aus Blut sind das, hatte er am Anfang gedacht. In Köln war er einmal am Morgen des Aschermittwochs nach Hause gegangen und hatte eine Taube ohne Kopf gefunden. Sie lag auf dem Gehsteig in einer stockenden Lache aus Blut. Er kann sich genau an den Anblick erinnern, an das Gefühl des nachschwingenden Alkohols in seinem Körper, die eigene Ungläubigkeit. Den Wind in der menschleeren, morgendlichen Straße. Mit wenigen Schritten hatte er den Vogel umzirkelt. Hatte nicht verstehen können, dass da kein Kopf zu sehen war. An Faschingsrituale hatte er glauben wollen, einen Scherz. Er hatte sogar versucht, zu lachen. Aber der aufgespreizte Rumpf des toten Tiers ließ sich nicht in die Karnevalstimmung eingliedern, ließ sich nicht erklären. Er war schließlich neben dem Kadaver in die Knie gegangen und hatte so lange gewürgt, bis die Flüssigkeit aus ihm schoss. Bis das Gemisch aus halbverdauten Faschingskrapfen, Muzemandeln, Alkohol und Magensäure auf dem verstümmelten Vogel aufschlug und ihn mit einer stinkenden, schleimigen Patina überzog.

Die Flecken auf dem burmesischen Asphalt waren ihm schon in Yangon aufgefallen. Vielleicht schlachten sie hier Tiere auf offener Straße, hatte er gedacht. Vielleicht macht man das hier so. Erst Sine hatte ihn aufgeklärt. Es ist dieser Betelnusssaft, hatte sie gesagt, der macht sie high. Sie wickeln die zerstoßene Betelnussfrucht in Palmblätter, mischen sie mit Anis, mit Kalk. Dann kauen sie darauf herum. Aber sie schlucken den Saft nicht, sagte sie, sie spucken ihn aus wie Kautabak. Alles färben sie damit rot, sagte sie, sogar ihre eigenen Zähne. Das kriegen die nie wieder ab. Manche von ihnen haben ein schwarzes Gebiss.

Und er hatte nicht gewagt, ihr von seinen Gedanken zu erzählen. Von der kopflosen Taube. Dass er geglaubt hatte, Burmas Straßen seien mit Blutflecken überzogen. Er wollte nicht, dass sie ihn für hysterisch hielt. Oder für verroht.

Das Myoma Restaurant. Das Punjab Food House. Das Everest Restaurant. Wohin soll er jetzt gehen. Er steht im Halbdunkel auf der 27. Straße, an der Ecke zur 74. Im Streulicht einer Laterne öffnet er seinen Reiseführer und fährt mit dem Finger die sich kreuzenden Linien des Stadtplans nach. Ein Zahlenspiel ist das, denkt er. 27, 74: ausgewürfelte Koordinaten, eine mathematische Verkettung. Wer weiß, wo Sine sich befindet. In welchem der Felder sie sich aufhält. Vielleicht ist sie schon auf der 27. Oder am anderen Ende der 74. Dann müsste er nur stehen bleiben und warten. Sie würde über die Kästchen der untergliederten Häuserblöcke auf ihn zuspringen. Vielleicht aber treibt sie sich bei der 16 herum. In der 60, der 38, auf abstrebenden Verbindungen, unterwegs zu Busbahnhöfen, Pagoden, entfernten Guesthouses am Rand der Stadt, wer kann das wissen. Welche Spielfigur ist sie. Wohin wird sie ziehen.

Ins Everest vielleicht. Dort soll es, liest er, gutes vegetarisches Essen geben. Dorthin könnte er gehen, es ist nicht mehr weit. Was aber, wenn sie sich für das Myoma entscheidet. Für das Punjab. Wenn er das eine Restaurant betritt, während sie sich gerade im anderen den Stuhl an den Tisch heranzieht. Wenn er sich im Everest an das Fenster setzt, um den Eingang des gegenüberliegenden Punjab zu beobachten, während sie sich im Myoma einen Teller mit vegetarischem Curry kommen lässt. Oder im Laksmi einen Chai-Tee, im Taj ein Mango-Lassi. Auf der 28. Straße, der 83. Überall könnte sie sein. Wie soll er sich da entscheiden. Er kann es sich nicht vorstellen. Kann sich nicht vorstellen, wie er eine Entscheidung treffen soll. Wie er sich hinsetzen soll. An einen Tisch. Etwas bestellen. Ein Mandalay-Bier trinken.

Wieder dieses Stechen in seinem Kopf. Der trockene Mund. Er muss etwas unternehmen. Muss sich bewegen, in die eine oder andere Richtung. Auch wenn jeder Schritt ihn noch mehr von Sine wegführt. Oder auf sie zu. Er muss weiter. Irgendwohin.

Er könnte also die Restaurants ablaufen, diesen ganzen Abend lang. Er könnte sich an Fensterscheiben pressen, könnte Kellner befragen, könnte sich im Straßennetz positionieren. Wenn er ein Handy hätte, wenn es ein Netz gäbe, könnte er sich anrufen lassen. Er könnte Leute bitten, ihm Bescheid zu sagen, wenn sie Sine sehen. Wenn sie die Tür zu einem dieser Restaurants öffnet, wenn sie den Raum betritt. Man würde ihn per Mobiltelefon über ihren Verbleib informieren. Aber das könnte man auch hier, ohne Handy, im netzlosen Land. Es gibt da Wege, denkt er, netzlose Lösungen. Früher ging das doch auch. Er könnte jemanden bestechen. Kleine Jungen. Laufburschen, die ausschwärmen, um sie zu finden. Restaurantbesitzer, die sie festhalten, die einzige blonde Frau in der Stadt, während sie ihm Bescheid geben lassen. Rikschafahrer. Er braucht Informanten. Andererseits: wer würde das tun. Wer würde einem verzweifelt wirkenden, einem zerfressen aussehenden Mann die Anwesenheit einer schönen Frau mitteilen.

Er reibt sich die Schläfen. Stößt mit dem Fuß nach dem

nassen Pappschild auf dem fleckigen Asphalt. *Closed.* Das Mary Min I, ist er sich jetzt sicher, wäre es gewesen. Vielleicht war sie längst hier. Vielleicht kommt sie nie. Er versucht, den Blick auf das Ende der Straße zu richten. Durch das zitternde Licht der wenigen Straßenlaternen hindurch. Und kann nichts erkennen. Kurz nimmt er die Brille ab, reibt sich die Augen. Er muss sich konzentrieren. Sie geht indisch essen, sie geht indisch essen. Alles eine Frage der richtigen Zahlenkombination. Die 27 muss verbunden werden. Mit der 80, der 81, der 83. Das ist das System.

Aber das System, denkt er, ist widersprüchlich. Der Satz ist unvollständig, bleibt ein Unvollständigkeitssatz. Die Voraussetzung krankt. Denn Sine ist eigensinnig. Sie lässt sich nicht berechnen.

Du siehst also: ich habe nichts dazugelernt.

Als er losläuft, weiß er noch immer nicht, wohin. Sein Körper hat sich in Bewegung gesetzt. Hat sich einer Richtung zugedreht. Ist losgegangen. So fühlt es sich an. Als hätte auf dieser nachtdunklen Straße eine Abtrennung stattgefunden. Er spürt, dass er sich bewegt. Dass er weitergeht, endlich. Aber seine Gedanken sind nicht mit der Bewegung verbunden. Sie bleiben losgelöst.

Vor einem hell erleuchteten Schaufenster bleibt er stehen. Essensdämpfe haben sich an der Glasscheibe abgelagert, überziehen das Blickfeld mit einem Weichzeichner aus Dunst. Er kann die Menschen im Inneren des Restaurants nicht erkennen. Sieht nur Schemen, die sich über Tische beugen. Hört das Klappern von Keramikschalen, das dumpfe Aufsetzen von Flaschen, Gläsern, die auf Holz abgestellt werden. Es riecht nach Gewürzen, nach scharf angebratenem Fleisch. Ihm wird schwindlig. Schnell greift er nach dem Fensterrahmen, stützt seinen Körper gegen die Scheibe. Ohne den Kopf zu heben, ohne zu überprüfen, ob er vor dem Punjab steht, dem Laksmi, dem Everest, schiebt er sich auf die Stufen zur Tür.

Als er das Restaurant betritt, ist ihm kalt. Die Wärme schlägt ihm entgegen, die Feuchtigkeit, der Geruch. Kondenswasser läuft an den gemauerten Wänden herunter, tropft von den Gesichtern der Gäste. Alles scheint sich in dieser Wärme zu verformen, nur er ist steif. Der einzig ausgekühlte Körper im überhitzten Raum. Sein Blick fliegt über die Köpfe, streift an dunklen Haarschöpfen entlang. Sucht. Er sieht es sofort. Sine ist nicht hier. Keine blonde Frau in diesem Zimmer. Nicht an der Fensterfront, an den aufgereihten Tafeln entlang der Seitenwände, an der Holztheke, den Bänken und Tischen in der verschwimmenden Raummitte. Trotzdem lässt er es zu, dass sie ihn einweisen. Dass sie ihn an einen Tisch führen, ihm den Stuhl zurechtrücken, ihm eine Karte vor den Oberkörper halten. Ihn abwartend ansehen. Er hat keine Wahl mehr. Er muss essen. Etwas trinken. Sich stärken.

Mit dem Finger deutet er auf die Karte, irgendein Currygericht. Bestellt Star-Cola. Bier. Sagt, dass er es eilig hat, I am in a hurry, you see. Aber das verstehen sie nicht. Man drängelt nicht in diesem Land. Man hat Zeit.

Er ist nicht der einzige Tourist im Restaurant. Jetzt fällt es ihm auf: vor der beschlagenen Fensterscheibe sitzt der Amerikaner. Dessen Pillen er abgelehnt hatte, *they make you sleep.* Er erkennt den Rücken, das breite Kreuz. Die kurz rasierten Haare über dem stämmigen Nacken. Den ganzen Weg vom Inle See bis Mandalay waren sie nebeneinander gesessen. Umringt von kotzenden Burmesen. Dieses Keuchen,

Röcheln und Rülpsen vor ihnen, hinter ihnen. Ständig erbrach sich jemand. Sie spuckten aus dem Fenster oder würgten in Papiertüten hinein, die, wie er bei der ersten dieser Busreisen überrascht festgestellt hatte, an jedem der Sitze angebracht waren. Als säßen sie in einem Flugzeug. Die vollen Tüten ließen sie aus den offenen Fenstern fallen. Er hatte versucht, es sich nicht vorzustellen. Und scheiterte an der Schärfe dieses Bildes: ein Weg, gesäumt von aufgeplatzten, überquellenden Papierbeuteln, Erbrochenes auf dem löchrigen Boden verspritzt. Sine hätte darüber gelacht. Wie Kinder in einem Karussell seien hier die reisenden Einheimischen, hatte sie am Inle See einmal gesagt. Erst stopfen sie sich mit Süßigkeiten voll, dann wirbeln sie sich im Kreis herum. Sie sind, sagte Sine, die Geschwindigkeit einer Busfahrt nicht gewohnt. Für die ist das schnell, eine schlingernde Achterbahnfahrt. Sie kotzen und essen, kotzen und essen. Ist dir das aufgefallen: nichts hält sie ab. Wenn sie mit der einen Hand ihre Papiertüte aus dem Fenster fallen lassen, suchen sie mit der anderen Hand schon nach neuem Proviant, nach Papayastücken, Zuckerrohr, Spießen mit kaltem Fleisch. Sine störte das nicht. Das Würgen und Aufstoßen. Der Gestank.

Den Amerikaner hatte es angewidert. Das konnte er sehen. Gesprochen hatten sie kaum. Eine Begrüßung beim Einstieg, ein paar kurze Sätze unter Sitznachbarn, Beschwerden über die kaputte Klimaanlage, dann ein müdes Kopfnicken am Ende der Fahrt. Dazwischen die Tabletten, der Schlaf des Amerikaners. Die Gedanken an Sine so laut in seinem Kopf.

Jetzt würde er gern mit ihm reden. Der Amerikaner sitzt mit dem Rücken zu ihm, hat ihn noch nicht gesehen. Es wäre einfach, ein Gespräch zu beginnen. Aufstehen, ein paar Schritte auf ihn zu gehen: hello, nice to see you again. Oder: how are you. Kann ich mich dazusetzen, do you mind.

In einem einzigen Zug trinkt er die kühle Star-Cola leer. Setzt den Flaschenhals nicht an die Lippen und schüttet die Flüssigkeit aus sicherer Entfernung – die Bakterien, die Krankheiten – in seinen offenen Mund. Der klebrige, zuckrige Saft rinnt ihm über das Kinn, tropft an der Tischkante vorbei auf sein Hosenbein. Mit einer nachlässigen Bewegung wischt er über den mit Cola besprühten Stoff. Er kann die Hosen reinigen lassen, in jedem der Guesthouses gibt es einen billigen Waschservice. Hosen, Hemden, Unterwäsche, das ganze Paket: ein Dollar, höchstens zwei. Hätte er das gewusst, hätte er weniger mitgenommen. Sein Rucksack wiegt zu schwer.

Er betrachtet den Rücken des Amerikaners. Die ganze Busfahrt über hatte er ihn nur im Profil sehen können. An einer der Haltestellen war er von seinem Fensterplatz über den schlafenden, röchelnden Körper hinweggestiegen, hatte die Hände in das Gepäcknetz geschoben und sich über die Sitzlehne in den Mittelgang gehangelt. Er hatte den Amerikaner nicht berühren wollen. Wollte ihn nicht wecken. Auf der nächtlichen Straße, umringt von Männern, die zum Urinieren an den in die Dunkelheit ausfransenden Straßenrand drängten, war er plötzlich wütend geworden. Der unbeirrte Schlaf des Amerikaners begann, ihn zu ärgern. Er hatte sich aus dem Lichtkegel des Busses gestellt, hatte in die lichtlose Schwärze gepinkelt. Hatte sich bemüht, nicht zur anderen Seite zu starren, wo sich die Frauen mit hochgehobenen Röcken erleichterten. Und konnte die aufsteigende Wut nicht unterdrücken. Sie schwoll an mit dem Surren der nächtlichen Landschaft, dem Zirpen der Insekten, dem zischenden Plätschern der Pissestrahlen, die auf dem verwilderten Straßenrand aufprallten. Beim Einstieg in den Bus nahm er keine Rücksicht mehr. Er trat aus dem Gang heraus dem Amerikaner auf die Füße. Stieß ihm den Ellenbogen vor den zusammengefallenen Brustkorb. Drückte sich im Vorüberschieben mit seinem ganzen Gewicht gegen die Schultern des Schlafenden, so dass dessen Kopf zur Seite fiel und hart auf der Sitzlehne aufkrachte. Später schämte er sich. Auch jetzt kann er nicht sagen, was in ihn gefahren war. Aber der Amerikaner hatte sich nicht beschwert. Er war aus seinem Medikamentenschlaf nicht aufgewacht.

Wenn er ihn ansprechen will, sollte er es jetzt tun. Gleich werden sie ihm das metallene Tablett mit dem Essen bringen, mit Pasten, mit Chutneys, Saucen und gelb gewürztem Reis in schalenartigen Vertiefungen. Das Essen ist anders als bei den indischen Einwanderern in Deutschland. Nie findet er hier Einzelgerichte auf den Speisekarten: kein Aloo Gobi, kein Chicken Masala, keine Samosas und Pakoras. Immer bringen sie ihm dieses Blechtablett, das ihn an Kantinen erinnert, an Essnäpfe in Krankenhäusern, an Schnabeltassen und Plastiklöffel. Er hat keinen Einfluss auf den Inhalt. Egal, was er bestellt. Sie häufen ihm willkürlich den Teller voll, mit zerkochten, würzigen Beilagen, mit Suppen, mit Reis. Sobald er eine Schale leert, füllen sie nach. Bisher hat er sich nie beschwert, es hat ihm immer geschmeckt. Nur wie man ihnen erklärt, dass man keinen Nachschlag möchte, ist ihm ein Rätsel. Sie wittern, wenn ihm eine der Saucen besonders zusagt. Der scharfe Brei aus Kartoffeln und Koriander etwa. Sie bleiben mit der dampfenden Schüssel neben seinem Tisch stehen, füllen ihm nach, während er noch mit der Gabel im Mund abwehrend die Hand hebt: danke, das reicht. An das Märchen mit dem überquellenden Griestopf muss er jedes Mal denken. Der Brei breitet sich aus, strömt über den Herd, in das Zimmer, über die Stufen des Hauses, es gibt kein Aufhalten. Immer endet es damit, dass er ein voll gefülltes Tablett abräumen lässt. Dass er das Gefühl hat, er hätte das Essen gar nicht angerührt, obwohl ihm sein Magen spannt als würde er jeden Moment reißen.

Er dreht das Glas mit dem Bier in seinen Händen. Versucht zu erkennen, ob der Amerikaner sein Essen schon vor sich hat. Der Blickwinkel ist ungünstig, die Perspektive zerschnitten, er hat keine Aufsicht auf die Tischoberfläche.

Die Cola hat seinen Körper beruhigt. Langsam löst sich die Starre. Versuchsweise dehnt er den Rücken, drückt die Schulterblätter nach hinten zusammen. Ein leises Knirschen in der Wirbelsäule, das warme Gefühl von zirkulierendem Blut im Kopf. Sein Gesicht nimmt wieder Farbe an, das spürt er. Er müsste jetzt aufstehen können, ohne dass ihm wieder schwindelig wird. Vielleicht die Bewegungen ein bisschen verlangsamen, dann sollte es gehen.

Vorsichtig schiebt er den Stuhl zurück. Greift sich sein Bierglas und drückt sich nach oben. Dem indischen Kellner, der ihn fragend beobachtet, lächelt er beruhigend zu. Deutet auf den Rücken des Amerikaners vor der matt angelaufenen Fensterfront: I know this guy. Der Inder nickt, findet das wohl logisch: dass alle Touristen sich kennen in diesem fremden Land.

Der Amerikaner lacht, als er ihn sieht. »Hey, man«, ruft er, und: »Good to see ya«. Dass er sich setzen müsse, unbedingt. Wo er untergebracht sei. Was er getan habe, heute. Wie es ihm gehe. Tell me! Als hätten sich zwei alte Freunde wieder gefunden.

Er zwingt sich zu einem Lächeln. In dem Moment, in dem der Amerikaner den Mund öffnet, in dem er dessen gequetschte Stimme hört, weiß er, dass es ein Fehler war. Es geht nicht. Er kann sich nicht hinsetzen und so ein Gespräch führen. Nicht heute. »Actually«, sagt er und lässt seinen Blick zu dem Tisch gleiten, an dem er vorher saß, »actually …«. Aber da sieht er, wie der Kellner mit dem Essenstablett auf ihn zusteuert. Wie er es mit einem bestätigenden Nicken auf dem Tisch des Amerikaners absetzt, ihm den Stuhl zurechtschiebt, ihm Ess-Stäbchen zum Tablett legt, eine Metallgabel daneben, ihn abwartend ansieht. Ihm bleibt keine Wahl. Er setzt sich.

Zuerst müssen sie anstoßen. Darauf besteht der Amerikaner. Der übrigens Jeff heiße, von Geoffrey, aber so nenne ihn niemand, schon gar nicht die Burmesen. Deren Namen man sich aber ja auch nicht merken könne, can you. Schon allein die Städtenamen: all diese Aungs, Maungs, Nyaungs – da komme man doch ganz durcheinander. Und dann diese Verdrehungen der Silben. Die Kreuzung etwa, an der sie gestern in den Bus gestiegen seien: Shwenyaung, elf Kilometer entfernt von Nyaungshwe. Albern sei das. Als gäbe es gleich neben New York noch ein York New. Oder ein Los Angeles und ein Angeles Los. Oder ein – wo kommst du her? – ein Berlin und ein Linber. Anyway, whatever.

Er starrt auf das Essen. Versucht, den Kopf nicht zu heben, während der Amerikaner auf ihn einplappert. Das könnte den sonst ermuntern. Vielleicht muss der etwas wettmachen, denkt er. Vielleicht will er die ganze schweigsame Busfahrt mit seinem Redeschwall wieder ausgleichen. Vierzehn Stunden stumm verschlafener Fahrt wettgemacht mit einem einzigen, endlosen Monolog.

Er hört nicht hin. Seine Konzentration liegt auf dem Essen. Den Gewürzen, deren Geschmack ihm den Rachen füllt, ihm von innen und außen in die Nase steigt, dem Reis, der seinen Magen beruhigt. Jetzt ist er sich sicher: am Morgen hatte er nur einen Kater. Der Schwindel, der Schweiß, das Zittern – alles Anzeichen eines überbeanspruchten Körpers.

Er wird besser auf sich aufpassen müssen, regelmäßiger essen. Mehr Flüssigkeit zu sich nehmen. Weniger Alkohol. Sonst wird er irgendwann schlappmachen, das kann er sich nicht leisten. Nicht hier. Nicht jetzt.

Diesmal ist er dem indischen Kellner dankbar für den Nachschub. Während der Amerikaner weiterredet – von Dingen, die er hier vermisse: den Whopper, die Coke, das Budweiser – kaut er sich in einen Rhythmus hinein. Kauen, schlucken, nachspülen. Kauen, schlucken. Sein Atem fließt ruhiger, die Muskeln beginnen, sich zu entspannen. Wieder und wieder leert er die Schalen, kratzt mit der Gabel am Boden der Vertiefungen, lässt sich mehr Reis bringen, ein neues Bier. Er weiß kaum, was er isst: eingedickte Linsen, Erbsen in Tomatenpaste, irgendetwas mit Fleisch. Die Substanz ist ihm egal, er kaut alles gleich bedächtig, langsam.

Als er schließlich die Gabel sinken lässt und sich mit dem Handrücken über den Mund wischt, ist es still. Jeff beobachtet ihn von der anderen Seite des Tisches aus. Er hat beide Ellenbogen an der Tischkante abgestützt. Die Muskeln seiner Oberarme treten hervor, spannen sich unter seinem zu eng anliegenden, gerippten T-Shirt. »Jesus«, sagt er und rollt anerkennend mit den Augen. Und: er sei wohl am Verhungern gewesen.

Er nickt. In seinen Fingerspitzen ist ein Kribbeln. Als hätte er ohne Handschuhe Schneebälle geformt und wäre jetzt zurück im warmen Hausflur. Er räuspert sich. Sucht nach einem Gedanken. Einem Satz, mit dem er das Gespräch lenken kann. Bevor er aufsteht und geht, will er sicher sein, dass Jeff ihm nichts nützt. Denn es wäre möglich, dass Jeff weiß, wo Sine sich aufhält. Man kann das nicht ausschließen. Ein Zufall, ein Treppenwitz: dass Jeff im gleichen Guesthouse untergebracht wäre wie sie. Es gibt dieses Zusammentreffen von Umständen. In Filmen passiert so was ständig. Die Regisseurin hat ihm einmal erzählt, dass es dafür eigene Begrifflichkeiten gibt. Wenn der Held gemäß Drehbuch in eine Sackgasse gerate, träten sogenannte Helferfiguren auf. Denk nur an James Bond, hatte sie gesagt, da wimmelt es von denen: Q, die blonden Bikinimädchen, die vertrottelten Auslandskollegen des Secret Service – erschaffen je nach erforderten Fähigkeiten. Sie treten auf, sagte sie, sie liefern. Danach verschwinden sie wieder, ihre Halbwertszeit ist kurz.

Er betrachtet Jeff. Den hohen, kurz getrimmten Haaransatz. Das leicht rosafarbene Gesicht. Die Reste von Sojasauce, die ihm in den Mundwinkeln kleben. Es könnte sein, dass Jeff etwas weiß. Die Helfer, denkt er, nehmen die merkwürdigsten Erscheinungen an.

Er will ihn nicht direkt nach Sine fragen. Vielleicht hätte er sich nicht unter Kontrolle. Jeff könnte die Not in seiner Stimme bemerken, die Anspannung in seinem Gesicht. Das könnte ihn schrecken, ihn misstrauisch machen. Das darf nicht passieren. Also wird er Umwege gehen müssen. Aber nicht zu viele, er hat wenig Zeit. Bald werden die Lokale schließen. Die Abende beginnen und enden hier früh.

Ob er gut untergekommen sei, fragt er Jeff beiläufig. In welchem Stadtteil, ob es da schön sei. Jeff strahlt. Er bildet sich, das kann man sehen, etwas ein auf seine Hotelauswahl. Gleich hier in der Nähe sei sein Guesthouse, sagt er. Nice place, very tidy. Ziemlich neu, das Haus, alles frisch renoviert. Und die Leute so freundlich. Staatstreu. *They love their leaders.* Sogar Soldaten würden da schlafen. Coole Typen seien das. Manchmal höre man die Tritte ihrer schweren Stiefel im Flur. Da fühle man sich doch *safe.*

Er spürt, wie ihm die Gesichtszüge entgleisen. Einen kurzen Moment ist er versucht, Jeff anzufahren. Ihm das selbstgefällige Grinsen aus dem Gesicht zu schlagen. Oder, bei ruhigerem Atem: ihn in eine Grundsatzdiskussion zu verwickeln. Über das Militär, die Gewalt. Die Zustände im Land.

Er tut es nicht. Sine ist wichtiger. Absolut ausgeschlossen, dass sie dort wohnt. Sine würde nie ein staatstreues Hotel betreten. Niemals. Es sei denn, sie wollte sich verstecken. An einem Ort, wo er sie nicht vermuten würde. Aber so weit würde sie nicht gehen. Er atmet durch. Versucht es trotzdem. »Any other tourists there?«, fragt er beiläufig und greift nach seinem Bierglas. Jeff schüttelt den Kopf. Und redet sofort weiter. Von anderen Dingen, Vorgängen in den USA. Er hört nicht hin.

Die Fußtritte im Bus fallen ihm ein. Das Stoßen und Rempeln gegen den schlafenden Körper. Das er sich nicht hatte erklären können. Aber der Impuls, denkt er und beobachtet Jeff über den Tisch hinweg, dessen schwitzendes Gesicht, der Impuls war gerechtfertigt. Vielleicht gibt es das: dass man den Kern von jemandem spürt, bevor man ihn kennen lernt. Es ist wie beim Verliebtsein. Nur anders herum. *Hate at first sight.*

Englische und deutsche Begriffe beginnen sich in seinem Kopf zu verselbstständigen. Er bräuchte, denkt er, jemanden, mit dem er deutsch reden kann. Jemanden, der seine Sprache versteht. Der die grammatischen Strukturen begreift, in denen er denkt. Vielleicht würde das helfen.

Stattdessen überschüttet ihn der Amerikaner mit einem Schwall aus Worten. Längst hat er den Faden verloren. Einen Kübel aus Bandwurmsätzen kippt Jeff über ihm aus, einen Morast aus Konversation. Um Jeffs Beruf geht es wahrscheinlich, irgendetwas mit Überlandfahrten, mit allein gelassenen Hausfrauen auf abgelegenen Farmen, es interessiert ihn nicht.

Er muss gehen. Einen Blick in die anderen indischen Restaurants werfen, bevor sie schließen. Es wenigstens versuchen. Er kann nicht begreifen, dass Jeffs Auftauchen so überflüssig gewesen sein soll. Irgendetwas muss der ihm doch bringen. Er winkt dem indischen Kellner. Greift in seine Hosentasche, legt ein Bündel aus Kyatscheinen auf den Tisch. Er müsse, unterbricht er Jeff, nun wirklich los. Die Müdigkeit nach der Fahrt. Und morgen gleich weiter, da brauche er seinen Schlaf.

Jeff grinst. Sage er doch, sagt er, dass man diese Busfahrten nur mit den richtigen Pillen überstehe. Da reise man dann gleich ganz anders. Er könne ihm welche verkaufen, er habe genug dabei. Schlaftabletten, Stimmungsaufheller – was immer er wolle. Alles gekennzeichnet als medizinisches Versorgungsmaterial. Die seien hier nicht so lässig drauf, irgendwie.

Einen kurzen Augenblick zögert er. Vielleicht ist es das: vielleicht sollte er sich von Jeff ein paar Psychopharmaka geben lassen, Valium, Prozac, vielleicht wäre er dafür gut. Für diese Regieanweisung: der Helfer überreicht eine magische Tablette. Aber was, denkt er, sollte das bringen. Er schüttelt den Kopf. Steht auf.

Schon okay, sagt Jeff, verstehe. *I get it.* Dass er es gut machen solle. Vielleicht sähe man sich mal wieder. Das passiere hier ja ständig. Und grüß die Kleine, mit der du am Inle See rumgehangen bist. Oder reist ihr nicht mehr zusammen.

Die Bewegung stockt. Er starrt Jeff an, plötzlich wieder Kälte im Körper. »Excuse me«, sagt er, langsam, zu langsam, »what did you just say?« Hast du das wirklich gesagt.

Die Schwedin, sagt Jeff. Oder sei es eine Dänin gewesen, das hätte er schon vergessen. Irgendwas Nordisches eben. Er habe mal kurz mit ihr gesprochen, in Yangon, am Tag ihrer Ankunft. Da seien sie im gleichen Hotel gewesen, hätten abends noch ein wenig zusammen gesessen. Am Inle See hätte er sie beide dann aus der Ferne beobachtet, von Boot zu Boot auf einem der Seeausflüge. Ihr wart, sagt Jeff, zu sehr miteinander beschäftigt, um mich zu bemerken. Hübsches Mädel, nice chick. Ein bisschen zu dünn vielleicht. Hätte nicht gedacht, dass man die so schnell rumkriegen kann. Oder kanntet ihr euch schon vorher.

Langsam setzt er sich wieder. An seiner Schläfe ist eine Ader hervorgetreten, er spürt das Pulsieren zwischen Haut und Schädelknochen. Er muss jetzt ruhig bleiben. Das versucht er sich zu sagen. Er darf nicht auf die Anspielungen eingehen, darf nicht beginnen, Sine zu verteidigen. Er braucht eine Taktik.

»We lost each other«, hört er sich sagen, *wir haben uns verloren*. Gestern früh in Shwenyaung sei das passiert. Sie hätten sich verabredet gehabt, Sine wollte noch etwas besorgen. Aber: diese gleich klingenden Orte, dieses Durcheinander der Namen. Wahrscheinlich habe sie in Nyaungshwe auf ihn gewartet, während er in Shwenyaung herumgestanden sei. Auf jeden Fall habe er irgendwann den Bus genommen, weil er überzeugt gewesen sei, sie hier zu treffen. Aber in Mandalay sei sie nicht. Er habe alles abgesucht. »I'm«, er sucht ein englisches Wort in der Leere seines Kopfes, »dis-, desperate.«

Desperation, Verzweiflung – er kann sehen, dass das die falschen Begriffe sind. Damit darf man Jeff nicht kommen. Schnell versucht er, die Wortwahl durch ein Grinsen abzuschwächen, aber es ist schon zu spät. Die Mimik verrutscht ihm, Jeff sieht ihm dabei zu, runzelt die Stirn. Wieso er sich wegen eines Urlaubsficks so aufrege, will Jeff von ihm wissen. Das kriege er doch hier überall. Die Ladies in Myanmar seien zwar ein bisschen verklemmt, aber drüben in Thailand wäre das alles kein Problem.

Dass Luft so dick sein kann. Die Atmosphäre hat sich verdichtet, das kann er spüren. Als hätte sich etwas zugezogen. Plötzlich eine Stauung im Raum. Jeff beginnt, mit den Fingern auf der Tischkante herumzutrommeln. Sie schweigen. Bis er Jeff fixiert, Luft holt und mit klarer, nüchterner Stimme sagt: Glaub mir – einen besseren Fick finde ich nirgends.

Da lacht Jeff. Und hört gar nicht mehr auf. Lehnt sich auf seinem Stuhl zurück, den fleischigen Kopf weit nach hinten gebogen und schlägt sich mit der flachen Handfläche auf den Oberschenkel. Na, wenn das so wäre, ruft Jeff vergnügt, dann müsse dem Mann geholfen werden. Wir haben alle unsere *obsessions*. Und eine Schwedin im Bett, yeah, dass kann einen schon mal den Verstand kosten. Die besorgen es einem so richtig, sagt man. Also. Kann ich etwas für dich tun. Wie treiben wir sie dir wieder auf, deine Sexgöttin.

Als sie auf die Straße treten, fühlt er sich fast frei. Jeffs aufragender Körper neben ihm, die Umrisse seines stämmigen Schattens auf dem Gehweg geben ihm Sicherheit. Er kann es sich kaum erklären. Vielleicht, denkt er, hat das mit Statur zu tun. Mit westlichen Körpermaßen. Kann sein, dass das eine unsinnige Vertrautheit zu Jeff hervorruft: dieses Überragt-werden.

Der kleine Wuchs der Asiaten macht aus ihm einen Riesen. Das ist er nicht gewohnt. Hier kann er in Menschenmassen weit blicken. Er kann über ein Muster aus dunkelhaarigen Scheiteln bis zum Ende einer Straße sehen. Auf Märkten stößt er mit seiner Schulter an Köpfe. Seine Gliedmaßen wirken noch plumper als sonst, selbst im Sitzen fühlt er sich groß. Wenn er in öffentlichen Toiletten den Reißverschluss seiner Hose nach unten zieht, passiert es ihm, dass sie sich um ihn scharen. Neugierig warten die Burmesen dann darauf, dass er ihnen sein Glied vorführt. Sie starren auf seine Finger, die verlegen in den Boxershorts nesteln. Wenn es so weit ist, beugen sie sich vor. Alles wollen sie wissen: ob die Funktionen die gleichen sind, ob die Größe im Verhältnis zu seinem restlichen Körper steht. Aber sie fragen ihn nicht. Sie prüfen ihn mit Blicken. Manchmal kommentieren sie. Schnalzen mit der Zunge oder flüstern sich Sätze zu, die er nicht versteht. Beim ersten Mal gab er auf, kam er mit hochrotem Gesicht zu Sine zurück. Dass das daran läge, dass das Land so lange für den Tourismus gesperrt gewesen sei, lachte sie da. Hier sei er eben noch etwas Besonderes: ein großer, weißer Mann. Er hatte versucht, mitzulachen. Hatte, während der Bus weiterfuhr, die Knie auseinander geschoben, um dem Druck seiner schwankenden, vollen Blase auszuweichen. Vor dem nächsten Versuch, der nächsten öffentlichen Toilette, hatte es ihm gegraut. Inzwischen macht es ihm nichts mehr aus, er kann trotzdem.

Jeff stößt ihn in die Seite, als sie wieder vor einem indischen Restaurant stehen. Die Türen sind geöffnet, man kann aus angeschrägtem Winkel bis zu der qualmenden Kochstelle sehen. An den runden Tischen sitzen kaum Leute. Ein paar Touristen glaubt er zu erkennen: sie gehören zu der italienischen Reisegruppe, die er oben auf Mandalay Hill beobachtet hat. Wenige Burmesen, einige Chinesen, Japaner. Keine blonde Frau. Er dreht sich zu Jeff, zuckt mit den Schultern, schüttelt den Kopf. Sie laufen weiter, steigern das Tempo. Er kann Jeff neben sich keuchen hören, dessen beschleunigte Atmung. Heute Abend wird Jeff sich auf Sine einen runterholen, da ist er sicher. Das Glitzern in den Augen des Amerikaners hat noch nicht nachgelassen. Es sprang ihm in die Pupillen, als er über die Sexkünste der Schwedinnen sprach, als er es sich ausmalte: eine Schwedin im Bett. Das treibt ihn jetzt an. Vielleicht hofft er, Sine abwerben zu können, wenn sie sie finden. Wahrscheinlich kommt er deswegen mit.

Später wollen sie bei einem Whiskey in Jeffs *Lonely Planet* nach Sines möglicher Reiseplanung suchen. Jeff hat ihn anerkennend angesehen, als er ihm das vorschlug. Dass das verdammt viel Aufwand sei für einen guten Fick, sagte er. Ein Speichelfaden hing ihm dabei von der Oberlippe.

Er hatte den Amerikaner angesehen, gesagt: »She's worth it, believe me.« Und hatte sich gleichzeitig gefragt, was passieren würde, wenn er sie fände. Mit jemandem wie Jeff an seiner Seite.

Sie ist nirgends. Sie stoßen Türen auf, rastern Räume, Menschen. Einen Lichtfleck suchen wir, denkt er beim Anblick der vielen, dunklen Gesichter in dämmrigen Zimmern: wir suchen etwas Abstraktes, wir suchen nach Helligkeit.

Die Bilder, das fühlt er, verselbstständigen sich. Mit jedem Schritt, jeder geöffneten Tür, mit jedem Blick auf fremde Kleidung, fremde Anordnungen fremder Körper, löst sich etwas auf. Als könnte er das Gesehene nicht festhalten. Seine Augen verirren sich in dem Wirrwarr aus Silhouetten, aus lächelnden Kellnern, bunt bedruckten Longyis. Er müsste schneller werden in seiner Einschätzung, sollte sofort begreifen, ob Sine sich in einem Raum befindet oder nicht. Stattdessen wird er langsam. Er starrt. Blinzelt in Zwielicht hinein. Versucht, Konturen zu Sines Körper zusammenzufügen, will ihre Gesichtszüge aus anderen Menschen herausspähen, ihre Lippen, den Schwung ihres Nackens. Seine Augäpfel schmerzen. Fast spürt er, wie sich auf seiner Iris der Abdruck von Sine einzuschmelzen beginnt. Immer lichtstärker strahlt die Projektion ihres Körpers aus seinen aufgerissenen Augen in die schummrigen Räume hinein. Ein waberndes, flatterndes Phantom, das dicht vor ihm in der zähflüssigen Luft schwebt.

Und während Jeff neben ihm zu murren beginnt, während sich um sie herum die Restaurants leeren, während Türen verriegelt und Lichter gelöscht werden, scheint plötzlich eines nicht mehr sicher: ob es Sine wirklich gibt.

Die letzten beiden Restaurants läuft er alleine ab. Jeff ist zu seinem Guesthouse vorgegangen. Er wird ihm nachgehen müssen. Als er die Tür des letzten indischen Restaurants hinter sich zuzieht, wird ihm das klar. Sine ist nicht hier. Wahrscheinlich hat sie Mandalay längst verlassen. Sie würde alles tun, um ihm nicht wieder begegnen zu müssen. Das weiß er. Er konnte es in ihrem Blick sehen, als sie begriff. Als sie zu erfassen begann.

Sie wird nicht nach Hsipaw fahren. Das glaubt er jetzt zu verstehen. Dorthin hatten sie gemeinsam reisen wollen, das war der Plan. Sie hatten den Shanpalast besuchen wollen, in dem es früher diese eingeheiratete, österreichische Prinzessin gab. Die heißen Quellen am Dothtawady-Fluss wollten sie sehen. Das Camp mit den Arbeitselefanten. Danach zwei Tage in Pyin Oo Lwin bleiben, der ehemaligen Station der Briten. Koloniale Häuser hatte Sine sich von dort versprochen, Tee aus englischen Porzellantassen, Scones mit Marmelade, eine Fahrt in einer Pferdekutsche. Den Nachklang britischer Idylle mitten in Asien. Außerdem besitzt dort Generalissimus Than Shwe ein Sommerhaus. »Maybe«, hatte Sine gesagt, »we get a chance to see that bastard«.

Sie wird das nicht tun. Sie wird nirgendwohin gehen, wo er sie finden könnte. Wo also ist sie.

Und sollte sie nichts anderes sein als Deine Wiedergängerin: Ich muss sie sehen. Muss mich erklären. Sie soll wissen, warum.

Jeff öffnet ihm beim zweiten Klopfen. Seine Augen sind glasig, seine Bewegungen merkwürdig rund. Auf einem niedrigen Tischchen steht zwischen zwei Plastikbechern eine angebrochene Whiskeyflasche. Daneben ein Tablettenstreifen mit leer gestanzten Staniolkammern. Der *Lonely Planet* liegt auf dem zerwühlten Bett.

Wo er sich so lange herumgetrieben habe, will Jeff wissen und schüttelt gleichzeitig den Kopf. Man muss ihm nicht antworten, er beantwortet sich selbst. An der Decke läuft der Ventilator auf Hochtouren, schaufelt die feuchte Luft zu einer müden, dickflüssigen Spirale.

Er will den Blick in Jeffs Reiseführer. Er braucht das. Er sucht eine Idee, eine Struktur. Auf dem Weg hierher haben die Kopfschmerzen wieder eingesetzt. Hinter seiner Stirn klopft und hämmert es, es schrammt ihm von innen gegen die Schädeldecke.

Er hat den Zusammenhang verloren. In dem Moment, in dem er die Tür des völlig leeren, letzten indischen Restaurants hinter sich geschlossen hat, ist etwas verschwunden. Mandalay war das Ziel gewesen, die Bergkuppe von Mandalay Hill, dann das Marie Min, die indischen Restaurants, die 27. Straße. Danach Hsipaw, Pyin Oo Lwin. Jetzt ist alles durcheinander. Als wäre ihm im Restaurant beim Anblick der unbesetzten Tische und Stühle der Orientierungssinn abhanden gekommen. Hsipaw. Er kann nicht dorthin gehen.

Sine wird es ausschließen. Er spürt das. Überall kann sie sein, nur dort nicht. Nicht dort, wo er mit ihr gewesen wäre. Dort nicht. Die Dinge haben sich verdreht. Zielorte sind plötzlich versperrt, sie liegen außerhalb der Möglichkeiten. Wo aber ist sie stattdessen. Er kneift die Augen zusammen, versucht, sich in Sine hineinzuversetzen, in ihre Wut, ihre Fassungslosigkeit.

Wo wird sie hingehen, wo ist sie jetzt. Er kann es herausfinden. Er ist sicher, dass er das kann. Er braucht nur den Blick in den *Lonely Planet*. Dann wird er es wissen. Jemand hat ihm einmal gesagt, er würde sich mit anderen Menschen überidentifizieren, er gäbe sich auf im Gegenüber. Wer war das gewesen.

Er versucht sich zu konzentrieren. Es gelingt ihm nicht. Die Worte rutschen in seinem Kopf ab, finden keinen Halt. Seine gegenläufigen Gedankenschleifen verquirlen sich mit den trägen Bewegungen des Ventilators an Jeffs Zimmerdecke. Mit dem Whiskey, den er plötzlich in seiner Hand hält, den er im Plastikbecher im Kreis schwenkt. Er versucht, aufzusehen. Allein kann er das nicht lösen.

Bagan, sagt Jeff. Er sitzt ihm auf dem Boden gegenüber, hat den aufgeschlagenen *Lonely Planet* auf den Knien. »Bagan, that's where she'll go.« Er sei sich da sicher, fährt Jeff fort und gähnt, everybody goes there.

Es wäre möglich. Bagan, die Stadt der Tempelruinen. Alle wollen dorthin. Wollen das endlose Feld mit den verfallenden Pagoden sehen. Wollen in der Abendsonne auf einer der bröckelnden Ziegelterrassen sitzen. Mit den Beinen baumeln. In die Weite starren, bis hin zum verschleierten Horizont. Ein archäologischer Traum sei das, berichten die Reisemagazine. Ein Fall für die Weltwunder, für internationalen Denkmalschutz. Daran, schreiben sie, kommt niemand vorbei.

Ohnehin gibt es, denkt er, in Burma nur zwei Möglichkeiten das Land zu bereisen: linksherum, rechtsherum. Einen kreisförmigen Trampelpfad hat der Staat den Touristen angelegt. Yangon – Inle See – Mandalay – Bagan – Yangon. Oder anders herum. Die Orte dazwischen sind Raststätten auf dem Weg zu den großen Sehenswürdigkeiten, die, das wissen die Militärs, niemand würde versäumen wollen. Wenn man nicht fliegt, wenn man nicht einsteigen will in die Maschinen der staatlichen Fluggesellschaften, bleibt für Abweichungen in der Zeitbegrenzung von achtundzwanzig Tagen kaum Raum. Der Goldene Felsen. Ein Bergdorf vielleicht. Und schon dann ist es beinahe unmöglich, es noch an die Westküste zu schaffen, nach Rakhine, den durch Hügelketten abgesonderten Staat, nach Mrauk U, die Königsstadt am Kaladan-Fluss, oder weiter südlich an die Strände von Thandwe, von Ngapali, vor denen, das steht in seinem Reiseführer, die World Health Organisation ausdrücklich warnt, Malariagefahr.

Du hast mir damals, in den langen Nächten nach Deiner Rückkehr von den verbotenen Gebieten erzählt. Es gibt, hast Du gesagt, diese Trennung in erlaubte und unerlaubte Flecken auf der Landkarte. Manche der Orte sind Zwitter, hast Du gesagt, mal erlaubt, mal unerlaubt, Spielbälle staatlicher Willkür. Es hat Dich geärgert, dass Du nicht einmal versuchen konntest, Dich den verbotenen Gebieten zu nähern. Dem Kayah-Staat, der Mon- und der Tenasserim-Division, wo Du die Menschenrechtsverletzungen wittertest, von denen Du im Internet gelesen hattest, bevor Du fuhrst. Die Folter, die Kindersoldaten, die Vergewaltigungen durch das Militär. Sie haben Gründe, hast Du gesagt, wenn sie die Touristen dort nicht zulassen. Du hattest in Zeitungsberichten

Bilder gesehen, die Dich nicht losließen: verstümmelte Gefangene beim Bau von neuen Straßen, die Du vor Ort nicht wieder finden konntest. Diese Straßen, hast Du gerufen und Deine Hände in meine nackten, schwitzenden Schultern gegraben, diese Straßen müssen irgendwo sein, aber in den erlaubten Gebieten sind sie nicht, dort gibt es nur holprige Wege, damit wir langsamer vorankommen, damit wir in der Fahrrille bleiben, die sie für uns ausgelegt haben. Wir sollen nur sehen, was sie uns sehen lassen wollen, hast Du gesagt, wir werden gelenkt. An schönen Landschaften führen sie uns vorbei, an winkenden, lächelnden Kindern. Und wir beginnen zu vergessen, was wir gelesen haben, weil das, was sie uns sehen lassen, soviel greifbarer ist, und so schön. Man darf nicht vergessen, hast Du gemurmelt und mich dichter an Dich gezogen, in Dich, wenn man vergisst, stirbt man.

Und jetzt bin ich hier und reise Dir nach, laufe die Wege ab, die Du gegangen sein musst, vor einem Jahr. Gegen den Uhrzeigersinn zerfahre ich Deine Spuren. Und suche eine Frau, die, so glaube ich, Dir ähnelt.

Bagan. Bagan könnte es sein. Aber Jeff kennt nur einen Bruchteil der Wahrheit. Er weiß nichts von dem Moment in Shwenyaung. Von den Worten, die Sine ihm ins Gesicht geschrieen hatte, nachdem der erste Schock, die plötzliche Starre in ihrem sich verlierenden Blick, verflogen war.

Dass sie eigentlich nach Hsipaw hatten reisen wollen, murmelt er und beißt mit den Zähnen in den Rand seines Plastikbechers. Es ist ihm egal, was Jeff jetzt denkt. *Wir haben uns verloren.* Soll Jeff doch wissen, dass er ihn angelogen hat, vorhin. Was soll der schon tun. Was soll schon passieren.

Jeff hat keine Lust mehr. Er kann es an dessen Augen sehen. Die Pupillen sind zu weit geöffnet, zwei dunkle Schächte mitten im noch immer rosigen Gesicht des Amerikaners. Er reagiert nicht auf Hsipaw, denkt nicht mehr mit. Man müsste ihn zum Thema zurückholen, ihn aufwecken, irgendwie.

Wie das denn eigentlich sei in den USA, fragt er Jeff und gießt ihm noch etwas Whiskey nach. Darf man sich da wirklich keinen blasen lassen, no blow-job allowed. Undenkbar, fährt er fort, wäre das für Europäer. Für die Schwedinnen im Speziellen.

Die Pupillen des Amerikaners schnurren zusammen. Mit einem breiten Grinsen fokussiert er erst den Whiskey, dann ihn. »Nah«, sagt Jeff und kichert zu hoch, »you gotta do what you gotta do.« Er würde sich von so ein paar albernen Gesetzen sicher nicht abhalten lassen. Das erhöhe doch nur den Spaß, if you know what I mean. Aber diese Schwedin, die müsse gefunden werden. Das sehe er ein.

Er korrigiert Jeff nicht. Wenn bei ihm die Schwedinnen wirken, wird er ihm nicht sagen, dass Sine eine Dänin ist. Dass ihr manchmal Begriffe unterlaufen. Zum Beispiel verschleifen sich in ihrer britischen Aussprache die Vokale. Dream wird zu drøm, milk zu mælk. Ab und zu hat sie ihn søde skat genannt, oder: yndling. Er will nicht daran denken.

»Why Hsipaw«, fragt Jeff. Er ist jetzt wieder konzentriert. Hat sich aufgerichtet mit gerunzelter Stirn. In Zeitverzögerung kann man beobachten, wie sich die Irritation in sein Bewusstsein senkt. Wenn er wisse, wo sie hinwollte, sagt Jeff langsam, warum fahre er dann nicht einfach nach dort.

Dass das nicht so einfach sei, antwortet er Jeff. Und spürt plötzlich die Flut, die alles aus ihm herausspülen will. Sie hätten sich gestritten, sagt er und zwingt sich zu einer Abschwächung: ein dummer, kleiner Fehler sei da gewesen.

Eine Nichtigkeit. Dann der Streit. Keine große Sache, eigentlich. Aber du weißt doch, sagt er, wie Frauen sind. Sie wird mich nicht sehen wollen.

Jeff verdreht die Augen und stöhnt. Das Gespräch beginnt ihn wieder zu langweilen, sein Kopf kippt in den Nacken. Dass er sich nicht so anstellen solle, sagt Jeff. Sie fährt nach Hsipaw. Dann gehst du da eben hin und holst sie dir. No big deal. What kind of a sissy are you. »Cheers, sissy!« Jeff hebt den Plastikbecher, will mit ihm anstoßen, verfehlt aber den anderen Becher und rutscht an seinem Handgelenk ab. Der Whiskey schwappt über den Rand, klatscht als zersprengter Fleck auf dem Boden auf. Jeff lacht.

Das Lachen des Amerikaners schmerzt ihm in den Ohren. Es hört nicht auf, fräst sich ihm in den Kopf, stochert ihm in der Stirnhöhle. Seine Finger krallen sich in den Plastikbecher, während Jeffs Gelächter sich höher schraubt, sich ihm auf den Brustkorb legt, sich um ihn klammert, ihn zusammenzuschnüren beginnt, Kopf zu Brust, Brust zu Kopf, eine Stauchung des Rückgrats. Der Druck im Zimmer steigt an, die Luft zu dünn, ein leer gesogener Hohlraum, kein Sauerstoff mehr, kein Atem. Bis plötzlich der Becher in seiner Hand zerbricht. Bis er aufbrüllt, die Plastiksplitter von sich schleudert, die Tropfen von Blut, die ihm aus dem zerschnittenen Handteller fliegen. Seine Stimme ein Schrei.

Dass er keine Ahnung habe, brüllt er Jeff in dessen erstarrendes Gesicht. Was ich getan habe ist unverzeihlich, es lässt sich nicht rückgängig machen, lässt sich nicht verzeihen. *You don't know what I did.* Keine Ahnung hast du. Du weißt nichts. Nichts weißt du.

Sein Gesicht nass, Tränen, Spucke, Schweiß – er kann es nicht einordnen. Sein Rücken schlägt gegen das Bettgestell, als er sich nach hinten fallen lässt. Er lauscht auf das Echo der eigenen Stimme im Raum. Auf das Schluchzen, das auf einmal zu hören ist. Von innen heraus erschüttert es ihn, trocken und hart, ein fremdes Geräusch, das er nicht kontrollieren kann.

Jeff ist verstummt. Sein Mund geöffnet. Man kann ihn atmen hören. Der Körper angespannt, die Augen schlagartig wachsam, klar. Seine Stimme misstrauisch, als er sich jetzt nach vorne lehnt, auf ihn zu. What, sagt Jeff, did you do to her. Was hast du ihr angetan. Was.

Er schüttelt den Kopf. Ringt nach Luft. Kann nicht antworten. Alles falsch, alles verkehrt. Er versucht, seinen zitternden Körper zu beruhigen, hebt die blutende Handfläche an den Mund und beginnt zu saugen. Den metallenen Geschmack von Eisen auf der Zunge. Er müsste aufstehen, das weiß er. Er sollte jetzt gehen. Aber die Leere der Luft zieht ihn nach unten, presst ihn gegen das Bettgestell, gegen den Boden.

Jeff ist aufgestanden, steht vor ihm, schwankt leicht, ist plötzlich blass. Etwas scheint ihm zu dämmern. Es überzieht ihm die Haut, die Gesichtsmuskulatur, alles an ihm wird fahl, schlaff – ein ansteigender Pegel aus Erkenntnis.

Du hast AIDS, stimmt's, sagt Jeff. Du bist ein dreckiger, verlogener HIV-Arsch, sagt Jeff mit lauter werdender Stimme, du legst hier Frauen flach, die sich nicht schützen. Du Wixer, fuckin' jerk, schreit Jeff und starrt auf das Blut an den Überresten des Plastikbechers, starrt und steht und schwankt und schreit.

Er kauert auf dem Boden. Sieht von unten an Jeff hoch, an dessen wankendem, über ihm aufragenden Körper. Noch immer schüttelt er den Kopf, die Hand zwischen den Lippen, will lachen und gräbt stattdessen die Zähne in seine Fingerknochen. Will in Jeffs Geschrei hineinrufen, *are you crazy, what are you talking about.*

Aber da sieht er, wie Jeffs Gesicht sich verzerrt, wie er ausholt, seinen Arm zum Schlag nach hinten schwingt. Und er springt hoch. Mit der einen Hand reißt er sich den *Lonely Planet* vom Tisch und stößt, fast zeitgleich, die Tür zum Flur auf. Die Treppenstufen des Guesthouses fliegen unter seinen Füßen, als er rennt. Jeffs kreischende Stimme hinter ihm, das verdutzte Gesicht des Burmesen an der Rezeption, Bilder von Generälen an der vorüberflitzenden Wand. Die Schritte, die Schreie, die ihn auf die Straße verfolgen, in die schmalen, eckigen Wege hinein, die er wahllos einschlägt. Ratternde, knatternde Autos peitschen durch Pfützen an ihm vorbei, er bleibt nicht stehen, sieht sich nicht um. Sieht nicht auf die Bordsteinkanten, über die er springt. Nicht auf die Körper, in die er rempelt. Er ignoriert das Zerren, die Säure, die ihm in die Muskeln schießt, den Schmerz. Zwingt seine Beine zu schnellerem Lauf, zu höheren, weiteren Sprüngen. Bis er das Gefühl erreicht, das er von früher kennt, vom Sprinttraining in der Schule: dass alles um ihn herum sich bewegt. Als rase es an ihm vorüber. Und nur er stünde still.

Irgendwann wird es ruhig. Erst nimmt er es kaum wahr. Der Takt seines Atems reißt ihn noch mit, das Keuchen hämmert ihm den Rhythmus in die Ohren, treibt ihn vorwärts. Dann, langsam, läuft er aus.

Die Straße ist dunkel, menschenleer. Niemand hinter ihm. Die Türen und Fenster in den Häuserwänden verschlossen. Ein Geruch von aufgeschwemmter Erde, Abgasen, dem eigenen Schweiß, der ihm aus den Poren steigt. In der Ferne das Knattern eines Generators. Das Quietschen eines geschobenen Fahrrads. Die Wahrnehmung überscharf. Mit seiner Hand umklammert er noch immer den *Lonely Planet*. Der Buchdeckel klebt an den Schnitten in seiner Haut. Ein flüchtiges Stechen, als er das Buch von der Wunde abzieht. Ein kurzes Nachbluten.

Er versucht, nicht zu denken. Zuerst muss er sich orientieren. Den Weg zu seinem Guesthouse finden. Dort ist er sicher. Jeff weiß nicht, wo er wohnt. Kennt seinen Namen nicht. Er wird nicht wissen, wo er ihn suchen müsste.

An der nächsten Kreuzung tritt er zurück ins Licht, fragt einen alten Mann nach dem Weg. Bemüht sich um Ruhe in der zitternden Stimme. Um ein Lächeln, die richtige Aussprache des viel zu langen Worts, das »Danke« heißen soll: kyei zu amya gyi tin ba de.

Es ist nicht weit. Seine Schritte fallen gleichmäßig auf den Boden, er blickt nicht auf. Hebt erst an der Rezeption den Kopf. Nickt dem jungen Burmesen zu, der ihm den Schlüssel zuschiebt, der ihm sagt, wieder einmal, dass die junge, blonde Frau noch immer nicht angekommen sei, leider.

Er lässt sich eine Flasche Wasser geben. Greift nach dem Fahrplan für die staatlichen Schiffe nach Bagan, der auf dem Tresen ausliegt. Die Treppe steigt er mechanisch nach oben, versucht noch immer, seinen Kopf leer zu halten und denkt plötzlich an den Malaria-Schnelltest vom Morgen. Das Stochern nach dem Blut, das nicht fließen wollte. Das Warten auf die alles erklärenden Linien. Der Moment, in dem er die Tür hinter sich schloss, ohne das Ergebnis angesehen zu haben. Das wird er jetzt nachholen müssen. Vielleicht wird das seinen Zustand erklären.

Aber der Mülleimer ist leer. Sie haben aufgeräumt, haben auf dem Bett die Laken glatt gestrichen, ihm neue Handtücher an das Fußende gelegt. Sogar im Bad haben sie seine Waschartikel verschoben, sie angeordnet auf dem niedrigen Waschbecken. Eine Ausrichtung ist das, denkt er und lässt seinen Körper gegen die gekachelte Wand sinken. Sie positionieren die Dinge, nach Mekka, nach Norden, wohin auch immer. Und nur ich kenne den Fluchtpunkt nicht.

Als er auf seinem Bett sitzt, fängt er an zu lachen. Er hat das Moskitonetz um sich gezogen, sitzt in einem feinmaschigen Kokon aus Schleierstoff. Die beiden Reiseführer liegen vor ihm auf der Matratze. Draußen vorm Fenster hat wieder der Regen eingesetzt, er hört das dumpfe Trommeln der Tropfen im Innenhof. Es vermischt sich mit dem Geräusch des Lachens, das ihn überfällt, sobald er zu denken beginnt. Sobald er versucht, sich selbst zu verstehen. Diesen Tag.

Nie hätte ich gedacht, dass es so schwer wird ohne Dich.

Er wird nach Bagan fahren, das beschließt er. Nach Hsipaw wird Sine nicht gehen. In Mandalay kann er nicht bleiben. Etwas zerrüttet ihn hier. Die Stadt, denkt er, bekommt ihm nicht.

Am nächsten Morgen ginge ein Schiff. Er müsste um halb fünf an der Anlegestelle sein. Er könnte sich auf dem Irrawaddy-Fluss auf die Tempelstadt zutreiben lassen. Keine Busfahrt, keine plärrenden Kriegsfilme auf dem Bildschirm im Mittelgang, kein Erbrechen, kein Würgen auf den Sitzplätzen hinter ihm. Wenn er jetzt schläft, ist das machbar. Wenn es ihm gelänge, die Augen zu schließen. Die Gedanken wegzuschieben. Die Bilder auszublenden. Er atmet durch. Stellt sich den Wecker, schiebt einen Arm unter den Moskitoschleier, reckt sich nach dem Lichtschalter.

Dunkelheit fällt in den Raum. Einen kurzen Augenblick lang nimmt sie ihm den Atem. Sie setzt die Erdanziehung außer Kraft, vertauscht ihm das Oben, das Unten. An einen plötzlichen Sturz in Wasser muss er denken. An das Gefühl, man schwömme aus Meerestiefen der Oberfläche entgegen, während man tatsächlich in Richtung Grund vorstößt. Daran, hat er gelesen, ertrinken die Menschen. An dieser Orientierungslosigkeit. Weil der reflektierende Boden plötzlich heller leuchtet als die Sonne über dem Wasserspiegel.

Er bräuchte Ablenkung. Einen Gedanken, einen Moment, in dem sich seine Erinnerung verankern kann, bis er schläft. Etwas, das außerhalb dieses Tages liegt. Etwas wie Schäfchen-Zählen, denkt er und gräbt sein Gesicht in das Kissen. Das wäre es: sich wiederholende Bogensprünge von flauschigen Tierchen über Zäune.

Where do you come from. Where do you go. Die Mönche. Plötzlich sind sie wieder in seinem Kopf. Ihre Fragen. Dieser Raum in Yangon. Er weiß nicht, warum er sich in ihm ausbreitet, sich jetzt in seine Gedanken schiebt. Der Schacht aus Schattenrissen im Gegenlicht. Dass er noch immer keine Ahnung hat, wer diese Mönche waren. Dann die Worte, die gesagt worden sind, bevor Sine kam. Die endlose Verdopplung der Fragen. Woher. Wohin. Satzfetzen in seinem Kopf, er kann es nicht steuern. Ein Leerlauf der Bilder. Es gibt da diese Grenze kurz vor dem Schlaf. Wo alles sich verselbstständigt. Wo Sprache keinen Sinn ergibt. Losgelöste Vokale, eine Verschachtelung von Buchstaben. Er müsste, glaubt er, nur noch vornüberkippen.

Und wann bekäme man Angst vor sich selbst.

Wo kommst Du her, wo gehst Du hin. Er setzt sich auf, ist plötzlich wieder klar. Sie haben mir, denkt er, die falschen Fragen gestellt. Sie hätten anders lauten müssen, diese Fragen. Alles wäre anders geworden, hätten sie eines von mir wissen wollen: warum ich hier bin.

5

Und warum bist du hier.

In Kin Pun hatte Sine ihn das gefragt, als sie am Abend des zweiten Tags auf den Stufen seines Bungalows saßen, sich eine Cheroot teilten, Finsternis um sich. Nur manchmal sprach der Bewegungsmelder auf eine allzu ausladende Geste ihrer Körper an, eine Drehung des Handgelenks, ein Übereinanderschlagen der Beine, und tauchte sie in kühles Licht. Eine Wolke aus Rauch blies Sine den taumelnden Moskitos entgegen, lehnte sich zurück: why are you here with me.

Am frühen Morgen war er auf die Busstation zugefahren, auf das Highway Bus Centre von Yangon. Dort hatten er und Sine sich am Vorabend verabredet, the bus to Kyaikhtiyo. Der Jetlag, die Müdigkeit seiner Ankunft hatten nachgelassen, waren zurückgedrängt worden von der Unruhe, die ihn auf dem Armaturenbrett des Taxis herumtrommeln ließ: wird sie kommen, wird sie wirklich dort sein.

Es war ihr Vorschlag gewesen, ihn wiederzusehen. Unter dem Rhythmus seiner Worte waren sie an jenem ersten Abend von der Straßenecke losgelaufen, an der sich die Mönche von ihnen verabschiedet hatten. Sie hatten ein Bier trinken gehen wollen, ein Mandalay Beer, irgendwo in Yangon, fern von den Mönchen, dem Lehrer, diesem merkwürdigen

Ort. Und hatten es dann, während er ihr von den Räumen erzählte, vom Diplomatensohn, dem Fluchtplan, vergessen. Im Gleichschritt waren sie durch Straßen gelaufen, die er nicht wahrnahm, die näher rückende Sine so dicht an seiner Seite.

Irgendwann hörte er auf. Sie müsse, sagte er, verstehen, dass ihn das anstrenge, dieses Berichten. All diese Erinnerungen. Aber morgen gerne, oder ein anderes Mal. Wenn er sie nicht langweile. »Oh no«, rief sie, »you don't!« Du musst, fuhr sie fort, mir mehr erzählen, alles, alles will ich wissen. Morgen, gleich morgen, wir fahren gemeinsam weiter, über Kyaikhtiyo nach Kin Pun, zum Goldenen Felsen, ja? Dabei hängte sie sich an seinen Arm, die erste, absichtliche Berührung. Sie zog und zerrte, bis er lachte und nickte: triff mich morgen, dann erzähle ich weiter.

Dieses Gewusel. Das war das deutsche Wort, das ihm einfiel, als er mit dem Taxi in die Kurve zum Busbahnhof bog: Gewusel. Kyaikhtiyo, versicherte sich der Taxifahrer mit einem Seitenblick, Kyaikhtiyo, you sure, während ihm die drängenden Ticketverkäufer vor die Motorhaube sprangen und werbend die Arme schwenkten. Und er nickte: yes, Golden Rock, der goldene Felsen, someone is waiting for me.

Sie war nicht da. Der Taxifahrer war mit ihm ausgestiegen, hatte ihm seinen Rucksack auf den Rücken gehoben, ihn einem der Verkäufer zugeschoben. So schnell war das gegangen: andere hatten unter lauten Rufen den Rucksack von ihm heruntergezerrt, in den Laderaum des Busses hinein, während ihm der klein gewachsene Ticketverkäufer einen Zettel in die Hand stopfte, ihn in das Innere des Wagens hinaufdrängte, sehr bestimmt auf einen der Plätze deutete, einen belustigten Blick auf seine Hosen warf und schon wieder verschwunden war. Vor den Fensterscheiben sammelten sich Händler, reckten ihm Schalen entgegen, Spieße mit geschmorten Fleischstücken, in Plastiktütchen verpackte Erfrischungstücher, Vogeleier, Wasserflaschen. Immer wieder schüttelte er den Kopf, verscheuchte die Händler aus seinem Blickfeld, versuchte, Sine aus dem zappelnden Gewirr herauszuspähen, was, wenn sie nicht käme.

Auf den Sitzplätzen schräg vor ihm saßen zwei ältere Männer, die nackten Füße in Flipflops, den Stoff der bunt karierten Longyis fest um die Körper gezogen. Eine schnaufende Dame setzten sie neben ihn, prall gefüllte Plastiktüten türmte sie auf ihren Schoß, lächelte ihm entschuldigend zu, als ihr fleischiger Oberarm an seiner Schulter zum Liegen kam. Er hätte etwas sagen müssen, this seat is taken, I am waiting for someone, aber es kam ihm nicht über die Lippen. Immer weiter füllten sie den Bus, stapelten Dinge und Menschen, Körbe, Taschen, Koffer, Leinensäcke mit Mehl, Reis, Bohnen vielleicht, hörten nicht auf, er konnte es nicht glauben. Längst war die Rückscheibe des Busses hinter einem eng gepressten Mosaik aus Gegenständen verschwunden. Sie begannen gerade, die frei gebliebene Bodenfläche mit einer neuen Ladung aus Säcken zu bepflastern, als Sine sich hinter einer jungen Burmesin in den Gang stellte. Wie ihr begegnen.

Winken hätte er wollen, rufen, aber dann glitt sein Blick an ihrem verschlossenen Gesicht ab, an den konzentriert nach vorne gerichteten Augen, dem heute leicht fettigen Haar. Sie suchte ihn nicht.

Er hatte den Kopf nicht zu ihr drehen wollen, ihr nicht nachstarren wollen, um Aufmerksamkeit bittend. Hatte sich von ihr weg gewendet, sich dem Fenster entgegengelehnt, eine der Verkäuferinnen durch ein Nicken herangeholt, für eine Plastikflasche mit Wasser bezahlt, die er dann stolz in den Händen wog, etwas erstanden im fremden Land, bis sie losfuhren.

Die Stadt zu verlassen. Nur einen Tag, eine Nacht hinter sich. Vor dem Rückflug, beschloss er, würde er sich Zeit für Yangon nehmen müssen. Für die beiden weißen Elefanten, von denen ihm der Reiseführer schrieb, die Shwedagon Pagode, den Löwenthron im Nationalmuseum. Er hatte kaum etwas gesehen, nichts wahrgenommen von dieser Stadt, nur das Guesthouse, erste Eindrücke der Straßen, dann die Mönche, den Lehrer, Sine. War nicht angekommen und fuhr doch schon weiter. Als wäre sie, von der er nichts wusste, das jetzt schon wert, dieses Aufgescheucht-Sein.

Sine saß ihm im Rücken. Er versuchte, sie auszublenden, sich nicht vorzustellen, wie sie da saß, wie sie unbeteiligt über seinen Kopf hinwegsah. Er wollte ihren Körper wegdenken, die Augen, denen seine Anwesenheit so gleichgültig gewesen war. *Dann hätte ich mich eben geirrt.*

Er lehnte seine Stirn an die vibrierende Glasscheibe des Fensters. Richtete sich aus auf den Strom der Bilder vor ihm. Und musste sie abgrenzen gegen das plötzliche Plärren des Fernsehers, den sie im Mittelgang eingeschaltet hatten, eine burmesische Familienserie, Mutter gegen Tochter. Eine Abschottung nach zwei Seiten war das: nicht Sine beachten, nicht den flimmernden Monitor. Sich nur seitwärts öffnen für: die breitkrempigen Strohhüte von in Feldern versunkenen Arbeitern, freilaufende Schweine am Straßenrand, Kühe mit schlackernden Kehllappen, bettelnde Mönche, denen die Businsassen im Fahrtwind Geldscheine zuflattern ließen, Schulkinder in grünberockten Uniformen, hellen Blusen, Lärm, Staub, dann die Weite endloser Landschaften.

Als der Bus hielt, hatte er sich verloren. Abgeschalteter Fernseher, sich reckende Menschen, er begriff das Anhalten nicht. »They are having a break«, sagte Sine, die im Gang stand, sich zu ihm neigte, und: »How do you cope?« Wie kommst Du zurecht, hier. Dich müsste das doch.

»I'm fine«, sagte er, während er sich aus dem Sitz drückte, verrenkte Glieder, »I'm fine.« Und begriff erst am Holztisch des Restaurants, was sie gemeint hatte. This tiny space. Der Wagen als geschlossener Raum. Deine Raumangst. Du. Er hob die Tasse zum Mund, löslicher Coffee Mix, blies in das aufdampfende Getränk, und sagte: »It's no problem anymore.«

Wie sie da saßen. Daran erinnert er sich. An diese Anspannung. An das Gefühl. Nichts zu wissen vom Gegenüber. Nur leere Eckdaten: ein Name, ein Geburtsort. Vermutung alles, als stünde man sich nah. So vieles noch möglich.

Er suchte nach einem Satz, irgendeinem, einem Anfang. Die Mönche fielen ihm ein. Wer waren die, wollte er sagen, was wollten die von uns, hast du das verstanden. Aber dann sprach er es nicht aus. Er wollte nicht über andere reden, wollte über Sine sprechen. Suchte einen Anfang, rutschte auf dem Stuhl herum. »Tell me«, sagte er schließlich, ohne zu ahnen wie der Satz weitergehen sollte, wiederholte also, als würde es ihm noch einfallen, tell me, tell me, bis er stockte und einen Punkt sprach. Mit den Schultern zuckte. Wartete.

Sie musste lachen. Legte die Speisekarte weg, deren verworrene Zeichen sie beide nicht hatten entziffern können. Lehnte sich zurück, betrachtete ihn. Was, sagte sie schließlich, willst du wissen.

Wer du bist, hätte er sagen wollen, wer du sein kannst für mich. Stattdessen sagte er: »everything«. »Backwards or from the very beginning«, lachte sie weiter, chronologisch oder nach Themen geordnet, komm schon, hilf mir, sortier mir das mal, wo sollen wir anfangen, I'm lost. Jetzt lehnte auch er sich zurück, presste den Rücken in die Stuhllehne, hielt einen Gedanken fest, der sich aus dem gestrigen Abend herübergerettet hatte. Du suchst nach etwas, sagte er langsam, das hast du den Mönchen erzählt. Sag mir wonach, wir könnten es finden.

Eine Pause. »Let's start with something less difficult«, antwortete sie und begann mit dem Fingernagel in einer Kerbe am Tischrand herumzufahren, »smoking for example.« Sie habe schon so oft versucht aufzuhören. In den letzten Wochen hatte sie es wirklich geschafft. Aber jetzt hier, diese Cheroots, did you try them, da müsse man doch einfach. Ihr Blick wich ihm aus, während sie weitersprach. Das Rauchen, was für ein Unfug, sagte sie, stupidity, aber sie habe schon mit fünfzehn und käme nun nicht los davon, wie das eben so sei.

Ein kleiner Junge mit dunklen Augen schob ihnen ein Tablett mit abgepackten Kuchenstücken auf die Tischplatte. Man wollte es den Touristen leichter machen, essen mussten sie doch. Und Sine griff sich eines der hellgebackenen Teilchen, pulte die Plastikfolie von dem Gebäck, sprach noch immer über das Rauchen, das Süßholz, auf dem sie herumgekaut habe, um es sich abzugewöhnen, it's rather this psychological thing, you know, don't know what to do with my hands. Bis sie endlich innehielt, Luft holte, ihn wieder ansah.

»You scare me«, sagte sie, du machst mir Angst, wirklich. Diese Geschichte, die er begonnen habe zu erzählen. Die er mit sich herumtrage. Your split past, ein Vorher, ein Nachher. Was habe sie dem schon entgegenzusetzen. Nichts fiele ihr ein. Ihr Leben könne nicht standhalten demgegenüber, leer der Kopf. Noch nie sei sie jemandem begegnet, der geflohen sei. Keine Ahnung hätte sie von Deutschland, von der Situation damals, wisse nichts, das Übliche nur, Mauerfall, Wiedervereinigung. Dabei, sagte sie, seid Ihr doch Nachbarland. Aber ihr sei das damals egal gewesen, ihre Welt so klein. Kopenhagener Vorstadt, Albertslund, den Roskildevej hinauf, hinunter, wo treffen sich die Freunde, sonntags zu Oma aufs Land. Aber er. So anders müsse er dem sozialistischen Myanmar gegenübertreten. Was für Erinnerungen werde das freilegen in ihm, was für Vergleiche könne er ziehen. »I admire you«, sagte sie, »for your past.« Und sie säße da, ihm gegenüber, plappere über das Rauchen, wie nichtig müsse ihm das erscheinen, how vain.

Das Hupen des Busfahrers, der hinter der im Sonnenlicht verspiegelten Scheibe die Weiterfahrt anmahnte, bevor er antworten konnte. Es schnitt ihn ab von den Worten auf seiner Zunge, *ich wollte etwas sagen*, während Sine aufsprang, den Jungen heranwinkte, ihm ein paar Kyat in die Hand drückte, sich zu ihm zurückdrehte, »I'll shout you« rief und ihm auffordernd zunickte: komm.

I'll shout you, ich rufe dich, der Satz wirkte in ihm nach, lenkte ihn ab von den Gedanken in seinem Kopf. Wieso »rufen«, was konnte das heißen. I'll shout you, I'll treat you, »einladen« musste es wohl bedeuten, ich lade dich ein, aber wo kam das her, wovon leitete sich das ab, ich rufe dir zu. Eingeladen hatte sie ihn, gut war das, dann konnte er die Einladung erwidern, I'll shout you back, heute Abend, ein Essen im Kinpun Basecamp, am Fuß des Berges, ein Mandalay Beer, ein Reisgericht, ein Plan: lass uns zum Goldenen Felsen aufsteigen, morgen, gemeinsam.

Am frühen Abend fuhren sie dann mit dem Pick-up in Kinpun ein, waren umgestiegen in Kyaikhtiyo. Seine Hände waren verknotet mit dem Gestänge des Wagens, neben ihm noch die Nachwärme des kleinen Jungen, der sich bei seinem Anblick aus dem Schoß der Mutter gewunden hatte. Über die Holzbank war der auf ihn zugekrabbelt, während draußen johlende Schulkinder das Dach des Pick-ups erkletterten. Das Erstaunen im Gesicht des Kindes, die kleine Hand, die forschend sein nacktes, weißes Handgelenk abgeklopft hatte, das scheue Lächeln der Mutter.

Bei der Ankunft ließen sie sich von einem Angestellten zum Sea Sar Guesthouse führen. Ein Abführen war es beinahe gewesen, ein Paradieren durchs Dorf, das Vorgeführtwerden als derzeit rare touristische Beutestücke. Fünf Dollar hatte er für sein Bungalowzimmer bezahlt. Hatte zugesehen, wie Sine den Angestellten beiseite zog, wie sie ihn anlachte, den Kopf schräg in den Nacken gelegt, sich andere Zimmer öffnen ließ, bei deren Anblick sie ihr Lachen wirkungsvoll abflachte, bis sie das Zimmer neben seinem bekam, zur Hälfte des Preises, und wieder strahlte.

Sie waren essen gegangen, nachdem er sein Moskitonetz aufgespannt, die Schnur vom Fensterkreuz zum Garderobenhaken gezogen hatte, eine Dusche genommen im hellen, luftigen Badezimmer, die Füße verborgen in sich schmatzend mit Wasser voll saugenden Badeschuhen, Schutz vor Kakerlaken. Im Restaurant waren sie die einzigen Gäste gewesen, hatten einander am viel zu langen Tisch gegenüber gesessen, flankiert von der auf Armlänge bereit stehenden Familie, die auch nicht zurückwich, als die Schüssel mit dem wässrig verkochten Gemüse längst auf der Tischplatte stand, der zu Klumpen verklebte Reis, die Gläser mit dem aufschäumenden Bier. Schweigend hatten sie zu kauen begonnen, hatten nach den Gastgebern geschielt, dieser Wand aus undurchdringlichen Gesichtern, aufmerksamen Augen, abwartend ineinander gelagerten Handflächen. Nach Salz hätte er fragen wollen, wisperte er Sine zu, die den Kopf schüttelte, vielleicht würden wir sie beleidigen damit. Kichernd waren sie später zurück zum Guesthouse gelaufen, endlich frei, und:

hast du gesehen, wie die geguckt haben, hast du die Blicke gespürt.

Jetzt saßen sie auf den Treppenstufen seines Bungalows. Ob er in Burma das Haus suche, wollte Sine wissen. Dieses Haus, das nur aus Fluren besteht. Glaubst du, sagte sie, du findest es hier. Er sah Sine an. Im Halbdunkel überlagerten sich ihre Konturen mit dieser Erinnerung an eine andere Frau, *Du*, der Mund, die Wangenknochen, warum bin ich hier. Bis Sine sich bewegte und das Licht wieder ansprang, flatternde Insekten überall.

Warum ich hier bin.

Die Bilder. In diesem Moment hat er ihr von ihnen erzählt. Von den Fotos, die die befreundete Regisseurin vor knapp einem Jahr aus ihrem Burma-Urlaub mit nach Hause gebracht habe. So fremd sei ihm das gewesen, eine andere Welt. Gar nicht mehr aufhören zu reden habe die Regisseurin können. Ein langer Abend sei das geworden. Im Fensterrahmen ihrer Berliner Wohnung hatten sie gesessen, Linienstraße, Hinterhof. Hatten die Dias mit dem Projektor auf die gegenüberliegende Brandmauer geworfen, immer wieder zwischen den einzelnen Aufnahmen hin und her geschalten. Warte, hatte er gerufen, wenn sie glaubte, ihn mit einem zu lange stillstehenden Abbild zu langweilen, warte, wer war die Frau oben links. Oder: Das Gebäude da hinten, diese Kuppeln, die Säulen, Turmspitzen, was war das. Wo auf der Welt gibt es solche Bauten, auf so einer Fläche.

Und die Regisseurin hatte ihm geantwortet. Hatte ihm Landschaften benannt. Die Pagoden, die Menschen. Von der Doppelgesichtigkeit dieses Vielvölkerstaats hatte sie ihm berichtet, von den Dingen, die man vorher liest und dann vor Ort nicht sieht: die Unterdrückungen durch das Militär, den Handel mit Drogen, mit Amphetaminen, die Korruption des totalitären Regimes. Dass Zwangsarbeiter den Touristen die Flughäfen ausgebaut hätten, sagte sie ihm beim Anblick eines Bildes vom Mingaladon Airport, und schau dir das an: nichts merkt man davon.

Irgendwann war es hell geworden, der anbrechende Tag kroch ihnen in die Projektionen, die Farben begannen auszubleichen, die sich schärfenden Strukturen der Backsteinwand zerstückelten ihnen das Bild. Er aber drängte sie, die Fotoserie bis zum Ende zu betrachten.

Die Bilder des Bergdorfs hatte sich die Regisseurin bis zum Schluss aufgehoben. Sie sei, sagte sie ihm, durch das Land gelaufen, als wäre sie erblindet. Vergessen habe sie alles, was sie vorher über den Militärstaat wusste. Die fröhlichen Menschen, die Faszination der birmanischen Landschaft, das Blinken aufgleißender Pagodenkuppeln hätten sie geblendet. In die Schönheit der Bilder sei sie hineingestolpert, habe sich verloren darin. Etwas hat gefehlt, sagte sie ihm, der Subtext war nicht mehr da. Im Theater könne sie das inszenieren, sie könne das Unheil noch in der harmonischsten Szene spürbar machen: durch den Tonfall eines Schauspielers, durch eine scheinbar unpassende Melodie, den bedrohlichen Einfall des Lichts. In Burma habe sie die Schattenseite so lange nicht gefunden, bis sie beinahe die Suche danach vergaß.

Das Bergdorf schließlich habe sie zurückgeholt. Einen Regimegegner habe sie kennen gelernt, einen Mann, der sich ihr als Führer in jenes Dorf anbot: Mister Khin. Durch ihn habe sie endlich die Fototapete zerreißen können, die sich vor ihr aufspannte, habe das Dahinter gesehen, die Armut, die Wut. Widerstandskämpfer habe sie in diesem Dorf getroffen, Menschen mit einem Plan. Sie haben mich, sagte sie, gebeten,

Dinge für sie festzuhalten, ihre Gewohnheiten, ihr Leben. Das war ihnen wichtig.

Im Wettlauf mit den sich ausbreitenden Sonnenstrahlen hatten die Regisseurin und er sich durch diese letzten der Dias gearbeitet. Hatten Schulter an Schulter auf dem Fensterbrett gesessen, die baumelnden Beine über dem aufhellenden Innenhof. Er hatte sich nach vorne gebeugt, verlor fast schon den Schwerpunkt – *warum bin nicht ich gestürzt* –, starrte hinein in die Projektion dieses Bergdorfs. Mit seinen Blicken bannte er die verwischenden Konturen, als könnte er eine Auslöschung verhindern. Obwohl sie nur den Projektor vom Fensterbrett hätten heben müssen, ihn umdrehen, den Vorhang zuziehen, das Licht aussperren, die Bilder in verkleinerter Form auf die Tapete neben dem Kühlschrank projizieren. Aber der Gedanke sei ihnen, so erzählte er Sine, gar nicht gekommen.

Er weiß noch, dass Sine den Kopf schief gelegt hielt in diesem Moment. Dass er stockte, weil er etwas in ihren Augen ausmachte, in ihrem Blick, Skepsis, Interesse, er konnte es nicht deuten. Sie hatte die Stirn gerunzelt, zupfte mit den Zähnen an der Nagelhaut ihres Daumens herum. Ob er sie langweile, wollte er wissen, am I boring you. Aber sie verneinte heftig, fliegende Haarsträhnen im Gesicht: you don't. Was ist mit diesen Fotos, sagte sie, was war da zu sehen. Tell me. Please.

Ich habe einen Auftrag, weißt du. Er sagte es zögernd – und schob doch schon sein Gewicht auf der Treppenstufe zurecht, weil er wusste, was kommen würde: dass er nun aufstehen würde, im Dunkeln in sein Zimmer treten. Und dann: im Seitenfach seines Rucksacks nach den Umschlägen wühlen, nach der Plastikhülle tasten, die er so sorgsam verstaut hatte vor seinem Abflug.

Sine lehnte sich zurück, lachte, einen Auftrag, soso, who are you, Bond, James Bond, in service of queen and country. Er sah sie an, bis sie still wurde, bis sie verwundert aufblickte und in seinem Gesicht nach dem Grund für seine Ernsthaftigkeit suchte. »Die Bilder«, sagte er, »ich habe sie hier. Ich soll sie in das Bergdorf bringen.«

Sie wollte sie kaum aus der Hand geben. Mit angezogenen Beinen kauerte sie auf der Treppenstufe, klemmte die Ränder der Fotos unter ihre Fingerkuppen, achtsam, wollte keine Fettflecken auf der Glanzseite hinterlassen. Er stand hinter ihr, wedelte ab und zu mit dem Arm, um die Glühbirne des Bewegungsmelders am Glimmen zu halten, reichte ihr die Abzüge von oben herab, Bild für Bild.

Ein sandiger Pfad, der sich bergauf verbreitert. Schräg stehende Holzhäuser, nur wenige mit Spitzdach, die sich voneinander wegdehnen wie abkippende Kuben. Eine auseinander fallende Linie gekrümmter Holzstecken, die einen Garten vom Weg abtrennen, dahinter nur Sand, keine Pflanzen, kein Gras. Eine Frau mit hoch gefaltetem Turban, zwei Kinder an jeder Hand. Ein kleiner Junge vor einer Bretterwand, das Gesicht unter der bunten Häkelmütze dreckverschmiert, auf der Nase einen Fleck schwarzer Erde, der Fleck so rund und dunkel wie die Augen des Jungen. Ein alter Mann, mit aufgeschnittenem Pflanzenblatt in den Händen. Purpurner Saft läuft ihm über die Handgelenke, tropft in den Sandboden, versickert.

Sine hielt sich die Abzüge dicht unter die zusammengekniffenen Augen, während er ihr von oben die Bilder zureichte. Nur manchmal zeichnete sie in der Luft die Linien eines Gesichtes nach, den Schwung eines nach vorne geneigten Körpers, die Biegung des in die Schlucht stürzenden Wasserfalls. Sie hat einen guten Blick, diese Freundin, sagte sie.

Hattest Du.

Dass die Regisseurin wenige Monate später noch einmal nach Burma hatte reisen wollen, erzählte er Sine. Sie hatte erst in Deutschland diese Abzüge der Bilder gemacht, ihr dummer Hang, hatte sie ihm gesagt, zu analoger Fotographie. In das Bergdorf wollte sie fahren, die Bildschuld begleichen, wollte die Fotos ihren Besitzern überreichen, jedem einen eigenen Abzug geben, aber dann, es war ihr nicht möglich, sie konnte nicht kommen.

Warum sie die Bilder nicht in Burma habe entwickeln lassen, fragte Sine. Warum habe sie sie nicht in einer der großen Städte abziehen lassen und sei dann gleich zurückgekehrt in das Dorf. Man sähe doch nichts Außergewöhnliches auf diesen Fotos, keine Militäranlagen, keine bewaffneten Dörfler, keine geheimen Pläne, Zeichnungen, nichts, was verdächtig wäre. Auf dem Boden kniend sagte sie das, sagte es und schaute dann zu ihm auf.

In diesem Moment muss sie gesehen haben, wie sein Blick an einem der Bilder hängen blieb, wie er es umdrehte, rasch, es zurückschob in die Plastikhülle, abgewendete Ansicht. Wie er auch die anderen, die restlichen Bilder mit der Hand abschirmte, gegen seine, gegen ihre Sicht. Von unten muss sie das gesehen haben, muss seinen plötzlich veränderten Gesichtsausdruck gedeutet haben, seine schneller werdenden Bewegungen. Ist dann leicht ausgewichen, vor ihm zurückgeschreckt, als er sich abwärts beugte, ihr mit seinem Oberkörper das Sichtfeld auf die Plastikhülle verdeckte und nach den Fotos in ihrer Hand griff, sie ihr sacht entwand.

Wie denn sie nach Burma gekommen sei, fragte er Sine am nächsten Tag, beim Aufstieg zum Goldenen Felsen: what made you come here. Beim Frühstück hatten sie geschwiegen, hatten die Bilder nicht mehr erwähnt, den vorangegangenen Abend. Sine strich sich Marmelade auf verbrannten Toast, schaufelte sich Zucker in den Tee, betrachtete ihn manchmal von der Seite, suchte, so schien es, nach den Worten, den Fragen, mit denen sie ihn auf die Fotos ansprechen könnte, blieb aber still. Auf der Terrasse des Hauptgebäudes hatten sie gesessen, hatten sich schließlich nach einem Mädchen umgedreht, das an der weiß gestrichenen Holzbrüstung auf und nieder wippte, ihnen Bananen aus einem Bastkorb verkaufen wollte, während der Angestellte des Sea Sar dickwandige Wasserflaschen in einem Kühlschrank verstaute. Dass sie vier Stunden für die Strecke benötigen würden, rief ihnen der Angestellte zu, während sein Kopf fast in dem Kühlschrank verschwand, but you are lucky, not so many people, start of season. Für den Rückweg empfehle er den Abstieg bis Yathetaung, von dort fahre der Pick-up zurück hierher, direkt vor den Eingang des Guesthouses, nice drive and better for legs. Auf den Findling müssten sie achten, wenn sie oben seien, famous golden rock, durch nur ein einziges Haar Buddhas vor dem Absturz bewahrt. Man könne ihn, sagte der Angestellte, schwanken sehen, manchmal.

Sie hatten Wasserflaschen in Sines Rucksack gepackt, waren der Straße gefolgt, die ihnen der Angestellte gezeigt hatte. Schmaler war sie geworden, ein Weg, ein Pfad, vorbei an Hütten, winkenden Kindern, mingalaba, where do you come from, verfallene Verkaufsstände, Männer bei Reparaturarbeiten, hinein in den Bambuswald, verschlungene Kurven. Ob sie schon einmal im Urwald gewesen sei, hatte er Sine gefragt. Und sie hatte sich umgesehen, hatte das überquellende Grün satt gewässerter Pflanzen betrachtet, gesagt: »This is as close as I got.«

Jetzt waren sie aus dem Wald herausgetreten, standen auf einer Bergkuppe. Er verfolgte ihren Blick über den Wellen schlagenden Teppich aus Bäumen, Büschen, Stauden unter schnell ziehenden Wolken, hin zu den aufragenden Bergketten am Horizont. Blickte dann zurück zu ihr, auf die nachdenkliche Haltung ihres Körpers. Sie war in sich versunken. Er räusperte sich, holte Luft, sagte es wieder, anders diesmal, Echo ihrer eigenen Worte: Wie kommt es, dass du hier bist mit mir.

Einen Moment lang blieb es still. Dann schien sie aufzuwachen, schien mit dem Klang seiner Stimme aus der Ferne zurückzukehren, schien ihn zu suchen, ihren Fokus auf ihn einzustellen. Ein Lächeln.

Im Weitergehen wiederholte sie seine Frage, why am I here. Das sei, sagte sie, nicht leicht zu erklären. Zu oft schon habe sie diese Frage beantworten müssen, habe ihre Worte an anderen Rucksacktouristen erprobt, all these backpackers you meet. Die alle die immer gleichen Fragen stellten, ein Abhaken wie aus einem Gesprächskatalog, I know my lines. Ich erzähle immer nur das: dass ich herkam und eben hängen blieb, weil es für eine Heimkehr keine Gründe mehr gab. Aber du, ich weiß schon so vieles über dich, deine Vergangenheit, deine Flucht, lass mich ein wenig nachdenken, I'll try to be honest.

Er wich einen halben Schritt hinter sie zurück, wollte ihr Platz geben für ihre Gedanken. Sprach sie nicht an, als sie an einem der Nat-Schreine vorüber stiegen, nach denen sie beschlossen hatten, Ausschau zu halten, an den Opferstätten zur Beschwichtigung einheimischer Geister. Eine kleine Spende – Bananen, Geld –, so empfahl es der Reiseführer, sei angebracht. Auch auf den ersten Findling wies er sie nicht hin, den Vorboten des Goldenen Felsens. Erwähnte nicht die am Felsscheitel aufgesetzte goldene Stupa, wollte Sine nicht aufschrecken, nicht ablenken, denk weiter, ich will wissen.

Dass vielleicht eine Verflachung schuld sei an ihrem Hiersein, sagte sie schließlich. Flach sei ihr alles geworden im Anblick der Monitore, der Bildschirme, auf die sie bei der Arbeit stundenlang zu blicken hatte. Mit ihren Augen habe das zu tun, let me try to explain.

Ein Augenfehler, weitergegeben durch die Gene des Vaters, nicht wirklich schlimm, eine ausufernde Weitsichtigkeit bloß, einseitig zum Glück. Augenklappen hatte das als Kind zur Folge gehabt. Man dachte, man könnte das schwache Auge trainieren. Just picture this: wie sie da gestanden habe, bei der Einschulung. Eine dänische Piratenbraut mit dickwandiger Brille, das rechte Auge mit Heftpflastern verklebt. Geholfen hätte es nicht. Stattdessen stieg mit der Stärke der Gläser der Druck auf dem Nasenbein. Mit vierzehn dann der Gang zum Augenarzt: Kontaktlinsen wollte sie haben, er verweigerte. Ein anderer Arzt musste her, der Vater hatte ihn aufzutreiben, es war doch auch seine Schuld irgendwie. In der Augenklinik dann der Professor, der ihr das Gestell aus dem Gesicht nahm, ihr in die Pupillen leuchtete, befand, da sei ohnehin nichts zu machen. Abnehmen könne sie die Brille von nun an, das gesunde Auge werde schon ausgleichen, die Arbeit übernehmen, wozu also die Sehhilfe. Erst zur Führerscheinprüfung sei sie wieder zum Augenarzt gegangen. Eine Bescheinigung hielt sie dem Lehrer beim Sehtest unter die Nase: Sehfähigkeit eingeschränkt, aber fahrtauglich. Der Prüfer hatte davon nichts wissen wollen, sie habe durch die Linse zu blicken wie alle anderen auch, lesen Sie mir die Buchstaben vor. Überrascht hatte sie auf die Reihe geblickt, t f o c g d, gestochene Schärfe, hatte sich geheilt gewähnt, eine späte Nachwirkung der Heftpflaster vielleicht, als der Prüfer sagte: weiter. Wie weiter, da war nichts weiter, nichts Verschwommenes, keine Buchstaben, nichts war da, gar nichts. Die lauter werdende Stimme des Prüfers, nun lesen Sie schon, bis sie leise sagte, aber da ist nichts, und er antwortete: ach, kein Stereosehen, warum haben Sie das denn nicht gleich gesagt.

Kein Stereosehen also. Was für ein Wort war das, was sollte das sein. Dass die Dinge anders waren, als sie sie wahrnahm, erklärte ihr ein Freund. Dein Gehirn berechnet dir Abstände aufgrund von Größenverhältnissen, sagte er, es wertet dir Relationen aus, verzeichnet dir Entfernungen, die du nicht wirklich siehst. Die Wirklichkeit ist runder als du sie wahrnimmst, sie ist plastischer. Du malst dir, sagte er, deine Bilder mit Hilfe von Licht und Schatten, du näherst dich der Realität an, so gut du eben kannst. Aber du bleibst dabei einäugig, nimmst nicht zwei Perspektiven ein, die sich zu einem dreidimensionalen Abbild zusammenfügen.

Sie fand das nicht weiter bemerkenswert, manchmal war sie fast stolz, bin anders als andere. Deswegen vergaß sie. Und dachte nicht nach, als sie mit dem Softwaredesign begann. Wie viel Computerarbeit kann man einem einzelnen Auge zumuten.

Eine Zeitlang ging es gut. Dann der Wechsel von Kopenhagen nach London, die Anforderungen der Firma. Das frühe Aufstehen, die Überstunden, der festgezurrte Blick in den Bildschirm hinein. Spätabends war sie zu müde für die Freunde, sie legte sich in das flackernde Licht des Fernsehers. Die auftretenden Kopfschmerzen schob sie anderen Dingen zu: dem Stress, dem Schlafmangel, dem Ex-Freund schließlich. Schwierig wurde es, als ihr die Abstände abhanden kamen. Ich stieß, sagte sie, an Gegenständen an, weißt du. Türen wurden zu einem Problem, niedrige Tischchen, Kanten von Schränken, all diese blauen Flecke.

Sie habe begonnen, Dinge fehl zu interpretieren. Ihrem ermüdeten Auge wurden im Vorübergehen Laternen zu Menschen, Büsche zu Hunden, glatte Flächen zu Erhöhungen, dunkle, spiegelnde Straßen zu Flüssen. Einmal sei sie direkt vor einen Bus gelaufen, weil sie überzeugt davon gewesen war, dass er sich weiter weg befände. Danach die Kündigung.

So sei es vielleicht gewesen, sagte sie und blieb stehen, ein Atemzug gegen die Weite des Tals, ein Schluck aus der Wasserflasche, die er ihr hinhielt: mir kam das Einschätzungsvermögen abhanden.

Das war der Moment, in dem mir auffiel, wie sehr sie Dir ähnelt.

Nach der Regisseurin fragte ihn Sine beim Überqueren der letzten, der steilsten Hügelkette. Ob er oft ins Theater gegangen sei, ob er sie daher kenne, er für so was Interesse habe. Sie muss, sagte Sine und wischte sich den Schweiß von der Stirn, eine sehr gute Freundin sein, wenn du für sie nach Burma reist und extra diese Bilder im Bergdorf abgeben willst, wenn du das für sie tust.

Er sah sie nicht an, nickte nur leicht, griff dann, einem Impuls folgend ihre Hand. Dass er nicht über andere sprechen wollte, sagte er ihr, nicht jetzt, nicht hier. Es gibt noch so viel, was ich von dir wissen will. Vermisst du Europa, deine Freunde, bist du einsam, manchmal, auf deiner Reise durch Asien. Und dann: sieh doch die Landschaft, der siebte Hügel müsste das hier sein, dahinter der Felsen, das Kloster, gleich sind wir da.

Gerade hatte Sine begonnen, von London zu erzählen, ihren Nachbarn dort, der Wohnung, die sie aufgelöst hatte, bevor sie fuhr, als sie die Soldaten bemerkten. An einer Biegung des Weges waren sie plötzlich aufgetaucht, sahen ihnen schweigend entgegen. Zum Militärposten führten sie sie, einem kleinen niedrigen Gebäude in einem weißen Flachbau, mit Fensterblick auf die Kreuzung von Pfad und Straße. Er war kurz zusammengezuckt, hatte vergessen gehabt, dass das Militär dort oben sein würde. Dass es diese Kontrolle gab.

Number of Visa, Number of passport, where do you stay, where will you go. Nüchtern hatte einer der Soldaten sie im Gebäude gemustert, hatte sich auf seinem Stuhl zurückgelehnt, während sie vor ihm standen, Schulkinder vor dem Rektor. Einen Stift hielt er ihnen entgegen, sign here, während ein anderer mit den Blättern von Sines dänischem Pass spielte, die Seiten über sein aufflammendes Feuerzeug hielt, just to be sure it is real. Sine versteifte sich bei dem Anblick, sagte nichts, griff sich den Stift. You two together, fragte ein Dritter, der seine Füße auf dem Tisch lagerte und mit rotgefärbten Zähnen an einer Betelnuss kaute. Kurzes Stocken, Sine, die dem Soldaten einen Blick zuwarf, sich zurück über das Schriftstück beugte, und beiläufig sagte: »No. This is my cousin.« »Cousin, eh«, lachte der Dritte, spuckte einen Schwall blutroter Flüssigkeit in einen Blechnapf am Boden, »nice little cousin from other country.« Sie hielten die Pässe nebeneinander, grölten über die Fotos, die Stempel, die Farbe des Einbands, die Namen. »Signe, Sign, that's your name«, sagte der Soldat mit dem Feuerzeug und starrte dabei in Sines Ausschnitt, auf den offenen obersten Knopf ihrer Bluse, das Dreieck ihrer nackten Haut.

Etwas sagen wollte er, wollte dazwischenfahren, aufbrüllen, den Tisch hochreißen, den Soldaten gegen die Wand werfen, aber da hörte er Sines Lachen, sah, wie sie aus der Gesäßtasche ihrer Hose eine zerknitterte Cheroot zog, sie sich zwischen die Lippen legte, sich dem Soldaten entgegenbeugte, do you have a light, yeah, nice name, isn't it, what's yours.

»Bastards«, murmelte sie, als sie wenig später den Flachbau verließen, die johlenden Soldaten hinter ihnen, bye bye little cousin, bye Sign. Dass das nun die Handlanger des Staates seien, fuhr sie mit lauter werdender Stimme fort, it is a shame. These wankers, bloody assholes, fast schrie sie es jetzt, bis er beschwichtigend die Hand auf ihre Schulter legte, sagte: you did very well, bewundernswert warst du, was hätte ich getan ohne dich. Ihr Blick auf ihn, Erschöpfung in ihren Augen. Die harte Drehung, mit der sie sich losriss von ihm, ihre schnellen Schritte, mit denen sie vorauslief. Dass sie mehr von ihm erwartet hätte, murmelte sie, als sie nacheinander am Treppenfuß des Klostereingangs zum Stehen kamen, sich die Schuhe von den Füßen streiften, indeed: you just stood there, hast nichts gesagt, nichts getan. Hättest du mich verteidigt, im Ernstfall. Was hättest du getan, rief sie und erklomm schon den Aufgang, wenn sie meinen Pass angezündet hätten, wenn sie mich angefasst hätten.

Ihm war das Blut ins Gesicht geschossen. Über die Treppenstufen stolperte er ihr hinterher, hinauf auf ein weitläufiges, gekacheltes Plateau, Mönche überall, auf den Treppen, den Bänken, im weiß gemauerten Klosterareal, den Gartenterrassen am Abhang des Bergs. Ihren Namen wollte er rufen, griff sich stattdessen die Seitennaht ihres Hosenbeins, so warte doch, Sine, bleib stehen, was soll das.

Dicht stand sie nun vor ihm, zu dicht, ihr Atem scharf in seinem Gesicht. Dass er etwas Besonderes sei, habe sie gedacht, zischte sie, gerade du, mit deiner Vergangenheit, deiner Flucht, deiner Erfahrung. Vorgeschoben habe er sie, habe sie zwischen sich und die Soldaten gestellt. Ich brauche kein Anhängsel, sagte sie, ich reise allein.

Er wich ihr nicht aus, blieb dicht vor ihr, sah in ihre zusammengekniffenen Augen. Seine Entschuldigungen, seine Verwirrung schien sie nicht zu hören, die Worte schienen nicht durchzudringen zu ihr, er stammelte, kam ins Stottern, brach schließlich ab, blickte sich um, lehnte sich dann neben sie, Schulter an Schulter, legte die Hand auf ihren unteren Rücken, schob sie mit dem Druck seiner Handflächen vor sich her, leichter Schlendergang. Dass diese Soldaten ihnen nichts hätten anhaben können, sagte er. Ein öffentlicher Platz sei der Goldene Felsen, eine der größten touristischen Attraktionen, just look around. Die Militärjunta brauche die ausländischen Devisen. Undenkbar, sagte er, dass sie an einem solchen Ort Touristen beschädigten, das wäre gegen ihre Befehle. Außerdem: er habe gesehen, wie gut sie sich verhalten habe, habe verstanden, dass sie sein Eingreifen, seine Hilfe in diesem Moment, dieser Situation nicht benötige.

Sine schnaubte neben ihm. An ihrem Hals zeichneten sich hektische Flecken ab, ihr Gesicht war gerötet, die blonden Haarwurzeln noch heller als sonst. Er sah sie an, seitwärts. Bis er leise sagte: Du hast keine Ahnung, wie das ist.

Ihre Antwort kam schnell: »But you do, Mister Big Traveller, who has never been to Asia before.« Er nickte. »I may not have been to Asia«, sagte er und löste sich langsam, bis er wieder vor ihr war, bis sie ihn ansehen musste, »but I don't forget my past.« Ich vergesse nicht, wo ich herkomme. Denn wenn ich, fuhr er fort, etwas aus meiner Vergangenheit gelernt habe, dann ist es auch das: I know when to keep my mouth shut.

Am Gitter standen sie jetzt, dahinter der Goldene Felsen. Plötzlich wollte er von Sine weg, wollte weg von ihr, dieser Frau, die er kaum kannte, wollte allein sein, alleine reisen – *sie lenkt mich ab, warum bin ich hier* – und er wandte sich von ihr ab, vergrub die Hände in den aufgenähten Taschen seiner Hose, Cargo im Work-Style, und folgte einem kahl geschorenen Mönch durch das Tor im Gitter, men allowed only, drei Treppenstufen abwärts, auf den Felsen zu.

Ein Koloss. Das Wort fiel ihm ein, als er vor dem Stein stand. Sine war hinter ihm zurückgefallen, war am Gitter geblieben, das das Areal um den Felsen abgrenzte, hatte die Stäbe mit ihren Händen umklammert, starrte ihm nach. Dass er zum Felsen hingehen müsse, hatte sie ihm gestern noch befohlen. Wenn sie als Frau da nicht hindürfe, müsse er eben ran, sie seien schließlich rechtschaffene Pilger an diesem Wallfahrtsort. Ein Goldplättchen müssten sie also auftreiben, das machten die Männer hier so, darauf bestehe sie, hatte Sine gesagt. Einreiben müsse er das Blattgold in den Fels, sich etwas wünschen dabei und natürlich: der Glaube, der Glaube, you have to believe.

Diese Steinwand vor ihm, in die Höhe wucherndes Abbild eines goldknochigen Schädels. Dass ein Eremit dem König Tissa ein goldenes Haar Buddhas vermacht habe, hatte ihm Sine am Vorabend aus ihrem Reiseführer vorgelesen. Eine Bedingung habe der Eremit an das Erbe geknüpft: einen Felsen mit der Schädelform des Eremiten musste der König auftreiben. Der sollte ihm Grundstein sein für eine neue Pagode. Gefunden hätte er den Stein mit Hilfe eines Geistes, dem König der Nats, und zwar, so las Sine, am Meeresboden. Mit einem Schiff habe man den Felsen hierher transportiert und das Schiff, guess what, sei nun auch versteinert.

Er konnte Sines Anwesenheit in seinem Rücken spüren,

auf der anderen Seite des Zauns. Versuchte, sie sich wegzudenken, die falsche Frau war das, *sie ist nicht Du, kann es nicht werden.*

Der Mönch trat nun an den Stein heran, legte seine Hand auf den Felsen, drehte sich ihm zu, nickte auffordernd, komm. Ein Schritt, eine Bewegung, die Kühle unter seinen Fingern, die plötzlich auftauchende Frage, wie die Dias der Regisseurin gewirkt hätten, hätte man sie auf diese goldene Fläche projiziert. Er stockte, holte sich zurück, erinnerte sich: etwas wünschen musste er sich. Drehte sich vorher noch zu Sine um, sah, wie sie da stand, ihr Körper auf Distanz, das Gitter zwischen ihnen, überlappende Bilder, ein anderes, ein ähnliches Gesicht, blasse Haut, blonde Haare, die Ferne, der Schmerz. Bis er die Augen schloss.

»Listen«, sagte Sine, als sie am Gittertor wieder zu ihm trat, »I really do apologize.« Sie wolle sich entschuldigen, sagte sie, sie habe nachgedacht, werde aufhören, über Dinge zu reden, von denen sie nichts verstehe. Er sei viel dichter dran an dem Geschehen hier, sie hätte das nicht vergessen dürfen. Er sähe das Land ganz anders, es müsse ihn an so vieles erinnern, seine Vergangenheit, die DDR, ein ganz anderes Leben. Richtig peinlich sei ihr ihr Verhalten von vorhin, don't know what came over me, die Soldaten hätten sie erschreckt. »I would«, sagte sie und holte tief Luft, »like to join you, keep travelling with you, see the country with your eyes. Learn something.« Ich möchte, sagte sie und strich zaghaft mit den Fingern über den Ärmel seines T-Shirts, mit dir in dieses Bergdorf fahren. Möchte dabei sein, wenn du ihnen die Bilder überreichst, wenn du ihnen Mut machst durch dein Hiersein, du bist ja ein Beweis, ein Beweis für die Vergänglichkeit undemokratischer Regime. Das möchte ich, wiederholte sie, gerne. If you want to take me along.

Er hatte sie angesehen, die hohe Stirn, an die er sich anlehnen wollte, die Augen so lebendig, so fragend. War vorgetreten, hatte sie in den Arm genommen, kurz. Hatte genickt, bevor er den Mund in ihr Haar drückte, auf Deutsch murmelte: Ja.

Was hättest Du getan an meiner Stelle.

Auf die DDR sprach sie ihn erst zwei Tage später wieder an. In Bago befanden sie sich da gerade, waren am Morgen aus Kinpun angereist, wollten von dort den Überlandbus zum Inle See nehmen. Dass das Bergdorf im Norden läge, hatte er ihr am Vortag erklärt. Dass es keinen Grund gäbe, die schönsten, die wichtigsten Sehenswürdigkeiten Burmas auf ihrem Weg dorthin zu überspringen. Zum Inle See könnten sie also reisen über Bago und Taunggyi nach Shweyaung, ans Ufer des Sees, könnten ein paar Tage dort bleiben. Danach nordwärts, nach Mandalay, und weiter westwärts schließlich, in die Berge hinauf. Mit dem Finger war er auf der Karte herumgefahren, hatte ihr den Ort gezeigt, in dem er Mister Khin treffen wollte. Hatte nicht geantwortet, nichts erwidern können, als sie sagte: woher wissen wir, dass er dort sein wird, dieser Mister.

Wie könnte ich sonst zurückkehren zu Dir.

In Bago waren sie gegen Mittag eingetroffen, hatten sich bei einem vernarbten Ticketverkäufer Fahrkarten für den Abendbus nach Taunggyi gekauft. Hatten sich von zwei Rikschafahrern – einem alten, einem jungen – überreden lassen, die Zeit bis zur Weiterreise mit einer Stadtrundfahrt zu überbrücken. In drei Stunden, sagten ihnen die Fahrer, könnten sie mit ihnen die wichtigsten Stellen der Stadt anfahren: die

Kyaikpun Pagode mit den vier sitzenden Buddhafiguren, die Shwemawdaw Pagode, die sogar noch höher sei als die Shwedagon Pagode in Yangon, den riesigen, liegenden Buddha mit seinen viereinhalb Meter langen Ohren.

Die Namen der Fahrer. Der jüngere nannte sich Toby. »Not my real name«, sagte er und lachte, während der andere schwieg, »but easy for you and I like it.« Er schien noch jünger zu sein, als er auf den ersten Blick ausgesehen hatte, sechzehn vielleicht, trug einen hellen Hut, der ihm zu hoch auf der Stirn saß, und weiße, aufgekrempelte Hosen. Dass der andere Fahrer sein Vater sei, sagte er ihnen, und die Cheroot Factory ihr erstes Ziel. »This lady likes smoking«, rief Toby als er mit der winkenden, rauchenden Sine vorüberzog, »so we go cheroot factory.«

Eine Zigarrenfabrik. Er sank in die harten Plastikpolster seines Rikschasitzes. Fast hätte er protestiert, hätte den beiden nachgerufen, Sine was soll das, so wenig Zeit und dann eine Fabrik. Aber Toby verschwand schon mit kräftigen Tretbewegungen auf einer Anhöhe. Er stellte sich vor, wie es dort sein würde: ein Betonbau wahrscheinlich, verrostete Maschinerie sicherlich, Lärm, Gestank, müde Arbeiterinnen in keimfreier Gummikleidung an zerlöcherten Förderbändern.

Sie hörten den Gesang schon von weitem. Zuerst lag er leise in der Luft, er glaubte fast, sich getäuscht zu haben. Dann schwollen die Klänge an und er erkannte die Melodie. Ungläubig drehte er sich seinem Fahrer zu: »This is ABBA, but the people sing it in burmese.« Der Rikschafahrer schien ihn nicht verstanden zu haben. »It's ABBA, Waterloo«, wiederholte er. Und dann, als er begriff, dass er anders beginnen musste: dass das Lied in Europa berühmt sei, sagte er, von schwedischen Musikern gesungen. Der alte Fahrer nickte nur. Seine Beine waren sehnig und doch musste er sich anstrengen, musste sich in die Höhe heben, sich am Lenker abstützen, um mit dem Tempo mithalten zu können, das sein Sohn vorgab.

Sine strahlte ihnen entgegen, als sie um die Ecke bogen, auf eine große Holzhütte zufuhren, aus der die Stimmen kamen. Sie war in ein lebhaftes Gespräch mit Toby verwickelt gewesen. »Cool guy«, flüsterte sie ihm zu, als er sich unbeholfen aus dem niedrigen Rikschasitz herausschälte, »very funny.«

Der Moment, in dem er die Mädchen sah. Durch einen Zaun aus gebundenen Stecken gelangten sie an die Vorderseite eines offenen Holzbaus mit hoch geschwungenem Giebel. Die Mädchen saßen in Reihen auf dem erhöhten Fußboden, eine farbenfrohe Folge aus wild gemusterten Blusen, Röcken. Ihre Blicke flogen auf, als sie sie bemerkten, der Gesang dünnte aus. Sie saßen einander an weit ausladenden, flachen Bambusschalen gegenüber. Tabakkraut zwischen sich, bunte Plastiktüten mit länglichen Filtern und Stapel gepresster, dunkelgrüner Blätter. Mit flinken Fingern rollten die Mädchen Kraut und Filter in die Blätter ein, schnitten das auslaufende Ende gerade und versiegelten es mit einer Banderole. Dass das schwieriger sei als es aussehe, sagte ein Mann, der zu ihnen trat und die beiden Rikschafahrer mit einem Nicken begrüßte. Und zu Sine: »Want to try?«

Wie sie zwischen den Mädchen saß. Schnell war sie aus ihren Flipflops geschlüpft und barfuß in die Hütte hineingeklettert. Sie kauerte sich neben die vorderste von ihnen, die große, runde Thanakakreise auf ihren Wangen hatte. Die beugte sich zu Sine, legte ihr eines der Blätter in die Hand. Aufmerksam verfolgte Sine die Bewegungen ihrer Nachbarin, ahmte sie nach, krümmte in der Konzentration ihren Rücken und bemerkte nicht, wie die Knopfleiste ihrer Bluse aufklaffte und den Blick auf ihren weißen Büstenhalter freigab. Ihm schoss, das weiß er noch, die Hitze ins Gesicht. Er konnte die Bilder nicht aufhalten, die vor sein inneres Auge schossen: die liebkosenden Hände des Mädchens, die in seinem Kopf zu wandern begannen, auf Sine, an Sine, die Bluse streifte sie ihr von den Schultern, weitere Mädchen kamen dazu, strichen mit ihren Mündern, ihren Zungen über Sines nackte Haut, den weißen BH, als vergäßen sie die Männer, die dort standen, ihnen zusahen, bis eine kam, die dort hinten, die Sine die Hose von den Oberschenkeln zog, sich auf ihr absenkte, ihr die Beine spreizte.

Noch am Abend zuvor war er in Kinpun in seinem Bett gelegen, hatte seine pochende Erektion in das Laken gedrückt, plötzlich das Bild der auf der anderen Seite der Wand vielleicht nackt schlafenden Sine vor Augen. Er hatte versucht, sich abzulenken, einzuschlafen, wollte nicht, dass Sine etwas mitbekam durch die dünnen Wände, das geöffnete Fenster. Aber dann war er aufgestanden, hatte sich im Dunkeln ein Handtuch geholt, es unter sich gezogen. Auf den Bauch hatte er sich gelegt, einen Arm unter seinen Körper geschoben, während er sich mit dem anderen Oberarm abdrückte, sich zu bewegen begann, als läge er auf ihr. Bis das Bild von ihr unter ihm verschwamm, bis sie namenlos wurde, irgendeine Frau mit kreisenden Hüften, in die er stoßen konnte, tiefer und tiefer. Den Aufschrei erstickte er im Nach-vorne-Fallen in seinem Kissen, fühlte im Nachzucken, wie es aus ihm herausströmte. Wie es dann langsam und feucht auszukühlen begann.

Jetzt senkte er seine Hände in die Hosentaschen, ballte sie zu Fäusten, beulte den Stoff seiner Hose nach vorn. Ein Abwenden seitwärts war nicht möglich und hinter ihm die Blicke der Männer, die schweigend begonnen hatten, zu rauchen.

Noch lange bekam er die Phantasie nicht aus dem Kopf. Von der Pagode mit den vier sitzenden Buddhafiguren bekam er kaum etwas mit, ein Buddha für jede Himmelsrichtung wahrscheinlich, er lächelte, nickte, hörte nicht zu. Selbst den Garten mit den achtundzwanzig meditierenden Buddhastatuen nahm er kaum wahr, kam gegen das Bild von Sine nicht an, die sich mit gekreuzten Beinen auf den Rasen setzte, die Haltung der Statuen nachahmte, während ihn deren weiche Züge, deren geschlossene Augen und schmale Schultern an die Mädchen in der Cheroot-Fabrik erinnerten, an Sine, daran, wie er sie einen Augenblick lang gesehen zu haben glaubte.

Vielleicht hat er deswegen nichts bemerkt. Erst als Sine sich bei der Umrundung der riesigen, goldenen Stupa der Shwemawdaw Pagode zu ihm schob, ihn am Ärmel zog, sodass sie im Laufen hinter den beiden Fahrern zurückfielen, als sie flüsterte: Toby is a secret member of the NLD, the National League of Democracy, he wants to talk to you, ich habe ihm von dir erzählt, habe erzählt, dass du aus der DDR bist, er möchte mit dir reden, unbedingt, schrak er auf. Was hast du gesagt.

Er war stehen geblieben, starrte sie an. »Listen, Sine«, sagte er, »this is no game.« Dass ihr das schon klar sei, sagte sie und zog ihn weiter, » I am not going to meddle.« Aber versteh doch. Du kommst aus einem Land, das all das überstanden hat. Die Unterdrückung, die Brutalität des Regimes. Dein Hier-Sein, flüsterte sie, ist ein Beweis. Dafür, dass die Dinge sich ändern können. Erzähl Toby von der DDR, davon, dass es vorbei ist. Erzähl ihm, wie es dazu kam, wie Ihr das geschafft habt. Das wird ihm helfen, ich bin sicher. You can give them hope, you know. Du musst mit ihm sprechen, sagte sie und sah ihn bittend an, du musst.

Wieder so ein Moment. Schon griff er nach Sines Hand, schnell, schon holte er Luft, um etwas zu sagen, da lehnte sie sich an ihn, ihre weiche Wange an seinem Gesicht, der Luftzug ihres Atems an seinem Ohr. »This is really special to me«, flüsterte sie, »to be able to do this.« So ein Gespräch führen zu können. Mit einem Mitglied der NLD und jemandem wie dir. Der du Ähnliches hinter dir hast. Wie froh bin ich, dich getroffen zu haben.

Und er hat sie nicht zu sich gezogen. Hat ihr nicht gesagt, dass er mit Toby nicht sprechen kann. Dass Burma nicht die DDR ist. Hat nicht gesagt: Unsinn ist das, was ziehst du für Parallelen. Man kann da, begreif das, keine Entsprechungen setzen. Ich will mit Toby nicht reden. *Ich kann das nicht, dafür gibt es Gründe.* Er hat ihr das alles nicht gesagt.

Das Gespräch fand in einem kleinen Wäldchen statt, auf dem Areal des liegenden Buddhas von Shwethalyaung. Im Hintergrund ruhte eine eiserne Halle. Er konnte die Rückseite sehen, eine hohe Fläche aus glattem Metall. Von Dschungelranken sei der darin liegende Buddha einst überwuchert worden, hatte ihnen Toby auf der Herfahrt zugerufen. Erst die Briten hätten ihn in der Kolonialzeit beim Bau von Eisenbahnschienen wieder entdeckt und dann zu seinem Schutz diese Halle errichtet. Stellt euch das vor: Fünfundfünfzig Meter ist die Statue lang. Und trotzdem hatte man sie einfach vergessen.

Die Fahrräder hatten sie bei dem älteren Fahrer auf einem Sandweg außerhalb des Areals zurückgelassen, nach einem kurzen Wortgefecht zwischen Vater und Sohn. Auf burmesisch hatte der Fahrer auf Toby eingeredet, bis Toby einfach losgelaufen war. Dass sein Vater nicht wolle, dass er sie an den Kassen der Militärs vorbeischmuggle, hatte Toby grinsend gesagt und sich winkend nach seinem zurückbleibenden Vater umgedreht. Er hat, hatte er gesagt, Angst um mich.

Sie waren in einen kleinen Trampelpfad eingebogen, bis Sträucher und Bäume sie umschlossen, sie abschirmten. Toby war abrupt stehen geblieben, hatte eine Zigarette hinter seinem Ohr hervorgefischt, hatte sie sich angezündet mit plötzlich zitternden Händen.

Er hatte Sines Erregung spüren können, die zu schnellen Bewegungen ihres unruhigen Körpers. Gerade hatte er etwas sagen wollen, hatte schon Luft geholt, als Toby die Hand hob, murmelte: still, wir müssen erst sicher sein, dass niemand uns hört.

Er kann sich an das Gestrüpp erinnern, das die Stelle umgab, an die Maserungen der Blätter, unter denen Toby stand. Die Zeichnungen auf den flaumigen Blattoberflächen waren verworren. Sie kreuzten sich, bildeten Verflechtungen aus zerfledderten Bogenschwüngen, sprangen über von Blattkante zu Blattkante. An die burmesische Schrift musste er in diesem Augenblick denken. Daran, wie in Yangon die Mönche seinen Namen an die Tafel gemalt hatten. Jetzt begriff er, dass sich in jenem Moment sein Name verselbstständigt hatte. Er hatte sich abgespalten, hatte begonnen ein Eigenleben zu führen. Irgendwo in Yangon existierte dieser Name ohne ihn weiter, stand dort noch in bleicher Kreideschrift auf dieser Tafel, in diesem toten Ende des Raums, während er hier war, ein anderer geworden, namenlos.

Bis Toby den Arm senkte und nickte.

Er weiß kaum noch, was er Toby erzählt hat. Ein hastiger Austausch war das gewesen, ein Wirrwarr aus gewisperten Worten, angespannten Blicken. Toby hatte von seiner Flucht nichts wissen wollen, nichts von seiner Vergangenheit in der DDR, nur dieses: was habt ihr getan, wie kommt es, dass ihr frei seid, wie kann es sein, dass du jetzt hier bist in unserem Land. Und er hatte nicht versucht, sich zu erklären, hatte nicht von der Flucht gesprochen, nicht betont, dass er ja schon im Westen gewesen sei während der Wende. Von den anwachsenden Demonstrationen hatte er stattdessen versucht zu erzählen, von den Versammlungen, den vielen, immer größer werdenden Märschen. Bruchstücke waren es, die ihm einfielen in diesem Moment. Dass vorher niemand mehr daran geglaubt habe, sagte er Toby. Wie schnell es dann gegangen sei, plötzlich. Und Toby rückte näher, während er redete, kam dicht an ihn heran, wollte alles wissen. Wieso das Militär nicht eingegriffen habe. Habe man die Demonstranten nicht verschwinden lassen, sie eingekerkert, gefoltert. Sag mir: was, flüsterte Toby, kann ich tun. Und er stockte, sah in das rundliche Gesicht des Jungen, dessen fiebrigen, wissbegierigen Blick unter dem hoch gerutschten, schief sitzenden Hut. Dass er die Hoffnung nicht aufgeben dürfe, wisperte er Toby schließlich zu und spürte wie Sine ihre Hand in seine schob, überstürze nichts, sagte er, aber halte dich bereit.

Den liegenden Buddha umrundeten sie danach im Laufschritt. Sie hasteten durch diese hohe, von Stahlstreben durchzogene Halle. Kurz sprang sein Blick an die getäfelte Decke, dann riss Sine ihn schon weiter, zog ihn an den Rand der riesigen, lang gestreckten Figur. Fast wären sie nicht mehr hingegangen. Aber Toby hatte darauf bestanden. My father, hatte er gesagt und in die Richtung genickt, aus der sie gekommen waren. Mein Vater, er wird euch danach fragen.

Die vielen Rufe, die ihnen folgten. Kinder, die sich ihnen an die Fersen hefteten, ihnen nachrannten, Postkarten verkaufen wollten, Holzschnitzereien, buy this, buy that. Frauen, die ihnen Lackwaren entgegenhielten, Bettler, die sich aus den Steinstufen drückten, give us money, money. Einer, ein Alter mit verstümmelten Händen, der es mit Blick auf Sine, auf ihr helles Haar, auf Deutsch zu sagen wusste: Gib Geld. Sie schotteten sich ab, versuchten ihre Augen nicht von der Statue abschweifen zu lassen, von den tief gegrabenen Rillen am Hals, an der Kehlengegend, von der himmelwärts gerichteten, alabasternen Handfläche, sechseinhalb Meter lang. Nur bei den übereinander lagernden Füßen blieben sie einen Augenblick stehen. Hoch über ihnen ragten sie auf, seven meters long, sagte Toby, nearly eight. Die Sohlen waren mit flachen Platten überzogen, das starre Gold auf der kalkweißen Haut wie festgebrannt. Dass sie gerne wüsste, welche Reflexzonen die eingemeißelten Edelsteine hier markierten, sagte Sine. I am sure there is a meaning to that.

Als sie die Halle verließen, lief ihnen der ältere Fahrer schon entgegen, kam auf sie zu gerannt aus der Waldgrenze heraus, hurry, hurry. Auf burmesisch redete er auf Toby ein, der sich seinen zu kleinen Hut nun wieder tiefer ins Gesicht zog, sie mit einer Handbewegung zur Eile antrieb, euer Bus, wir sind spät.

Der Ticketverkäufer mit den Narben stand schon am Straßenrand, als sie um die Ecke bogen. Here you are, your bus, your bus is leaving over there, run. Zwei Männer rannten auf sie zu, nahmen ihnen im Laufen die Gepäckstücke ab, warfen sie in den schon anfahrenden Bus, während Sine ihm die Fahrkarten in die Hand drückte und sich mit beiden Armen in die Türöffnung zum Fahrerhäuschen hochzog. Er sprang ihr hinterher, spürte das Trittbrett unter seinen Füßen, schon beschleunigte der Bus, als jemand von draußen an seinem Hosenbein zerrte, hey Mister, give me your tickets.

Sie bekamen zwei Plätze in den hinteren Reihen zugewiesen, schoben sich vorbei an den dicht gedrängten Menschen, die ihre Gliedmaßen wie taub in den Flur baumeln ließen. Der Bus musste seit Stunden unterwegs sein. Die meisten der Fahrgäste starrten mit leeren Blicken auf den dröhnenden Bildschirm im Mittelgang, auf Explosionen, Gewehrsalven, schreiende Soldaten, ein Kriegsfilm. Es roch nach Verdorbenem, nach Essen, nach Schweiß. Die Fenster waren aufgeschoben, die Klimaanlage rührte sich nicht, als Sine versuchte, an den Schaltern über ihrem Sitz herumzurütteln. Hinter ihnen rülpste jemand, erbrach sich über den Fensterrand auf die Straße.

Einen Schal zog Sine sich über den Kopf, stopfte sich kleine, weiche Stöpsel in die Ohren. Sie werden uns, murmelte sie und schloss die Augen, wecken, wenn wir aussteigen müssen. Er sah sie an, wollte noch etwas sagen –

wollte ich

– und beobachtete, wie sie sich zusammenrollte, wie sie die Stirn gegen die Glasscheibe lehnte und sofort eingeschlafen war, ihr ruhiger Atem am Fenster als weißlicher Hauch.

Es war dunkel, als sie sie aus dem Schlaf rissen. You have to get out. Sine blinzelte, sah nach draußen, riss sich die Stöpsel aus dem Ohr, war mit einem Mal hellwach. Was soll das, wo sind wir. Da ist nichts.

Meiktila sei das, erklärte ihnen der Mann, der im Gang stand, schwankend, und wenn sie nach Taunggyi wollten, müssten sie nun aussteigen. Dass das ein Irrtum sein müsse, sagte Sine und lächelte, man habe ihnen ein Ticket für einen Direktbus verkauft. Und zu ihm gewendet: show him.

Die Tickets sollte er dem Mann also zeigen. Die Tickets,

die ihm wer entrissen hat. Einer von denen, die neben dem Bus hergelaufen waren, vielleicht der Mann mit dem vernarbten Gesicht. Warum war ihm das nicht aufgefallen. Dass es keinen Sinn ergab, dass ein Außenstehender ihnen die Fahrkarten abnahm. Wie unerfahren war er. Denn auf den Fahrkarten musste der Zielort gestanden haben, musste doch. Oder war es wieder die Schrift gewesen. Die unlesbare Schrift mit ihren abgezirkelten Haken. Er versuchte sich zu erinnern, versuchte sich, während er seine Brille absetzte, sie an seinem T-Shirt sauber rieb, den Aufdruck ins Gedächtnis zurückzurufen. Was hatte da gestanden. In welcher Sprache. Hatten sie überhaupt hingesehen.

Er konnte sich nicht verständlich machen. Versuchte, Sine zu beruhigen, während er den Mann nach dem Anschlussbus fragte, in den sie nun offensichtlich umsteigen müssten. Which bus, sagte der Mann. Hier gebe es keine Busse um diese Zeit, das müsse man ihnen doch gesagt haben.

Die wachsende Unruhe im Bus. Die schlafenden Menschen begannen, sich zu regen. Sie reckten sich, drehten sich nach ihnen um, begannen zu murmeln, schüttelten Köpfe. Bis Sine und er schließlich nachgaben und ausstiegen, sich neben ihren Rucksäcken auf die Straße stellten und der Bus anfuhr. Bis dessen kleiner werdende Rücklichter von der Nacht verschluckt wurden.

Es war dunkel. Nichts konnten sie sehen, nichts erkennen. Erst als sich ihre Augen langsam an die Nacht gewöhnten, bemerkten sie die Umrisse der Männer, die sich ihnen lautlos näherten. Sine unterdrückte einen Fluch, rückte dichter an ihn heran.

Auf einmal waren sie umringt. Fast zeitgleich begannen die Männer, auf sie einzureden. Wohin sie wollten, man könne sie fahren, Bago, Nyaungshwe, Mandalay, no problem, man habe Pick-ups, es könne gleich losgehen. Ein Gewirr aus Armen, Stimmen, Gesichtern. Jemand packte seinen Rucksack und zog ihn weg, drängte ihn zu einem Fahrzeug, dessen Scheinwerfer plötzlich aufflammten. Schon saß er in dem Auto, war hineingepresst worden, ohne Sine, die in die entgegengesetzte Richtung gezerrt worden war. Er stieß den Mann von sich, der sich neben ihn setzen wollte, der schon den Motor anließ und dabei war, die Tür zu schließen. Stieß ihn von sich, drückte und schob, bis er wieder bei Sine war, die an einen anderen Wagen gedrängt worden war und dort mit einem jungen Burmesen in grüngelb-kariertem Longyi sprach, während um sie herum andere versuchten, sie abzuwerben, come with us, we are the best. Dieser hier habe den günstigsten Preis bis Taunggyi, rief Sine ihm über die Köpfe hinweg zu. Außerdem könnten sie vorne sitzen und müssten nicht auf die Holzbänke der Ladefläche. Mit einem Lächeln wies sie die Männer an, die Rucksäcke auf dem Dach des Pick-ups zu verzurren, sie schien entspannt, sie scherzte, sie winkte, doch bevor sie einstiegen, bevor sie sich auf dem Doppelsitz neben dem Fahrer niederließen, hielt sie ihn zurück. Dicht lehnte sie sich an sein Ohr, sagte leise, kaum hörbar: pass auf auf mich, bitte, I don't know on which side they belong. Whether we can trust them.

Als sie losfuhren, bemerkten Sine und er, dass der junge Mann im grüngelben Longyi nicht eingestiegen war. Ihre Blicke flogen zum Fahrer, einem verbissen wirkenden Mann mit vorgeschobenem Unterkiefer, mit zerfurchter Stirn. Sine setzte wieder ihr Lächeln auf, versuchte, das leichte Zittern in ihrer Stimme zu unterdrücken, als sie sich dem Fahrer zuwandte, als sie sagte: Why is he not coming with us.

Der Fahrer reagierte nicht. Seine Augen waren nach vorn gerichtet, über das Lenkrad hinweg, hinein in die Dunkelheit. Sine fragte noch einmal, sagte es lauter, langsamer diesmal, deutete dabei auf das Rückfenster, den zurückbleibenden, ihnen unbewegt nachstarrenden Mann: warum kommt er nicht mit, ich habe doch mit ihm verhandelt, er sagte, er fährt. Keine Antwort, der Fahrer blieb still.

Er spürte, wie Sine sich neben ihm versteifte. Finsternis schob sich über die Fenster, nichts war mehr zu erkennen – außer den von den schwächlichen Scheinwerfern erfassten Teilabschnitten eines rissigen Wegs, dem schwachen Licht des Armaturenbretts, auf dem ein rotes Licht flackerte: sie fuhren mit angezogener Handbremse. Der Motor stotterte, bockte mit jedem Schlagloch, jeder unerwarteten Erschütterung, mit der sie absackten, in den brüchigen Boden hinein. Vor den Fenstern alles dunkel, der Lichtkegel kam nicht über Bodenhöhe, erfasste keine Straßenschilder, keine anderen Autos, keine Häuser.

Er griff nach der Tür, versuchte das Beifahrerfenster hochzukurbeln, seine Ohren, seinen Hals zu schützen gegen die Zugluft, bis er merkte, dass kein Glas eingesetzt war. Einen Augenblick lang blieb es still. Er lehnte seinen Hinterkopf gegen das Sichtfenster zur Ladefläche, schob eine Hand über die Türkante ins Freie, hielt sie gegen den Fahrtwind. Schloss einen Moment die Augen.

Sie fuhren durch absolute Dunkelheit. Mit einem Mann, den sie nicht kannten. Niemand wusste, wo sie waren. Niemand hätte eine Möglichkeit, sie zu finden, wenn der Fahrer jetzt plötzlich abböge, sie irgendwohin brächte, irgendwohin, wo andere schon bereit stünden, sie in Empfang nähmen, bewaffnet. Niemand wüsste, das begriff er jetzt, wo sie wären.

An Berichte aus Burma versuchte er sich zu erinnern, kleine Meldungen auf den Auslandsseiten. Waren in Myanmar jemals Touristen verschwunden, hatte es Fälle von Entführung gegeben, hatte man davon schon einmal gehört. Unwahrscheinlich schien ihm das. Zu argwöhnisch war das Militär, zu genau überwachten sie die Wege der herumreisenden Touristen. Fast konnte er Sine neben sich denken hören. Sie verfolgte den gleichen Gedankengang wie er, suchte, das wusste er, nach einer Einschätzung der momentanen Situation, nach möglichen Gefahren. Ob der Fahrer ein Rebell sein könnte, versuchte sie zu erkennen, war er ein Staatstreuer, ein unbescholtener Familienvater, war er mit ihnen auf dem Weg zum See oder anderswohin, woher sollten sie das wissen.

Als sie sich schließlich über ihn beugte, als sie so tat, als würde sie ihren Kopf der Frischluft zudrehen, die durch das glaslose Seitenfenster strömte, bewegte sie kaum ihre Lippen. Er hörte ihre Stimme dicht an seinem Ohr, ein Einatmen war das fast, die Artikulation der Worte kaum wahrnehmbar. Die Bilder, flüsterte sie, ist es möglich, dass sie die von uns wollen.

Es dauerte einen Augenblick, bis er verstand. Die Bilder der Regisseurin. Sie hatten sie nicht mehr erwähnt seit jenem Abend in Kin Pun. Sine hatte ihn nicht darauf angesprochen, hatte ihn nicht danach gefragt. Er konnte ihre Angst fühlen, den flatternden Pulsschlag ihres Handgelenks an seinem Arm, konnte plötzlich sehen, was sie gesehen haben musste: den Blick in seinen Augen, als er sich zwischen sie und die restlichen Fotos geschoben hatte. Diese Bilder, von denen sie nur die Rückseite kannte. Deren Motiv sie, das wusste er, nicht annähernd erahnte.

Dass er den Kopf schüttelte, nahm sie wahr. Es schien sie in etwas zu bestätigen. Während das Auto plötzlich langsamer fuhr, während sie spürten, wie es von der Hauptstraße abbog und in einen Feldweg hinein, zog Sine sich zurück.

Auf ihrem Sitz rückte sie sich zurecht, setzte sich gerade auf, durchgebogene Wirbelsäule, schien eine Entscheidung gefällt zu haben. »Tell me«, sagte sie – so laut und so überakzentuiert wie niemals zuvor –, »tell me more about the country you had to flee.« Ein Widerstand gegen das sozialistische Regime sei seine Flucht ja gewesen, redete sie weiter, eine wirklich mutige Tat in diesem unterdrückten Land. Und er sah, wie sie über die Reflexion des schief stehenden Rückspiegels den Fahrer beobachtete, wie sie dessen Gesichtszüge studierte, sie unmerklich nach Veränderungen absuchte, während sie sprach.

Deine Flucht. Wie ging das weiter, sag, wie hast du das geschafft.

6

Der Diplomatensohn kam nicht.

Ich weiß nicht, wie lange ich dort stand. Ich durfte nicht denken. Nicht an die Aufzüge, den Wandschrank. An den Kofferraum. Nicht denken, an nichts. Stattdessen Klaviersonaten in meinem Kopf. Die Fingerstellungen einzelner Akkorde. Das Gefühl glatter Tastatur unter meiner Haut. In mir: die Musik, sonst nichts.

Wir hatten uns nur wenige Häuser von der Diplomatenwohnung entfernt verabredet. Der Sohn hatte die Route beschlossen. Einsteigen würde ich, so war es vereinbart, an dieser Straßenecke, umsteigen in den Kofferraum später im Park. Er wollte den ältesten Grenzübergang nehmen, Bornholmer Straße. Der war, sagte er mir, für die Einheimischen und die Diplomaten bestimmt, alle anderen mussten über den Checkpoint Charlie.

In den Tagen vorher hatte er einen Kumpel auf Testfahrt geschickt. Von Wärmedetektoren hatte der gehört. Davon, dass die Kontrolleure Körperwärme im Kofferraum erkennen könnten. Dass sie dann berechtigt wären, den Diplomatenwagen anzuhalten, ihn zu öffnen. Der Kumpel hatte für Westgeld im Interhotel einen Westwagen geliehen, einen Viertürer, stasiblau. Dann hatte er einen Ölradiator aufgeheizt, hatte ihn in den Kofferraum gelegt und war damit über die Grenze gefahren. Ich erfuhr davon erst, als sie mir sagten, dass mein Fluchtpreis deswegen gestiegen sei. Die Mietkosten, sagten sie. Die Recherche. Ich wusste nicht, wie ich mich wehren sollte. Wusste nicht, wer der andere war. Was das sollte. Der Diplomatensohn lachte, als ich wütend wurde.

In meiner Hosentasche hatte ich ein Stück Lavendelholz aus den Schrankfächern meiner Oma. Ich hielt mich daran fest, rieb meine Finger an den Kanten. Sah die Straße hinunter, lief immer wieder bis zu der Kreuzung, um die sein Wagen biegen musste. In meinem Rucksack hatte ich die wichtigsten Dinge verstaut. Ich war sicher, dass etwas fehlte. Dass ich etwas vergessen hatte, irgendetwas. Aber ich wagte es nicht, nachzusehen. Ich konnte den Blick nicht von der Straße abwenden. Ich wollte den Moment nicht verpassen, in dem der Wagen um die Ecke fahren würde. Ich starrte, bis mir die Augen schmerzten. Bis ich begriff: er würde nicht kommen.

Sines Oberkörper noch immer so steif. Sie ließ den Fahrer nicht aus den Augen. Als der jetzt unsicher wurde unter ihrem Blick, als dessen Gesicht unter dem Streulicht einer Hütte am Wegrand kurz aufschien, seine Augen so dunkel, unterdrückte sie einen Aufschrei. Er konnte spüren, wie der Luftstoß durch ihre Lungen fuhr. Konnte sehen, wie sie sich auf die Lippe biss, bis ein Blutstropfen zwischen ihren Zähnen durchzusickern begann. Im Vorlehnen sprach er weiter, bemühte sich um Ruhe in der Stimme, achtete nicht mehr auf den Fahrer. Nur noch auf Sine.

Das Geräusch der Klingel schrillt mir noch jetzt in den Ohren. Ich stand an der Haustür der Diplomatenwohnung und drückte den Knopf. Ich ließ nicht los. Formte schon die andere Hand zur Faust, um gegen das Holz zu hämmern. Wie ich dorthin kam, weiß ich nicht mehr, kann mich an den Weg nicht erinnern. Irgendwann muss ich das Warten aufgegeben haben. Muss an der Straßenkreuzung beschlossen haben, ihn nicht davonkommen zu lassen, ihn mir zu holen. Viel naheliegender wäre es gewesen, nach Hause zu gehen. Zurück zu kehren zu meinen Eltern, alles zu vergessen, mich zu fügen. Stattdessen klingelte ich. Ich klingelte, klingelte, bis er kam und mir die Tür öffnete.

Er war betrunken. Das konnte ich sehen. Sein Blick war glasig, sein Atem stank. In seinem linken Auge war ein Äderchen geplatzt, das Blut zog sich bis in seine viel zu großen, geweiteten Pupillen. Als er mich erkannte, sackten seine Schultern nach unten. Er drehte sich um, ließ mich stehen. Ich folgte ihm in die Küche, sah zu, wie er sich auf einen Hocker fallen ließ. Wie er sich aus einem überquellenden Aschenbecher den längsten Zigarettenstummel zog und ihn am brennenden Gasherd anzündete.

Wo die anderen seien, fragte ich ihn. Sein Vater, seine Schwester. Meine Stimme klang ruhig, das weiß ich noch. Und dass wir beide überrascht waren darüber. Er schüttelte den Kopf. Deutete auf den angegessenen Geburtstagskuchen, der auf der Anrichte stand. Ich schnitt ihm ein Stück ab und setzte mich. Sah ihm beim Kauen zu, während er mir zu erzählen begann.

Gestritten habe er sich, sagte er. Er wollte es dem Vater zeigen, bevor er ging. Ihm alles sagen, ihm seine Verachtung ins Gesicht schleudern, seine Wut. Aber dann habe der Vater begriffen, worauf er hinauswollte. Dass das eine Abrechnung sein sollte, ein Abschied. Er habe ihm den Pass weggenommen, die Autoschlüssel des Wagens, den er heute hätte fahren sollen dürfen, als Geschenk. Zum Tresor sei der Vater gegangen. Habe brüllend Pass und Schlüssel in die Schubfächer geworfen. Habe ihm Hausverbot erteilt, den Tresor versperrt. Dann sei der Vater mit der Familie, der Schwester, der Mutter, aus der Wohnung gestürmt. Ob er mir den Tresor zeigen könne, unterbrach ich den Sohn. Er stockte im Kauen, nahm mich jetzt erst wahr.

Ich habe die Tresorkassette aufgebrochen. Ich weiß nicht, wie mir das gelungen ist. Dem Diplomatensohn befahl ich, sich mit Kaffee auszunüchtern und die Haustür zu bewachen, während ich zerrte, stemmte, hämmerte. Ich arbeitete schnell. Bog hinterher sogar die Kassette zurück. Damit man den Einbruch nicht sofort sähe. Das sollte uns Zeit verschaffen, wenn der Vater wiederkäme. Ich war so ruhig.

Sines Hände, die in ihrer Tasche wühlten. Die ein zerknittertes Päckchen ihrer thailändischen Zigaretten hervorzog – das letzte, wie er wusste. Sie fragte nicht, ob sie hier rauchen dürfte. Sah noch immer den Fahrer an, herausfordernd diesmal, während sie sich die Zigarette zwischen die Lippen legte und gegen das Auf- und Abholpern der Schlaglöcher versuchte, mit der herumgerüttelten Flamme ihres Feuerzeugs die Zigarettenspitze zu treffen.

Die Angst kam zurück, als wir am Park hielten. Der Sohn hatte den Kofferraum nicht geräumt. Als er die Klappe aufriss, quollen mir Dinge entgegen: Decken, Kisten, Koffer, Plastikplanen. Ich wich zurück, schüttelte den Kopf. Hier gab es keinen Platz für mich, ein Einstieg war nicht denkbar.

Wir räumten um. Es wurde kaum besser. Schließlich beschlossen wir, seinen Koffer und meinen Rucksack auf dem Rücksitz zu lagern. Das war, das wussten wir, gefährlich. Sie könnten sich an der Grenze fragen, wieso das Gepäck nicht verstaut war. Wieso es da lag.

Beim Einsteigen zitterten mir die Knie. Auch der Diplomatensohn war nervös geworden. Er schwitzte, sah sich ständig um. Seine Hände bebten vom Kaffee, vom restlichen Alkohol, vor Aufregung, ich weiß es nicht. Dass ich keinen Laut machen dürfe, zischte er mir, bevor er mich in die hintere Höhlung stieß und die Klappe zuwarf, in seinem gebrochenen Deutsch zu. Ich bringe dir, sagte er, sonst um.

Der Druck der Dunkelheit. Mit der fallenden Kofferraumklappe stürzte er auf mich herunter, presste mich gegen den Boden, sprang mir um den Brustkorb, ein klammerndes, würgendes Band. Ich lag verdreht. Hatte die Knie angezogen, sie bis zur Hüfte hochgeschoben, während mein Oberkörper sich in die andere, die Fahrtrichtung wrang. Ich konnte mich nicht rühren. Zu groß war die Angst, gegen die Innenwände zu stoßen, zu sehr fürchtete ich, ich könnte plötzlich verstehen, wie klein der Raum war, in den ich mich krümmte. Dann wäre ich, das wusste ich, verloren.

Ich lag still. Versuchte, mich auf die Bewegung des Autos zu konzentrieren. Das Rattern des Motors auszublenden, das Vibrieren des Raumbodens, den ansteigenden Geruch von Abgasen. Stattdessen erahnte ich das Draußen. Anhand von Linkskurven, Rechtskurven, durch den Übergang von Kopfsteinpflaster auf geglätteten Teer. Ich kannte die Strecke nicht, die wir fuhren. Ich stellte sie mir vor. Malte mir vor meinen weit geöffneten Augen Straßenzüge aus, vorüberziehende Häuserfronten, sich schließende Schultore, Fabrikeinfahrten. Ich spaltete mich ab von mir. Ich verlor mich. Konnte meinen Körper im Dunkeln nicht mehr orten, wusste nicht mehr, wo sich mein Arm befand, wo mein Rumpf.

Dass es soweit war, begriff ich, als die Serpentinen kamen.

Sie hatten an der Anfahrt zur Grenze Schikanen gebaut. Der Sohn fuhr jetzt langsamer, ich spürte jede Unebenheit im Straßenbelag, jede Biegung der Streckenführung. Mein Körper schaukelte hin und her, wurde herumgeworfen, mein Gesicht auf einen verklebten Öllappen gedrückt, meine Gliedmaßen schlugen gegen Plastik, gegen Blech. Noch immer rührte ich mich nicht. Ich wusste: ich durfte mich nicht bewegen, durfte nicht gegensteuern, mich nicht abwenden. Eine einzige Regung wäre das Ende. Schon bekam ich keinen Sauerstoff mehr, begann zu keuchen, hörte die schneller werdenden, hektischen Züge meines Atems.

Plötzlich: eine leichte Kopfneigung des Fahrers. Ein Blick. Sine, die im Inhalieren des Zigarettenrauchs stockte.

Der Wagen kam zum Stehen. Sofort hielt ich die Luft an. Jemand befand sich neben mir. Ich konnte ihn spüren. Damit hatte ich nicht gerechnet: wie nah sie sein würden. Ich konnte alles hören. Der Grenzer war mit mir in diesem Kofferraum. Seine leicht gepresste Stimme, als er sagte: »Die Papiere, bitte.« Ich hörte das Scheuern seiner Hosenbeine, das leise Klacken, mit dem die unteren Knöpfe seiner Jacke gegen die Gürtelschnalle schlugen. Er stand über mir, war zu dicht bei mir, musste sich, das fühlte ich, nur umblicken. Wenn er seinen Blick abwärts lenkte, würde er mich, ich wusste es, sehen. Ich lag, ich atmete nicht. Alles verformte sich, während Schritte begannen, den Wagen zu umzirkeln. Die Wände bogen sich, kamen näher, schlangen sich um mich, die Außenhülle des Wagens löste sich auf. Ich war schutzlos, war offen, lag auf einer Bahre, auf einem Seziertisch, in gleißendem Licht. Und sie standen über mir, brachen meinen Brustkorb auf, weideten mich aus mit glitzerndem Besteck.

Als wir anfuhren, spürte ich, wie es aus mir herauslief. Ich fühlte die Wärme zwischen meinen Schenkeln, roch den Gestank des Urins, der sich mit meinem Angstschweiß vermischte. Ich fragte mich kurz, ob der Kofferraum dicht wäre, ob sie uns zurückrufen könnten, wenn sie sähen, wie es aus dem Heck zu tropfen begänne. Könnten sie uns nachrennen, dachte ich noch, der gelblichen Spur aus Pisse hinterher. Dann verlor ich das Bewusstsein.

Das Gesicht des Diplomatensohns war verzerrt. Er muss mich hochgerissen haben. Muss vor den erstaunten Augen meiner Cousine begonnen haben, auf mich einzuschlagen. Ich erinnere mich zuerst an den Schmerz. An das Brennen in meiner Nierengegend. An meine Beine, die mich nicht halten konnten, daran, dass ich kein Gefühl mehr hatte unter meinen betäubten, eingeschlafenen Füßen. Dann das Geräusch meines knacksenden Knöchels, als die Knochen nachgaben unter meinem Gewicht und ich zu Boden fiel.

Die Wucht, mit der er nach mir trat. Die Stimme meiner Cousine, die schrill hätte sein müssen, aufgeregt, als sie ihn von mir wegzog. Die aber ruhig war, fast sanft. Das wütende, dann leiser werdende Murmeln des Diplomatensohns. Kein Wort zu verstehen.

Der Fahrer, der jetzt ganz offen zu ihm herübersah. Der lächelte.

Ich saß auf dem Gehsteig, atmete in den Rinnstein hinein. Beachtete den Schmerz nicht. Versuchte, zu begreifen. Bis ich den Kopf aus den Händen hob. Und sah: ich war da, wirklich da.

7

Der Boden schwankt. Unter seinen Füßen bewegt sich die verkrustete Erde. Mit einer Hand greift er nach dem Baumstamm, nach dem dünn gezogenen Schatten vor seinen Augen. Im Halbdunkel lehnt er seine Schläfe an die Rinde. Der Geruch von Brackwasser steigt ihm bis in die Stirnhöhlen. Es riecht nach Verwesung. Nach Abfällen, schimmelnden Essensresten, Geflügelskeletten, die auf der Wasseroberfläche treiben, sie ausbeulen mit übrig gebliebenen Fetzen von Grillfleisch und Haut. Wie Pocken, denkt er, Pocken auf einem öligen Teppich aus Schwarz.

Das Schiff ist erleuchtet. Gerade hat eine Gruppe von Touristen die Planken betreten. Mit ausgestreckten Armen balancieren sie über die Bretter, lassen Papiertaschen von ihren Handgelenken baumeln. Er kann den Aufdruck darauf erkennen, die bunt abgesetzte Schrift der lateinischen Buchstaben: Mandalay Swan Hotel.

Er steht abseits. Hat sich aus dem Lichtkreis der Anlegestelle geschoben, sich an der abfallenden Uferböschung zwischen Gestrüpp gestellt, den Rucksack an den Baum gelehnt. Von hier aus hat er Aufsicht auf das Oberschiff. Die Innenbeleuchtung erhellt ihm die Gesichter der Einsteigenden. Es sind die Italiener von gestern. Sie sehen müde aus. Sine ist nicht unter ihnen. Jeff auch nicht.

Wieder spürt er die Bewegung unter den Fußsohlen. Fühlt,

wie sich unter seinem Körper die Erdschollen heben und senken. Er drückt die Knie gegen den Rucksack. Starrt auf das fest verankerte Schiff. Versucht sich zu überzeugen, dass es umgekehrt sein muss: das Schiff ist es, das schwankt. Nicht der Boden. Das Ufer liegt unbewegt, während das Schiff mit den Wellen auf und nieder gleitet. Sein Kopf hat da etwas durcheinander gebracht, hat ihm die Perspektive verdreht. Das muss es sein.

Aber etwas sagt ihm, dass es anders ist. Es gibt da eine dritte Möglichkeit. In ihr läge das Schiff ebenso reglos wie die Umsäumung des Flusses. Alles wäre ruhig, der Wasserspiegel glatt und klar. Stattdessen wohnte das Schwanken in ihm selbst.

Es kommt, hast Du mir gesagt, manchmal zu Verschiebungen. Und: das sei doch ganz normal.

Er weiß nicht, wie lange er schon hier steht. Die Schlaflosigkeit hat ihn getrieben. Das Bild der verschwommenen Leuchtzeiger seines Weckers. Die Verschlingung aus Schlaf, Schweiß und durchbrochenen Träumen. Auf einem deutschen Bahnsteig war er in einem der Träume gestanden, eine sich aufblätternde Hinweistafel über ihm, aber der ICE, der hätte kommen sollen, wurde nicht angezeigt, war auch von den gelben Fahrplänen in den Glasvitrinen verschwunden, hatte sich, so schien es, selbst gelöscht. Dann plötzlicher Aufruhr: auf dem benachbarten Gleis die abgekoppelten Wagons jenes Zuges, Menschen, die Türme von Gepäckstücken durch die Fenster in das Innere stopften, das schrille Pfeifen des Zugführers, sein eigener Atem, die Jagd nach dem Trittbrett, jemand warf ihm etwas zu, im Laufen fing er, sprang in den plötzlich anrollenden Zug und sah noch im Flug seiner weitgreifenden Beine, was er umklammert hielt: die Überreste einer verkohlten Hand.

Hinter seiner Stirn das Pochen, das ihm in den Hinterkopf zieht. Nachts ist der Schmerz zurückgekommen. Zwischen zwei Träumen hatte er fühlen können, wie er sich näherte. Und war doch zu müde gewesen, um sich aus dem schweißnassen Laken zu schälen, die Wasserflasche zu suchen, die Tablette aus seinem Kulturbeutel zu holen. Still ist er auf der Matratze gelegen, die dunklen Konturen der Ventilatorflügel über sich, und hat gehofft, es würde ihn verfehlen. Genau das ist das Gefühl gewesen: als könnte der Schmerz vorüberziehen, vorbeiwandern, sich versenken im Kopfkissen neben ihm, oder besser: durch den Türschlitz schlüpfen, hinaus zu den brennenden Mottenlichtern im Flur, um dort zischend zu verglühen. Fast hatte er geglaubt, dass es so sein würde. Doch dann war er eingeschlafen, hinabgestürzt in den nächsten seiner verworrenen Halbträume. Und schrak wenig später wieder hoch.

Irgendwann hatte er aufgegeben. Hatte das Licht angeschaltet und das Moskitonetz von der Leine gezogen. Der Rikschafahrer schlief neben seinem Fahrrad vor dem Eingang des Guesthouses. Sie fuhren schweigend bis hierher.

Diese Gedankenschnipsel, die sich mit dem Schmerz vermischen. Das Hämmern im Schädel kaum unterscheidbar vom Pulsieren der kreuz und quer laufenden Überlegungen. Was, wenn Sine nicht nach Bagan fährt. Sie könnte weitergereist sein, gestern schon. Nach Pyin Oo Lwin, nach Hsipaw, Lashio, über die chinesische Grenze, weg aus Burma. Was dann. Und was ist mit Jeff. Der ihn vielleicht sucht. Was, außerdem, sollte die Hand in seinem Traum. Die wem gehörte.

Zwischen seinen Fingern wölbt sich das Ticket in der

feuchten Luft. Unten auf dem Schiff sind Soldaten an Deck getreten. Stumme, aufrechte Schemen, die sich entlang der Reling aufreihen. Sie drehen ihre Oberkörper dem Ufer zu. Aber sie beugen sich nicht vor. Fast glaubt er, ein Zurücklehnen ausmachen zu können, eine leichte Verlagerung des Schwerpunkts. So können sie die ankommenden Pick-ups beobachten und haben trotzdem die Gangway im Blick. Sie rauchen. Er hört das Aufschnappen von Feuerzeugen, sieht im Dunkeln die wippenden Glutpunkte ihrer Zigarren.

Von den Generälen hattest Du mir geschrieben. Von ihren Uniformen, den Sonnenbrillen. Sie säßen am Pool, schriebst Du in diesem Brief, eingeworfen auf dem Rückflug in Bangkok. Das Wasser blitze, sie könnten nicht schwimmen. Ich musste lachen, als ich das las.

Er muss sich entscheiden. Das Schiff wird bald fahren. Er spürt es an der wachsenden Unruhe, an den höher ausschlagenden Kurven, mit denen die Wasserverkäufer den Einsteigenden ihre Plastikflaschen in den Weg schwenken. Er hört es in ihren Rufen. Etwas geht von ihnen aus. Ein Vibrieren, denkt er. Oder: das Bewusstsein für verendende Zeit.

Sine wird nicht kommen, das ist ihm klar. Niemals würde sie ein staatliches Schiff betreten. Sie wird einen der privaten Express-Busse benutzen. Aber er wäre mit diesem Schiff schneller in Bagan, hätte eine Chance, sie einzuholen, wenn sie gestern schon gefahren wäre.

Trotzdem zögert er. Löst sich nicht von dem schmalen Baumstamm, an den er das Gewicht seines viel zu schweren Kopfes abzugeben versucht. Immer noch beobachtet er den Schiffsaufgang. Er will sicher sein, dass Jeff nicht an Bord ist. Kann sich – jetzt schon – den gestrigen Abend nicht mehr glauben. Den *Lonely Planet* hat er beim Packen in sein Moskitonetz eingeschlagen, ihn tief im Rucksack versenkt.

Sie werfen die Motoren an. Das aufbockende Knattern fährt ihm in die erschlafften Muskeln. Mit einem Ruck richtet er sich auf. Greift nach seinem Gepäck und zerrt es sich auf die Schultern. Der Schritt aus dem Gestrüpp heraus gerät ihm zu hastig, er glaubt zu sehen, wie die Köpfe der Soldaten scharf in seine Richtung rucken. Er zwingt sich zu Langsamkeit. Kauft sich im Vorübergehen eine Tüte Nüsse, eine Flasche Wasser, doppelt verpackt durch Schraubverschluss und eine Hülle aus versiegelter Plastikfolie. Dem Burmesen am auslaufenden Ende der Gangway lächelt er zu. Reicht ihm die von Nässe durchzogene Fahrkarte, dieses labbrige Stück feuchtes Papier, auf dem sie seine Passnummer verzeichnet haben, die Zahlenreihe seiner Aufenthaltsgenehmigung, das Ablaufdatum des Visums.

Im Schiffsinneren sucht er nach einer freien Sitzreihe. Die Italiener haben sich in den vorderen Teil gedrängt, haben ihr Revier mit Taschen, Schirmen, Jacken, weit ausgebreiteten Schals markiert. Um sie herum versprengen sich Rucksack-Touristen, *Individualreisende*, die meisten zu zweit oder zu dritt. Sie lehnen aneinander, verkriechen sich in ihren Polsterkuhlen, blicken nicht auf. Es riecht nach Schlaf, ungewaschenen Körpern, nach erstarrtem Fett. Das Licht ist kalt. Es verschärft die Umrisse der Sitze, strahlt grell auf die Bezüge aus blauem Polyester, auf die abgegriffenen Armlehnen aus porösem Plastik. An die Innenausstattung von Flugzeugen muss er plötzlich denken. Daran, wie weit ihm sein Rückflug entfernt zu sein scheint, beinahe unwirklich.

Er setzt sich in eine leere Sitzreihe im rechten Segment. Auch die Aufteilung der Stühle erinnert ihn an Langstreckenflüge: eine Fünferkette umrahmt von Dreierplätzen. Das

Fenster lässt sich nicht öffnen. Er presst seine Stirn gegen die Scheibe, spürt das kalte Glas auf der Haut. Draußen kann er nichts erkennen. Er müsste das Ufer sehen, die hupenden, abfahrenden Autos, die Wasserverkäufer, die sich mit ihren Eimern voller Flaschen und Kühlwasser schwankend entfernen. Aber er sieht nichts. Das gleißende Innenlicht kontrastiert die Dunkelheit zu stark.

Er atmet durch. Versucht, dieses Gefühl abzuschütteln: dass man ihn von außen beobachtet, während er blind ins Nirgendwo blinzelt. Die Glasfläche reflektiert ihm seine Gesichtszüge. Er versucht, durch die Spiegelung seiner Augen hindurchzustarren, durch die dunklen Flecken seiner Pupillen. Einen kurzen Moment glaubt er, sich auf der anderen Seite des Fensters sehen zu können. Er ist im Gestrüpp stehen geblieben, lehnt noch immer an diesem dünnen Baum. Mit stumpfem Blick steht er dort. Und beobachtet sich selbst dabei, wie er sich entfernt.

Die Augenlider fallen ihm zu, als das Schiff sich stromabwärts in Bewegung setzt.

Ihm ist heiß. Zwischen den Sitzen hat er sich auf den Rücken geschoben, hat die Armlehnen angekippt und seinen Körper unter ihnen hindurchgepresst. Im Schlaf muss er sich verkrampft haben, seine Wirbelsäule knackt, als er sich bewegt. Der Nacken schmerzt ihn, sein Gesicht ist nass von Schweiß. Er kann sich nicht aufrichten, muss sich seitwärts auf den Fußboden drehen, um sich aus dem Gitter der schräg stehenden Armlehnen zu winden. Vor dem Fenster liegt ein dunkelgrauer Schleier.

Er reißt die Plastikhülle von seiner Wasserflasche, trinkt ohne abzusetzen. Das Wasser ist lau, es schmeckt metallisch. Seine Lippen kleben am Flaschenhals. Er saugt, bis sich die Plastikwand nach innen beult, bis ihn der Druck des Vakuums zum Aufhören zwingt.

Im Gang steigt er über die Papiertüten der schlafenden Italiener. Sandwiches und Obst hat das Hotel seinen Gästen eingepackt, Wasser, Saft, sogar Cocacola-Dosen. Die es in diesem Land gar nicht gibt. Doggy bags für Touristen sind das, denkt er, sorgfältig zusammengestellte Lunch-Päckchen für gut zahlende Ausländer, die in einer schillernden Seifenblase von Sehenswürdigkeit zu Sehenswürdigkeit transportiert werden. Damit sie nicht etwa etwas Falsches sehen, etwas Falsches essen, sich die Mägen verderben und ihre Reisegesellschaft verklagen. Das deutsche Wort fällt ihm ein, als er die Tür zum Deck nach außen schwingt: Fresspakete.

Nebelschwaden liegen auf dem Wasser. Der Irrawaddy ist an dieser Stelle breit und leblos, noch aufgeschwemmt von den Niederschlägen der Regenzeit. Er kann keine Riffelung auf der Oberfläche erkennen, keine Stromschnellen, keine Schraffur. Es ist früh, die Sonne noch nicht über den Horizont gestiegen, das Licht ebenmäßig und trüb. Er stellt sich an die Reling. Wirft einen kurzen Blick über die Schulter, sucht hinter sich die Soldaten, die Besatzung des Schiffs, andere Reisende, aber da ist niemand, nur er. Vor ihm der Fluss wie ein riesiger, ruhiger See. Das Schiff pflügt sich in die dickflüssige Lauge, die hinter ihm sofort wieder zusammenschwappt, sodass es keine Spuren hinterlässt. Eine große Klarheit liegt in dem Anblick. Alles geordnet. Nebel, Wasser und Himmel unterteilt in lang gezogene Bänder aus Grau und dunklem Blau. Er versucht, die Richtung ausfindig zu machen, in die sie fahren. Bagan liegt westlich von Mandalay, sie müssten also aus dem Sonnenaufgang herausfahren, das aufgehende Licht hinter sich.

Das gleichmäßige Aufhellen bemerkt er kaum. Er wartet

auf den Sonnenball, das Glühen, auf eine Intensivierung des Lichts. Stattdessen verblassen die Farben. Alles um ihn herum wird fahl. Er kann die Trennlinie von Wasser und Luft nicht mehr ausfindig machen, sie verwischt ihm im Aufklaren, sie zerrinnt. Der Atem stockt ihm, als sich das Grau verdichtet. Er spürt es auf seinem Körper, fühlt die Schwere, die ihn nach unten zieht. Mit den Augen sucht er nach Unebenheiten in der bleichen Fläche, sucht Halt für seine holpernde, stolpernde Atmung. Einen Arm könnte er ausstrecken, könnte seine Finger in die näher rückende Wand hineinstrecken, aber er bewegt sich nicht. Rührt sich nicht, blickt nicht an sich herunter, aus Angst, sein Körper könnte verschwunden sein, hätte sich aufgelöst, sich abgegeben an diesen luftleeren, hohlen Raum. *Vielleicht ist es so, dort, wo Du Dich befindest.*

Dann ist es plötzlich vorüber, der Moment verflogen. Aus dem Nebel schälen sich Umrisse heraus, am Ufer bilden sich Hügelketten, Waldstränge, in denen verborgen goldene Pagodendächer aufblitzen. Im aufglimmenden Licht reibt er sich die Arme, klopft mit der flachen Hand seinen unteren Rücken ab, schlenkert mit den Gliedmaßen, als müsste er die Erstarrung von sich schleudern. Als könnte er etwas vertreiben.

In der kleinen Toilettenkabine erleichtert er sich. Sieht dabei zu, wie der Urinstrahl aus ihm herausschießt. Wie er an der Emailleverkleidung im Boden abprallt und nach allen Seiten spritzt. Es hört nicht auf zu fließen. Das Wasser scheint durch ihn hindurchzufallen. Er weiß nicht, wo die Menge an Flüssigkeit herkommt. Es ist mehr, als er getrunken hat. Er müsste den Inhalt der Wasserflasche ausgeschwitzt haben, oder verwertet. Stattdessen spült sein Körper alles verdoppelt aus. Als es endlich vorbei ist, wäscht er sich die Hände, drückt sein feuchtes Gesicht in ein Papiertuch. Spürt, wie es an seiner Stirn haften bleibt, an seinen weit geöffneten Poren. Der Schweiß, denkt er, die Pisse, wo kommt das alles her.

Als er die Klotür öffnet, sieht er eine junge Frau. »Das darf doch nicht wahr sein«, murmelt sie auf Deutsch. Sie starrt an ihm vorbei auf die weiß gestrichene Tür des Frauenklos. Er dreht sich um, sucht den Fluchtpunkt ihres Blickes. Da erst sieht er es. Über dem blau gezeichneten Frauen-Piktogramm mit dem wie losgelöst schwebenden Kopf ringeln sich burmesische Buchstaben. Die Übersetzung prangt in lateinischen Lettern direkt darunter: *foreigners only*.

»Die spinnen doch«, sagt er und schließt die Tür zum Männerklo. Er sagt es, ohne nachzudenken. Als direkte Reaktion auf ihre Worte. Sofort kann er spüren, wie froh er ist, einen deutschen Satz gesprochen zu haben. Kein Umdenken ins Englische, keine Verzögerung von Millisekunden, bis die Synapsen ihm die Bedeutung in die Muttersprache übertragen. Ein Impuls. Die Frau lacht. Sie sei Ute, sagt sie und streckt ihm die Hand hin. Ihre Stimme ist hell, ein wenig heiser vielleicht.

Ob er kurz auf sie warten würde, sagt Ute, sie müsse ganz dringend. Aber dann könne man ja gemeinsam herausfinden, wie die sich das vorstellten. Mit dem Kloverbot für Einheimische. Die sich diese Schifffahrt sowieso nicht leisten könnten. Aber: wo pissen die Soldaten.

Er nickt. Betrachtet das Piktogramm auf der sich hinter ihr schließenden Tür. Versucht, sich im Anblick des stilisierten, blauen Frauenkörpers Sine vorzustellen. Den Schwung ihrer Hüften, die Länge ihrer Beine, die Proportionen. Es gelingt ihm nicht. Er hat sie, das fällt ihm jetzt auf, stehend nie nackt gesehen. Stattdessen konzentriert er sich auf Ute. Gleicht das flüchtige Bild, das sie im Vorübergehen hinterlassen hat, gegen Sine ab. Sie ist anders. Nicht blond. Braune, glatte Haare mit eingefärbten roten Strähnen, im Nacken zu einem Knoten gezurrt. Das Gesicht ungeschminkt, pur. Fröhliche Augen, die Brauen nicht gezupft. Der Körper weiblicher als Sines, runder. Mit großen, weichen Brüsten, die sich unter ihrem orangefarbenen T-Shirt wölben. Sine ist zu mager, manchmal wollte er sie mästen, sie füttern, damit sie nicht weiter abnähme und plötzlich verschwände.

Dass sie aus Fürth komme, erzählt ihm Ute, als sie sich im Aufenthaltsraum eine Star-Cola, einen Coffee Mix und Kuchen bestellen. Sie sitzen an einem der wahllos aufgereihten Tische. Unter der niedrigen Platte stoßen seine Füße gegen das klobige Tischbein. Die Fenster sind geöffnet, aber er fühlt keinen Fahrtwind. Draußen hat der Nebel sich aufgelöst. Die Hügel wachsen an, ragen höher, sind von dicht verflochtenen Baumkronen überzogen. Nur auf der Wasseroberfläche schwebt noch ein zerrissener, dünner Milchschleier. Sozialpädagogin sei sie, Sozpäd, fährt Ute fort und klemmt sich den Strohhalm ihrer Cola zwischen die Zähne, seit zwei Jahren, in einem Frauenhaus. Und du.

Er schweigt, schüttelt den Kopf. Am Nebentisch spielen Soldaten Karten. Breitbeinig sitzen sie auf ihren weit zurückgeschobenen Stühlen, werfen die Karten in großen Bögen auf den Stapel in der Mitte des Tisches. Sie haben die Ärmel ihrer Uniformhemden hochgekrempelt, spreizen die Beine mit den schweren Stiefeln von sich, füllen den Raum mit ausholenden Gesten, mit dem dichter werdenden Qualm ihrer Cheroots. Ihr Gelächter ist laut. Die Blicke sind ihm nicht entgangen, die sie ihm und Ute zuwarfen, als sie den Raum betraten.

Warum es davon keine Fotos gäbe, fragt er Ute. Ist dir das aufgefallen. So viele Bildbände über Myanmar und nie sieht man Soldaten. Immer nur Pagoden, lachende Menschen, freundliche Mönche. Aber Soldaten sieht man nie.

»Damit man sie vergisst«, sagt Ute und kaut auf ihrem Strohhalm, »ist doch logisch. Schlecht für den Tourismus.« Um ihr Handgelenk winden sich die Zinken einer verformten Gabel. Sie lacht, als er sich vorbeugt, mit den Fingerspitzen über das gebogene Metall streicht. Als Jugendliche habe sie Gabeln gesammelt, sagt sie, geklaut in Restaurants, auf Flohmärkten erhandelt. Eine Freundin hatte sich auf Messer spezialisiert, ein Kumpel auf Löffel. Später wollten sie zusammenziehen, alle drei, nach der Schule, wenn sie alt genug wären. Das habe nie geklappt. Und sie säße nun da mit dieser Unmenge an Gabeln. Da werde man eben erfinderisch.

Ihre Stimme hallt in seinen Ohren. Er schwitzt noch immer. Spürt das Zerren in seinen Muskeln, seinem Nacken. Weiß, dass er Ute von sich berichten muss, sich vorstellen, etwas sagen. Wo kommst du her, wo gehst du hin. Lieber aber möchte er mit ihr über Sine reden. Ihr alles erzählen. Sie ist eine Frau, sie könnte abschätzen, was er noch tun kann. Ob es eine Möglichkeit gibt, sich mit Sine zu versöhnen.

Er schafft es nicht. Findet keinen Anfang. Keinen Übergang von sich zu Sine. Ein Bindeglied bräuchte er, eine Frage, bei deren Beantwortung er Sine einbauen könnte, sie nebenbei erwähnen, um dann sagen zu können: diese Sine, ich habe sie verloren, meine eigene Schuld, was soll ich tun. Sag mir.

Andererseits, denkt er, vielleicht ist es besser so. Er will Ute nicht vertreiben. Es tut zu gut, nicht allein zu sein. Hier zu sitzen, zwischen den deutschen Sätzen, deutschen Worten, die aus Utes Mund kommen. Die Sprache beruhigt ihn. Die Tatsache, dass die Soldaten am Nebentisch sie nicht verstehen. Selbst sein Körper beginnt, sich zu entspannen.

Er fühlt sich fester an, zusammengehaltener. Gut möglich, dass – wenn er ihr alles erzählte – Ute Sines Position ergreifen würde. Dass sie dann nicht mehr mit ihm reden möchte. Mit einem wie ihm.

Sie sitzen lange. Während draußen die Landschaft wieder abflacht, die Hügel sich zu Sandstreifen einebnen, zu baumloser Steppe, lang gedehntem Flachland. Während die Luft sich aufheizt und der Aufenthaltsraum sich zu füllen beginnt. Mit gähnenden, schlaftrunkenen Italienern, schweigsamen Rucksack-Touristen, noch mehr Soldaten.

Einmal hält das Schiff. Schwenkt von der Mitte des Flusses auf eine lehmige Bucht zu. An der schmierigen Erdkante haben sich Einheimische aufgereiht, Frauen in bunten Gewändern, die den Passagieren Gegenstände entgegenrecken: bestickte Decken, geflochtene Hüte, Bananen. Dollarscheine lassen die Italiener auf sie herabregnen, lassen Stoffbahn um Stoffbahn in das Innere des Schiffes laden. Eine Burmesin versucht, Ute, mit der er an die Reling getreten ist, einen gewebten Longyi anzupreisen. Wie eine Signalfahne schwingt sie den rostbraunen Rock über ihrem Kopf, drückt die Knie durch, spannt die Waden, die Sprunggelenke, schiebt sich auf die Fußballen. Fünf Dollar will sie für den Rock, aber Ute schüttelt den Kopf. Die Frau lässt nicht locker, sie bleibt an Ute, Ute ist ihr Ziel. Und während das Schiff sich langsam abzuwenden beginnt, während die Drehzahl des Motors ansteigt, sich der Druck auf die Propellerwelle verstärkt, wird ihre Stimme schriller. Mit dem sich vergrößernden Abstand des Schiffes fallen die Zahlen, die ihr aus dem Mund fliehen, abwärts, vier, drei, zwei Dollar, bis sie plötzlich zum Sprung ansetzt und über den Lehmbruch in das schlammige Wasser springt. Kreischend watet sie dem Schiff hinterher, stemmt sich durch den aufgewühlten Fluss, den Blick immer auf Ute geheftet, ein Dollar, ein Dollar. Hinter ihr springen andere ihr nach, peitschen mit den Armen auf die spritzende Wasserfläche, schubsen und drängeln an die vorübergleitende Schiffswand, die Gesichter nach oben gerichtet, den Italienern entgegen. »Perfume«, schreit die Frau zu Ute hinauf, als sie den Grund unter den Füßen zu verlieren beginnt, als sie rudern muss, um nicht unterzugehen, nicht Wasser zu schlucken, »give me perfume«. Und plötzlich greift Ute in die Tasche ihrer Hose, zieht ein Probefläschchen Eau de Cologne heraus, wickelt es in einen Dollarschein und wirft es über die Reling, der Frau in die aufgespannte, greifende Hand. Mit einem kräftigen Gegenwurf fliegt der Longyi in die Höhe, segelt über die Brüstung, verfolgt vom Grinsen der Soldaten, die sich hinter den spiegelnden Scheiben des Aufenthaltsraums aufgestellt haben und alles beobachten.

Das mit den Parfumproben habe ein Freund ihr empfohlen, murmelt Ute und winkt der zurückbleibenden Frau, die zurückgewichen ist, die geschlossene Faust fest an ihren Brustkorb gedrückt. Parfum und Alkohol, die beste Währung sei das. Das perfekte Dankeschön, ein ideales Gastgeschenk. Fast zwanzig Parfumerien habe sie daheim abgeklappert, habe um Duftproben gebeten, ihr Rucksack sei voll davon. Ich konnte nicht anders, sagt sie und löst endlich ihren Blick vom sich entfernenden Ufer. Diese Frau da im Wasser, in dieser Dreckbrühe, und wir hier an Deck, auf diesem Luxusdampfer, dieser staatlichen Melkmaschine, was sollte ich tun. Dabei wollte ich den Rock gar nicht haben.

Er sieht sie an, das orangefarbene T-Shirt, den rostbraunen Longyi, den sie auffaltet, ihn gegen das dünne Sonnenlicht hält, denkt an Sine, an ihre Kleidung, an das Weiß, das sie so gerne trägt, und sagt: immerhin – es ist deine Farbe.

Bagan erreichen sie am Abend. Irgendwann hörten sie auf, zu reden. Wurden schläfrig unter der gleichmäßigen Fortbewegung des Schiffes, der langsamer werdenden, stockenden Unterhaltung. Dass sie nach ihrer Freundin sehen müsse, hatte Ute schließlich im Aufstehen gesagt. Unten auf ihrem Sitzplatz sei sie geblieben, hatte schlafen wollen. Die mit den Messern übrigens.

Er war mit Ute in den Raum zurückgekehrt, in dem die Luft noch stickiger geworden war. Hatte sich wieder auf die Sitze gelegt, die Augen geschlossen. Hatte versucht, nicht zu denken. Sich nicht Sine vorzustellen. Ihren Blick, wenn sie ihn in Bagan plötzlich vor sich sähe. Die aufzuckende Wut in ihrem Gesicht.

Es gelang ihm nicht. Sein Kopf verweigerte sich seinem Befehl. Sine lässt sich nicht ausblenden. Wenn es ihm gelänge, sie zu vergessen, würde sein Körper, das spürt er, auseinander fallen. Und jedes der abgebrochenen Stücke wäre von Sine gezeichnet.

... oder von Dir.

Die Militärs erwarten sie am Ende des Landungsstegs. Einen wackligen Tisch haben sie in den Uferboden gerammt, haben sich dahinter aufgestellt, bilden eine stumme Mauer aus Uniformen und zusammengekniffenen Augen. Einer von ihnen sitzt. Er ist zu breit, seine Schenkel quellen über das Gestänge des Stuhls. Über seinem aufgestützten Arm ist er zusammengesunken, das bärtige Kinn ruht auf seiner Hand, er bewegt sich nicht. Ein junger Soldat steht neben ihm, rupft den Touristen die Pässe aus den Fingern, blättert sie auf und schiebt sie seinem Vorgesetzten in den Blick. Zehn Dollar kassieren sie von jedem, der das Schiff verlässt. Denn ab hier betrete man eine nationale Ausgrabungsstätte. Das Pagodenfeld von Bagan, die umliegenden Ortschaften, die Äcker – alles ein archäologisches Schutzgebiet, dessen Erhaltung finanziert werden müsse. So begründen es, das weiß er, auch die Reiseführer.

Er steht in der Mitte der unförmigen Schlange. Hält sich zurück, als die Italiener beginnen, an den Tisch zu drängen. Ute ist mit ihrer Freundin weiter vorne, winkt ihm zu. Er winkt zurück, schüttelt den Kopf. Er will sich ihr nicht anschließen, nicht gemeinsam mit ihr in einem der Guesthouses ankommen. Will nicht mit zwei Frauen an seiner Seite eine Rezeption betreten. Was, wenn Sine dort wäre. Wenn sie das sähe.

Den *Lonely Planet* zieht er nicht aus seinem Rucksack. Stattdessen rückt er schrittweise den Soldaten entgegen. Streckt ihnen den Pass hin, das Geld. Besteigt dann das nächstbeste Auto, das ihm eine Fahrt zu einem Guesthouse anbietet, irgendeinem. In Nyaung Oo, in Old Bagan, New Bagan, einem der drei Stadtteile – es ist ihm egal. Die Erschöpfung drückt ihn tief in den Sitz. Er ist müde. Kann kaum den Kopf aufrecht halten. Er starrt auf den Boden des Wagens, auf seine Füße, die auf einer staubigen, geriffelten Gummimatte stehen. Bemüht sich, den Körper gegen die Erschütterungen der Schlaglöcher abzugleichen, sein Gewicht auszubalancieren gegen die holprige Fahrt. Bei jedem Absacken zieht sich etwas in ihm zusammen. Sein Magen schnellt seinem Oberkörper entgegen, er spürt die aufschießende Säure in seiner Speiseröhre, atmet flach. Plötzlich hofft er, dass Sine nicht dort sein wird. Nicht heute, nicht jetzt. Er hätte, das fühlt er, nicht die Kraft, ihr gegenüberzutreten. Würde die Worte nicht finden. Schlafen muss er, endlich schlafen. Dann wäre, das hofft er, alles leichter.

Sie halten vor einem lang gestreckten Bungalow. Im Aussteigen fällt sein Blick auf die Nachbarhäuser. Als Flachbauten ducken sie sich dicht in den Boden. Stockwerke gibt es nicht, alles bleibt niedrig. Etwas daran kommt ihm bekannt vor. Beim Schritt durch die Tür wird er, das weiß er, sich verbiegen müssen, um nicht mit dem Kopf gegen den Türstock zu stoßen. Auch die Geräusche sind ihm vertraut: die surrende Stille, das Rascheln in den Sträuchern, das Krächzen auffliegender Vögel, das Knacken von Schalenkäfern unter seinen Füßen. Es fällt ihm ein, als er sich bückt, um seinen Rucksack auf die Schulter zu wuchten und er eine Schaufel bemerkt, die bis zum Schaft im lehmigen Boden steckt: die Stimmung hier erinnert ihn an deutsche Schrebergartenkolonien.

Dem Burmesen, der sich ihm von einer hölzernen Terrasse entgegenschwingt, grinst er zu. Fast wollen ihm dabei seine Gesichtszüge nicht gehorchen. Er bleckt die Zähne, reißt die Mundwinkel in die Höhe. Hofft, dass er ein Lächeln nachahmt, einen wachen, unverzerrten Gesichtsausdruck. Bei jedem Schritt spürt er seinen Kopf, seinen Magen. Der Rucksack wiegt plötzlich schwerer als sonst, zieht ihn nach unten. Sein Oberkörper krümmt sich gegen das Gewicht, will die Belastung ausgleichen, sie auf dem Rücken verteilen. Aber das geht nicht. Er bleibt stehen, beugt sich vor. Alles um ihn herum wird weich, eine konturlose Masse. Er atmet scharf ein, kneift die Augen zusammen. Und kippt in einen Teppich aus flimmernden, tanzenden Punkten. »Must have been long trip«, ruft der Burmese, der zu ihm springt, ihm aufhilft. Ihm den Staub von den Hosenbeinen klopft und auf der Terrasse einen Schemel heranzieht. Es gelingt ihm nicht, zu nicken.

Als er die Formulare ausfüllt, erkennt er seine eigene Schrift nicht. Die Nummer des Visums, das Ausreisedatum, sein Name – sie verschwimmen zu einem Gekrakel aus zusammenhanglosen Buchstaben, aus willkürlich erwürfelten Zahlen. Seine Unterschrift ist ihm fremd. Der Schwung ist ihm abgerutscht, ist über das Geschriebene zurückgeschossen, hat ausgestrichen, was immer dort stand. Fast erwartet er, dass der Burmese ihm das Papier nicht abnehmen wird. Dass er ihn ansehen wird mit wissenden Augen. Lies mir das vor, wird er sagen. Dieser Name, den du da aufgeschrieben hast. Das bist nicht du.

Aber dazu kommt es nicht. Mit einer achtlosen Handbewegung fegt der Burmese die Formulare auf einen Stapel. Zückt einen Schlüsselring und windet ihm einen der Schlüssel vom Metall.

Das Innere des Bungalowzimmers, das der Mann ihm aufsperrt, nimmt er kaum wahr. Er schließt die Tür hinter sich. Zwingt sich, das Moskitonetz aufzuhängen. Mechanisch tastet sein Blick über die Wand des kleinen Raums. Nach Haken, nach Ösen sucht er, nach hoch gelegenen Befestigungen für die Schnur. Fragt sich kurz, wie oft er diese Querlinie schon durch Zimmer gespannt hat. Noch in Yangon war ihm der Vorgang fremd gewesen. Jetzt sieht er die Möglichkeiten sofort: ein aufzeigender Griff am Fensterkreuz des Oberlichts. Ein Kleiderhaken neben der Tür zum Badezimmer. Sine hat ihn für diese Schnelligkeit bewundert. Seine Hände zittern, als er die Knoten festzieht. In seinen Kleidern kriecht er unter den aufgefädelten Schleier. Streift die Schuhe nicht ab. Presst sich gegen die Matratze, drückt den Rücken gegen die Wand, in das schmale Mauerstück unter dem geöffneten Fenster. Schließt die Augen. Stürzt in das Gestöber aus Punkten. Wieder und wieder.

Du musst hier gewesen sein. Etwas sagt mir, dass es so ist. Vielleicht erkenne ich diesen Ort. Dann hätte ich ihn vorher schon einmal gesehen. Auf der Backsteinwand gegenüber Deiner Küche. Als flatternde Projektion, ungreifbar. Ich finde hier Dinge wieder, die ich dort gesehen habe. So muss es sein, deswegen bin ich hier. Du wolltest, dass ich das tue.

Er erwacht von einem Flüstern. Die Stimme ist zu nah. Er hört sie neben sich im Bett, dicht an seinem Ohr. Sie sagt Worte, die er nicht versteht. Er liegt starr. Hofft einen kurzen Moment, dass er selbst es ist, der redet. Dass der Schlaf ihn Sätze hat murmeln lassen, Verlängerungen seines Traums.

Langsam dreht er den Kopf. Die Stimme verändert sich nicht. Sie bleibt dicht an ihm, wispert durch seine Gehörgänge, raunt ihm eine nicht abreißende Aufeinanderfolge unverständlicher Vokale und Konsonanten zu. Jemand ist hier. Die Tür fällt ihm ein. Er hat sie hinter sich zugezogen. Verriegelt hat er sie nicht.

Er zwingt sich, die Augen zu öffnen. Von draußen dringt helles Mondlicht in den Raum. Es fällt auf den Rucksack, auf den Tisch, den leeren Stuhl. Die untere Kante des Betts. Niemand liegt neben ihm. Er ist allein. Auf dem Boden zeichnen sich die verzogenen Konturen des Fensterrahmens ab. Sie bilden eine diagonale Struktur, teilen den Raum an der Längsachse in zwei Hälften. Gerade will er sich hochschwingen, will aus dem Bett steigen, endlich die Schuhe abstreifen, sich im Bad die Zähne putzen, als er es sieht: in dem geometrischen Raster des Fensters bewegt sich ein Schatten. Vorsichtig löst er seinen Kopf von der Matratze und richtet den Blick über sich.

Eine Nonne steht vor seinem Fenster. Ihr Kopf ist kahl geschoren. Durch die angelehnten Holzläden spricht sie auf ihn ein, zischelt Beschwörungen durch den Spalt der geöffneten Fensterscheiben. Er kann ihr Gesicht nicht erkennen. Sie wiegt sich leicht hin und her. Es gibt einen Begriff, den sie wiederholt. Ein Wort, das sie mehrfach verwendet. Er versucht, es sich zu merken. Will es sich einprägen, will wissen, später herausfinden können, was sie sagt.

Auf seiner Schulter ein kühler Abdruck, der sich bewegt. Zuerst begreift er das nicht. Er liegt still, spürt dem Gefühl nach. Dieser Kälte auf seinem Körper. Dann endlich schnellt er hoch. Packt mit der aufschnappenden Hand das Lebewesen, das auf seiner Haut saß, und schmettert es unter dem zur Seite gerissenen Moskitonetz hindurch gegen die Wand. Hört seinen eigenen, scharf ausgestoßenen Atem. Das Trappeln sich entfernender Schritte vor dem Bungalow. Den Saum eines Kleides, der über den Steinboden schleift. Sieht im Dämmerlicht die Umrisse eines Geckos, der lautlos von der Wand fällt.

Keuchend windet er sich auf dem Bett. Schlägt mit der flachen Hand auf den Lichtschalter der Nachttischlampe. Sein Magen, sein Kopf – immer noch ist alles verdreht. Das Leitungswasser fällt ihm ein, das er in Mandalay getrunken hat. Der Malariatest, dessen Ergebnis er sich nicht angesehen hat. Dieser Gecko. Die Nonne vor dem Fenster. War sie wirklich da.

Er beugt sich vor, drückt sich an den Bettrand, setzt die Füße auf den Boden. Stellt sich in den Raum. Schiebt sich seine Brille auf den Nasenrücken. Sucht die Stelle ab, an der er den Gecko gegen die Mauer geschleudert hat. Da ist nichts. Es gibt keine Flecken, keine Schmierspuren, nicht den toten Körper eines durch die Luft geworfenen Tiers. Plötzlich kommt ihm das unwirklich vor. Wie will er gesehen haben, dass da ein Gecko war. Wie will er durch die Holzläden hindurch erkannt haben, dass das Flüstern von einer Nonne kam. Mönche und Nonnen unterscheiden sich hier kaum. Ihre kahlen Schädel machen sie einander gleich. Manchmal identifiziert man die Frauen nur an den Farben ihrer Gewänder. Sie tragen kein Rot. Kein Orange. Stattdessen dieses ausgeblichene Rosa, das ihn an Babykleidung für Mädchen erinnert.

Und doch hat er das Flüstern noch im Ohr. Die Andersartigkeit der Laute. Das kalte, glatte Gefühl unter seinen Fingern, als er den Gecko von seiner Schulter riss. Mit den Fußspitzen berührt er den *Lonely Planet*, der ihm aus dem Moskitonetz gefallen sein muss, als er es gestern auffaltete. Er dreht sich um die eigene Achse. Sucht Halt am Stuhl, am Tisch, an der Tür.

Someone tell me what to do. Please. Tell me.

Aus seiner Reiseapotheke entnimmt er Tablettenschachteln, Sprayfläschchen, Verbandszeug. Zerrt Gebrauchsanweisungen unter das Licht der Glühbirne. Liest Dosierungsanleitungen für Kohletabletten, Nasentropfen, Ratschläge für Erste Hilfe bei Blutegeln. Zerknautscht in seinen Händen konisch geformte Ohrenstöpsel zu kleinen, bunten Schaumstoffbällchen. Nichts davon kann ihm jetzt nützen.

Den Gesang nimmt er zunächst gar nicht wahr. Als er ihn schließlich hört, will er es nicht glauben. Von draußen weht die Musik herein. Ein anschwellender Rhythmus aus Schlagplatten ist das, aus Schellen und Röhrentrommeln, burmesischen Gongs. Die Sänger kennen keine Melodie. Sie nutzen ihre Stimmbänder als Instrumente, schreien rhythmische Silben in sich wahllos kreuzenden Tonlagen. Er weiß nicht, wann das begonnen hat. Anfangs muss er es ignoriert haben. Muss die Musik ausgeblendet haben, während er auf dem Bett saß und den Inhalt seiner Reiseapotheke vor sich aufreihte. Vielleicht hat sich sein Gehirn verweigert. Wollte nicht noch einer Einbildung aufsitzen, nicht noch einen Gecko erfinden, im Halbschlaf eine weitere Nonne vor seinem Fenster halluzinieren. Aber das Geräusch ist echt. Diesmal gibt es keinen Zweifel.

Ein Ritual muss das sein. Irgendetwas Burmesisches, denkt er. Demnächst ist Vollmond, dann feiern sie hier den Beginn des neuen Monats. Sine hat ihm das erzählt. Sie werden Lichter anzünden, sagte sie ihm, in jedem Ort, vor jedem Haus, jeder Hütte, just imagine.

Sine. Er kann nicht glauben, dass er gestern Abend nicht nach ihr gefragt hat. Dass er tatsächlich so müde war. Trotzdem nimmt er an, dass sie nicht in diesem Guesthouse wohnt. Er müsste, denkt er, ihre Anwesenheit spüren. Müsste fühlen, wenn sie in der Nähe wäre, wenn sie hier schliefe, nur wenige Schritte von ihm entfernt.

Aber vielleicht ist sie im gleichen Stadtteil. Dann würde auch sie diese Musik hören. Sie würde aufwachen davon, sie hat einen feinen Sinn für solche Sachen. Wahrscheinlich würde sie aufstehen. Würde sich anziehen, dem Geräusch entgegengehen, immer der steigenden Lautstärke nach. Wäre er noch bei ihr, würde sie ihn wecken. An seiner Schulter würde sie rütteln, ihm unter der Bettdecke in die Rippen kneifen. »We have to go there«, würde sie rufen. Und dass das eine tolle Gelegenheit sei. So was sähe man nicht jeden Tag. Also: come on, get up.

Die Straße ist leer. Unter seinen Füßen knirscht der Kies. Einen Augenblick lang fällt es ihm schwer, sich zu orientieren. Der Gesang breitet sich aus in der Dunkelheit, lässt sich nicht zuordnen. Probehalber wendet er sich herum. Läuft ein paar Schritte, seitwärts, vorwärts, rückwärts. Bis er glaubt, den Ursprung auszumachen. Bis sein Körper sich ausrichten kann. Quer hinter den nächtlich verdunkelten Häusern muss das Fest stattfinden.

Er folgt dem anschwellenden Lärmpegel. Versucht, sich in den Abzweigungen der verwinkelten Straßen eine möglichst direkte Linie herauszufinden. Es müssen Dutzende von Menschen dort sein. Die schreienden Stimmen sind zum Chor vieler Kehlen verschmolzen, sind ein Aufschrei geworden, wie bei Schlachtgesängen in Stadien, oder bei gemeinsam geplärrten Refrains in großen Massenkonzerten. Jetzt ist er sich sicher, dass Sine dort sein wird. So etwas lässt sie sich nicht entgehen.

Er versucht, es sich auszumalen. Wie er um die Ecke biegen wird. Wie sie dort steht. Inmitten der singenden, schreienden Menge. Vielleicht wäre das der Rahmen, in dem sie ihm verzeihen könnte. Umringt von tanzenden, brüllenden Menschen könnte sie seine Gegenwart ertragen. Sie stünde, um besser sehen zu können, auf einer leichten Erhebung. Unter ihr stampften Tänzer mit Tiermasken im Kreis. Etwas Ekstatisches ginge von ihnen aus. Ein Dunst aus Schweiß und Irrwitz. Er könnte es in Sines Augen widergespiegelt sehen. Dieses Gefühl, dass alles möglich ist. Vielleicht bräuchte es dann keine Worte. Er würde zu ihr treten, würde sie ansehen, von unten herauf. Würde dann vor ihr auf den Boden fallen, den Blick gesenkt. Bis sie zu ihm käme, bis sie herabstiege, um ihm aufzuhelfen. Das würde ihn reinwaschen.

Er schüttelt den Kopf. Weiß nicht, wo diese Phantasie herkommt. Aus welchem Winkel seines filmgeprägten, Hollywood-verseuchten Unterbewusstseins. Und doch wünscht er sich, dass es so wäre. Dass es eine Situation gäbe wie diese: inmitten einer aus den Angeln gehobenen Wirklichkeit könnte Sine ihr verschobenes Bild von ihm wieder gerade rücken. So stellt er sich das vor.

Die Musik ist ein Dröhnen geworden. Er unterdrückt den Impuls, sich die Ohren zuzuhalten. Weit kann es jetzt nicht mehr sein. Er beschleunigt seine Schritte. Läuft auf die Biegung am Ende des Weges zu. Dort müsste es heller werden, sie müssten Lichter angezündet haben, müssten Fackeln schwenken, Scheinwerfer aufflammen lassen, Laternen, Taschenlampen, irgendetwas. Stattdessen wird es dunkel. Selbst das Gestrüpp am Wegrand wird dichter, verknotet sich zu einem Vorhang aus spiralförmig ineinander verflochtenen Pflanzentrieben. Kurz bleibt er stehen. Zögert. Versucht, sich auf die Versammlung einzustellen, der er gleich gegenübertreten wird. Auf Sine. Er atmet durch. Dann biegt er in die Kurve.

Ein freistehendes Haus liegt am Ende des Wegs. Davor eine leere Fläche. Zwei Lautsprecherboxen ruhen auf verbogenen Stativen. Unter der Wucht der Musik, die aus ihnen hervorbricht, vibrieren die Membranen der Boxen. Er kann die dünnen Metallgestelle schwanken sehen. Niemand hält sie fest. Denn es ist kaum jemand hier.

Er zwinkert. Kann nicht glauben, was er sieht. Will nicht verstehen, dass ihn seine Vorstellungskraft so in die Irre geleitet haben soll. Dass ihm die Tonbandmusik eine Menschenmasse vorgegaukelt hat, die sich hier nicht befindet. Aber es ist so. Das Bild vor ihm verändert sich nicht. Die Leere bleibt.

Auf dem Vorplatz des Hauses haben sie einen Tisch aufgestellt. Im matten Widerschein der Innenbeleuchtung beugen sich dort ein Mann und eine Frau über große Töpfe. Vor ihnen reihen sich Mönchskinder auf. Es sind nicht viele, höchstens ein Dutzend. Unter dem Lärm der Lautsprecher ziehen sie stumm an dem Paar vorüber, recken ihre hohlbäuchigen, schwarzen Almosenschalen den riesigen Schöpfkellen entgegen. Lassen sich Reis einfüllen, drehen sich flink ab und huschen auf nackten Fußsohlen in das Wäldchen hinter dem Haus. Eine nicht enden wollende Prozession ist das. Sobald ein paar von ihnen verschwunden sind, hasten aus dem Schatten der Bäume neue Novizen herbei. Irgendwo dort im Finstern lauern sie auf den Moment, in dem sie aus dem Waldrand herausbrechen und sich einreihen dürfen.

Er steht still, betrachtet das Geschehen. Das mechanische Auf und Ab des gefüllten, dann entleerten Löffels. Die angespannten Körper der jungen Mönche. Sie halten sich aufrecht, recken ihre Schalen mit durchgedrückten Armen von sich, jeder ein Ebenbild seines Vorgängers, ein gusseiserner Abdruck des Nachfolgers. Die Haltung, die Blicke, die Kleidung: alles gleich. Erst, wenn sie sich vom Tisch entfernt haben, fällt die Form von ihnen ab. Sie schütteln sich kurz, pressen die Schale an ihre Brustkörbe und laufen los. Einmal lehnt sich der Mann unter den Tisch. Er schiebt einen leeren Topf auf den Boden, betätigt zeitgleich den Lautstärkeregler. Noch wuchtiger stürzt die Musik über die Szenerie.

Er versteht. Die Musik ist ein Zeichen. Damit lockt das Paar die Mönche zur Speisung. Sine hat ihm das erklärt. Als er am Inle See beim Anblick der vielen Mönche fragte, wovon die sich alle ernährten. Es sei, sagte sie ihm, eine Ehre, den Mönchen Essen geben zu dürfen. Die Gläubigen bekochten sie als Ausdruck ihrer Religiosität. Und jetzt kann er es sehen: die Mönche bedanken sich nicht. Es sind der Mann und die Frau, die sich vor den Novizen verbeugen.

Die Gestalt auf der anderen Seite der Straße bemerkt er erst, als es vorbei ist. Als die letzten Reste Reis von den Topfböden abgekratzt worden sind und sich das Paar in das Innere des Hauses zurückzieht. Als das Licht erlischt, die Mönche im Waldsaum verschwunden sind und die Boxen schweigen. Vielleicht ist es diese plötzliche Stille, die ihn aufsehen lässt. Die ihm endlich den Blick von dem abgeräumten Tisch löst und ihn in ihre Richtung lenkt.

Sie steht im Halbdunkel. Ihr Körper ist dem Haus zugedreht, sie hält die Arme verschränkt. Er kann ihr Gesicht nicht sehen. Aber er kennt diese aufrechte Haltung. Sie ist es. Sie muss es sein, er ist sich sicher. Er schluckt. Denkt nicht. Stolpert vorwärts, direkt auf ihre Silhouette zu. Spürt ein Kratzen in seiner Kehle. Kann nicht glauben, dass es soweit ist. Dass er sie tatsächlich wieder gefunden hat. Dass er ihr endlich alles sagen kann.

Sie hört ihn kommen. Er sieht, wie ihre Konzentration vom Haus abschweift. Wie sie aufhorcht. Wie sie ihn wahrzunehmen beginnt, seine hastiger werdenden, strauchelnden Schritte. In seinem Kopf ein Rauschen. Nichts fällt ihm ein, was er ihr sagen könnte. Ihren Namen will er brüllen. Aber seine Lippen bleiben verschlossen. Er will sie nicht verscheuchen, will dass sie bleibt, bis er ihr nah genug kommt. Bis er bei ihr ist, sie in seine Arme schließen kann, ihr flüsternd alles erklären. Gleich hat er sie erreicht. Noch immer steht sie von ihm abgewendet. Aber sie hat schon ihre Haltung gelockert. Hat ihre Arme gelöst, fährt sich kurz mit den Händen durchs Haar. Dann endlich wendet sie sich ihm zu. Und da sieht er es. Die Frau ist nicht Sine. Es ist Ute.

Die Enttäuschung schießt ihm in die Augen. Erst ignoriert er das Brennen. Er läuft weiter auf die Gestalt zu, die nicht Sine ist. Er müsste anhalten, umschwenken. Aber es gelingt ihm nicht. Er kann es nicht glauben. Kann seine Schritte nicht steuern. Muss weiterlaufen, auf Ute zu. Bis ihm der

Blick verschwimmt. Bis ihm die Tränen aus den Augenwinkeln stürzen. Und er torkelnd vor Ute in die Knie geht. Auch das Schluchzen kann er nicht kontrollieren. Er hört nichts anderes mehr. Nur noch das: die brechende, eigene Stimme.

Irgendwann spürt er Utes Hand auf seinem Rücken. Er kauert auf dem Boden, beginnt, die Kälte wahrzunehmen, die ihn umgibt. Das Zittern seines frierenden, schwitzenden Körpers. Sein Kopf pocht, sein Hals ist trocken. Er will sich abstützen, schwankt, lehnt sich an Ute, die ihn schließlich in die Arme nimmt, ihn hin und her wiegt. »Ganz ruhig«, sagt sie. Sie senkt die Stimme, wiederholt die Worte, dehnt die Vokale in die Länge, beinahe singt sie. »Ganz ruhig, ganz ruhig.« Und schließlich: »Wen hast du erwartet.«

Wenn ich ehrlich bin – nicht Sine. Stattdessen jemanden, den es nicht gibt. Nicht mehr.

Sie werde zu einem Arzt gehen, sagt Ute später und niest. Sie sitzen auf der hölzernen Terrasse seines Guesthouses und trinken Tee. Ute hat ihn hierher gebracht. Auf dem Weg hat er ihr von Sine erzählt. Viel hat er nicht gesagt. Er habe, sagte er ihr, diese Dänin getroffen, eine Software-Designerin. Zwei Wochen lang seien sie zusammen gereist. Hätten die Zeit geteilt, die Eindrücke, das Bett. Bis er sie vertrieben habe. Durch seine eigene Dummheit. Einen Fehler habe er gemacht. Einen großen. Er müsse, sagte er Ute und sah sie nicht an, diese Dänin nun wieder finden. Unbedingt. Und dass er, als er sie da stehen gesehen habe, geglaubt hatte, sie sei Sine.

… und Sine wäre Du.

Ute war nicht darauf eingegangen. Stattdessen sitzt sie ihm jetzt gegenüber. Schiebt ihm Toastbrot auf den Teller, schneidet rote Bananen in kleine Stücke. Er isst, was sie ihm gibt. Ihr Gesicht wirkt blass in der Morgensonne. Er kann sehen, dass sie kaum geschlafen hat. Ihre Nase ist gerötet, die Augen scheinen entzündet.

Schon auf dem Schiff habe sie diese Halsschmerzen gehabt, sagt sie ihm. Kaum schlucken habe sie können. Aber ihr sei das albern vorgekommen: in Burma an Mandelentzündung zu erkranken. Während um sie herum alle mit Darminfektionen zu kämpfen hätten, mit Durchfall und Magenkrämpfen. Das Guesthouse, in dem sie wohne, sei das reinste Lazarett. Ein Auffanglager für kranke Backpacker. Ihre Freundin habe bereits das Breitband-Antibiotikum aufgebraucht, das ihnen der deutsche Arzt mitgegeben hatte. Wusstest Du, sagt sie, dass es hier Würmer im Wasser gibt. Nicht nur im Leitungswasser, auch in den maschinell abgepackten Trinkflaschen. Besonders in denen, die man für sicher hält. Die doppelt verpackten, die in Plastiktüten verschweißt sind. Die Hygieneverhältnisse in diesen Fabriken sind katastrophal.

Er nickt. Denkt an das Wasser, das er gekauft hat. An die Ungeduld, mit der er die Verpackung von unzähligen Flaschen riss, um endlich trinken zu können. In Mandalay, auf dem Schiff. Am Inle See. Bereits in Yangon hatte er sich für diese Marke entschieden, weil er geglaubt hatte, die doppelte Verpackung wäre ein Beweis für Sauberkeit. Sein Magen zieht sich zusammen, als er versucht, sich die Würmer vorzustellen. Schon spürt er die Parasiten, die sich durch seinen Darm schlängeln. Das würde, denkt er, einiges erklären.

Es gebe, fährt Ute fort, hier einen Arzt. Im Myo Ma Kwet Thit Quarter von Nyaung Oo. Dort werde sie sich etwas gegen ihre geschwollenen Mandeln holen. Und du, sagt sie mit einem Seitenblick auf seinen zusammengesunkenen, fröstelnden Körper, du solltest mitgehen. Findest du nicht.

Der Arzt fixiert ihn. Fast kann er nicht atmen unter dem Bann dieser stierenden Augen. Nur kurz tasten die Hände über seine Bauchdecke. Er kann fühlen, was der Arzt fühlt: sie ist hart. Zu hart. Langsam lehnt sich der Arzt zurück. Greift in das Regal hinter sich. Gläser mit Pillen hat er dort aufgetürmt. Der Inhalt wie nach Farben sortiert, oder: wie nach Geschmacksrichtungen in Bonbongläsern. Einen Moment lang schwebt die Hand des Arztes unschlüssig über den bunt gefüllten Behältern. Dann fällt sein Arm auf den Knauf einer Schublade herab. Er zieht zwei Packungen aus dem geöffneten Fach und legt sie neben ihn auf die zerschlissene Krankenliege. Medophenicol, kann er lesen. Norfloxacin. Fragend hebt er den Kopf. »You are«, sagt der Arzt, »going to be very sick very soon.«

In die Kaung Htoo-Clinic hatte der Rezeptionist seines Guesthouses sie geschickt. Ein Krankenhaus hatten sie wegen des Namens erwartet, eine Klinik mit großen hellen Räumen in sterilem Weiß. Stattdessen waren sie in einem barackenähnlichen Bau in dieses dunkle Vorzimmer getreten. Eine alte Frau schob sich dort auf ihrem Stock dem Arzt entgegen, der im abgetrennten Teil des Raums neben einem aufgezogenen, zerfaserten Vorhang auf sie wartete. Als der Arzt Ute und ihn kommen sah, bellte er der alten Frau etwas zu. Das Stocken in ihrem Leib war kaum auszumachen. Fast fließend lenkte sie ihre Bewegung um, stemmte sich in einer Biegung zurück in Richtung des Holzstuhls, auf dem sie gewartet haben musste, bevor Ute und er eintraten. Ute wollte protestieren. »She was here first«, sagte sie, »we can wait.« Aber niemand reagierte. Auch nicht die Frau, der sie im Vorübergehen schließlich entschuldigend zulächelten.

Die Untersuchung von Ute hatte lang gedauert. Mit einem Stethoskop hatte der Arzt Ute abgehorcht. Hatte sich ihre Zunge zeigen lassen, war mit den Fingern über ihren Hals gefahren. Nach ihren Schmerzen hatte er sie befragt, nach der Heftigkeit der Schluckbeschwerden, nach Schwierigkeiten beim Atmen, nach früheren Erkrankungen. Die Wirkung des Mittels, das er ihr gab, erklärte er ihr ausführlich. Wann sie das Medikament zu nehmen habe, sagte er ihr, wie oft, wie lang. Fragte, ob sie schon früher einmal in Myanmar gewesen sei. Und ob ihr sein Land gefalle.

Mit ihm spricht er nicht. Er sieht ihn nur an. Tastet kurz über seinen Bauch. Sagt diesen Satz: Sie werden sehr bald sehr krank sein. Und: nehmen Sie diese Tabletten, bis Sie nach Hause zurückkönnen.

Fünf Dollar verlangt der Arzt für die Behandlung. Schreibt ihm in unleserlicher Schrift eine Bestätigung für seine deutsche Krankenversicherung. Danach wendet der Arzt sich von ihm ab, lächelt Ute zu. Ignoriert ihn, bis sie durch den Vorhang zurück in den Vorraum treten. Die alte Frau, die sich gerade setzen will, verharrt in der Schwebe über dem Stuhl und stemmt sich zurück auf ihren Stock. Als sie an ihr vorbei laufen, hört er ein Seufzen.

Draußen auf der Straße bleiben sie stehen. Das Sonnenlicht blendet ihn. In seinen Händen wiegt er die Tabletten. Ute beobachtet ihn von der Seite. Warum er den Arzt nichts gefragt habe, will sie wissen. Das sei doch nicht normal. Dass man eine solche Aussage einfach so hinnehme. »Jetzt weißt du«, sagt sie, »ja nicht mal, was du hast.« Er schüttelt den Kopf.

In einem Café schräg gegenüber bestellen sie sich Star Cola. Breiten ihre Medikamente auf der niedrigen Tischplatte aus. In seinen Packungen findet er keine Gebrauchsanweisungen. Nur eine handschriftliche Notiz am unteren Rand der größeren Schachtel: 2 x 2 x 1. Ute ist still geworden. Sie sieht ihm zu, wie er die Tabletten aus dem Plastik drückt. Wie er sie sich zwischen die Lippen legt und schluckt, ohne von seiner Cola zu trinken.

Etwas an ihrem Blick hat sich verändert. Ist höflich geworden, professionell. Wahrscheinlich betrachtet sie so die Männer, die vor dem Frauenhaus ihren geflüchteten Frauen auflauern. Sie lässt ihn nicht aus den Augen. Reibt sich den Hals. Tastet mit den Fingern nach ihren geschwollenen Lymphknoten, nach aufgedunsenen Drüsen. Lehnt sich zurück.

Hör mal, sagt sie schließlich. Diese Dänin. Was hast du ihr getan.

8

Die Kreuzung von Shwenyaung. Dort fand Sine es heraus. Er will daran nicht denken. An den Moment, in dem sie begriff. An den Ausdruck in ihrem Gesicht. Erst wollte sie es nicht glauben. Hatte versucht, zu lachen. Ihn angesehen dabei. Darauf gewartet, dass er widersprach. Dass er einstimmen würde in ihr Lachen. Ihr sagen würde, dass es anders war. Dass sie da etwas missverstand. Aber er konnte das nicht. Sie hatte in allem, was sie ihm vorwarf, Recht. Und ahnte auch dann erst die Hälfte.

Immer noch weiß ich keine Erklärung dafür. Es ergab sich, möchte ich sagen, aus den Umständen. Ich hatte keinen wirklichen Grund. Außer vielleicht diesen: ich wollte Dir nahe sein.

Als wenn das noch möglich wäre.

Tage vorher waren sie froh gewesen, diese Kreuzung zu erreichen. Der Pick-up, in den sie in Meiktila gestiegen waren, fuhr immer langsamer. Sie konnten durch die Windschutzscheibe kaum etwas erkennen. Die Lichtkegel der Scheinwerfer bohrten sich in die Nacht, gaben ihnen nur einzelne Abschnitte der Straße frei.

Irgendwann hörte er auf zu reden. Das kurze Lächeln des Fahrers am Ende seiner Fluchterzählung hatte ihn entspannt.

Hatte die Angst verscheucht, die Ungewissheit, die das anfangs so unbewegte Gesicht des Fahrers in ihnen ausgelöst hatte. Auch Sine schien die Gefahr vergessen zu haben. Ihr Körper begann sich zu entspannen, sie war nicht mehr hier. War mit ihm in Berlin, stieg mit ihm ein in den zufallenden Kofferraum, fuhr mit ihm über die Grenze bis in den Westen.

Der Fahrer blieb schweigsam, sagte nichts, unterbrach nicht, griff nicht ein. Dass er ihn dennoch fest im Blick behielt, dass er weiter im Gesicht dieses Mannes nach Anzeichen suchte, nicht nachließ, war leicht zu erklären: hier, mitten in der Dunkelheit, der scheinbaren Ziellosigkeit der bröckelnden Straße ausgesetzt, fiel ihm nichts anderes ein. Fast kam es ihm unpassend vor, dass Sine schließlich wieder ihr Zigarettenpäckchen aufnahm. Dass sie es schüttelte und dem Fahrer eine Zigarette hinhielt. Doch dann sah er dessen Augen, das überraschte Aufblitzen von Freude, und er wurde ruhig.

Als sie plötzlich anhielten, wussten sie nicht, wo sie waren. Der Fahrer stellte den Motor ab und stieg aus, wortlos. Verschwand neben Bahngleisen in einer kleinen Hütte. Dass das ein gutes Zeichen sei, flüsterte Sine. Sie war wieder aufgetaucht, war zurückgekehrt in dem Moment, in dem der Pick-up zum Stillstand kam. Dort drüben sei eine Haltestelle, sagte sie ihm, wahrscheinlich würden sie hier andere Fahrgäste an Bord nehmen, Bauersfrauen, Marktgänger, dann sei nichts mehr zu befürchten. Ohnehin hätten sie beide wohl überreagiert: das Land sei so freundlich, die Leute so hilfsbereit – I think we can trust them.

Er fand keine Antwort, wollte mit ihr über seine Beobachtungen sprechen, die Reaktionen des Fahrers, der sicher Englisch sprach. Auch die Mönche fielen ihm wieder ein, Yangon, dieser Ort, wer waren die. Aber dann zuckte er nur mit den Schultern. Stieg schließlich aus und lehnte sich an den Wagen. Die Luft war jetzt kühl, angenehm zu atmen. Die Gleislinien fingen das Licht des zunehmenden Monds. Mit dem Blick folgte er ihrem Verlauf, sah auf den verlassenen Bahnsteig, der sich wenige Meter von ihnen entfernt in der Dunkelheit abzeichnete. Als er sich nach unten beugte, um mit Sine darüber zu reden, mit ihr ihre Theorie zu erörtern, sah er, dass sie schlief. Sie hatte sich auf den Sitzen ausgebreitet, ihre Beine um die Kupplung geknickt, die Füße auf dem Fahrersitz gelagert. Leise zog er sich zurück. Verlagerte sein Gewicht und stellte sich so, dass er sie sehen konnte, während er gleichzeitig das Haus im Auge behielt.

Ich habe über sie gewacht. Was mir bei Dir nicht gelungen ist.

Er weiß nicht, wie lang er dort stand. Alles schien zur Ruhe gekommen, ein gedehnter Moment. Sines Atem im Auto. Der Bahnsteig, das Haus. Die Gleise, die sich in der Ferne verloren. Selbst das Mondlicht. Nichts veränderte sich.

Ein Scharren ließ ihn schließlich hochsehen. Sie näherten sich von der anderen Seite. Kamen auf ihn zu. Fünf Mönche waren es. Ihre Füße blieben dicht am Boden, schlurften mit den Sohlen ihrer Sandalen über den Straßenbelag. Sie mussten sehr alt sein, die Bewegung fiel ihnen schwer. In einer Reihe zogen sie an ihm vorüber, hielten auf den Bahnsteig zu. Er konnte die Furchen in ihren Gesichtern sehen. Die wachsamen Augen. Ohne dass er es vorgehabt hätte, senkte er bußfertig den Kopf.

Dann ging alles plötzlich sehr schnell. In der Ferne das Rumpeln des herannahenden Zuges. Das Surren der Gleise. Die Tür des Hauses flog auf. Der Fahrer rannte auf den Wagen zu, scheuchte ihn mit einer Handbewegung zurück auf den Sitz, schob Sines Füße auf den Boden, startete den Motor. Aus den offenen Wagons des kreischend abbremsenden Zuges sprangen Marktfrauen herunter, reichten sich gegenseitig Kisten mit Obst, Käfige mit Vögeln, bildeten Ketten mit Säcken, Kartons, überschwappenden Krügen. Die Ladefläche des Pick-ups verschwand unter der aufgestapelten Last, unter den schiebenden, zerrenden Körpern der Frauen. Nichts war mehr durch das Sichtfenster in der Rückwand zu erkennen, nur die Geräusche auf dem Dach ließen vermuten, dass sie dort weiter Dinge auftürmten, bis der Fahrer die Handbremse löste und einfach losfuhr.

Sine rieb sich die Augen. Steckte kurz ihren Kopf aus dem Fenster, spähte zu der Menschentraube hinauf, die sich – sitzend, stehend, kauernd – an den Pick-up angeheftet hatte. Sie lächelte, nickte ihm zu: you see. Wie weit es noch bis zum See sei, fragte sie dann den Fahrer und gähnte. Der aber schüttelte nur den Kopf.

Sie fuhren wieder langsam. Fielen zurück in das schleppende, gleichmäßige Tempo von vorher. Zuckelten durch die Nacht. Manchmal ein Klopfen auf dem Autodach oder ein Schlag an der Hinterwand zur Ladefläche. Dann bremste der Fahrer ab. Wartete auf Verlagerungen, auf Menschen, die auf- oder abstiegen, es war nicht zu erkennen. Dörfer fuhren sie an, einzelne Häuser, Weggabelungen, die im Dunkeln kaum zu sehen waren. Manchmal hielten sie grundlos. Dass sie schneller wären, wenn sie laufen würden, flüsterte Sine ihm zu. Ihr Atem roch sauer. Er nickte. Suchte kurz nach dem englischen Begriff für das Wort: Entschleunigung. Und sagte stattdessen, dass er zu verstehen beginne, warum Busfahrten den Leuten hier so waghalsig erscheinen müssten, reinste Achterbahnfahrten, real roller coaster trips.

Als es dämmerte, sahen sie, wo sie waren. Sie hatten die Steigung gespürt, die Verschiebung des Schwerpunkts. Trotzdem hatten sie nicht gewusst, wie weit oben in den Bergen sie sich bereits befanden. Tief unter ihnen Talschluchten, darüber kreisende Vögel im Sinkflug. Sine hielt eine Hand aus dem Fenster, als könnte sie nach dem Nebel greifen, der sich zwischen den Bergzacken verfangen hatte.

Mit dem Tageslicht fühlte er die Müdigkeit kommen, sie zog ihn nach unten, dem Tal entgegen. Sein Körper rutschte abwärts, er spürte die Sprungfedern in der Sitzpolsterung, die rollenden Räder, den unebenen Boden unter der Karosserie. Die Augen versuchte er zu schließen. Wollte sich anlehnen, den Oberkörper in den Fensterrahmen stützen, aber Sine war ihm im Weg.

Sie fuhren und fuhren, es hörte nicht auf. Schlaf war nicht möglich. Sie bemühten sich beide. Bogen sich hin und her in dem engen Führerhäuschen, wichen sich aus, lagerten ihre Köpfe auf dem Armaturenbrett, an der Rückwand, aneinander. Aber immer, wenn ihnen endlich ein Einschlafen gelang, riss ihnen das Absacken des Wagens die Augenlider wieder auf. Im Sekundenschlaf taumelten sie von Schlagloch zu Schlagloch, schreckten hoch, nickten ein, schreckten wieder hoch. Sines Körper wurde ihm unangenehm, er konnte es nicht aufhalten. Ihre Arme, ihr Oberkörper, ihr Atem – alles begann ihn zu stören. Die Länge ihrer Beine hinderte ihn am Ausstrecken. Die Luft, die sie ihm an den Nacken blies, hielt ihn wach. Er wusste, dass es ihr auch so ging. Und konnte sich selbst nicht mehr leiden. Seinen zu großen Körper im zu kleinen Raum. Seinen Geruch. Die Klebrigkeit seiner schwitzenden Haut. Immer wieder fragten sie den Fahrer nach der verbleibenden Zeit. Anfangs zuckte der Fahrer nur die Schultern. Später reagierte er gar nicht mehr.

Die wenigen Dörfer, durch die sie fuhren, interessierten sie kaum. Häuser und Menschen zogen an ihnen vorüber, dann wieder Bäume, Abgründe, Geröll. Endlos schlangen sich die Serpentinenschleifen der Straße um die Felswände. Nirgends gab es eine Möglichkeit, sich zu orientieren. Keine Straßenschilder, keine Ortsnamen – sie hätten sonstwo sein können. Ab und zu stöhnte Sine. Ihre Beine seien geschwollen, klagte sie. Der Kopf täte ihr weh, der Magen. Durch das offene Fenster hindurch brannte ihr die Sonne auf den Arm, auf den Schoß. Ihr Gesicht glänzte wächsern, die Wimperntusche war verschmiert.

Bei Dir hätte mich so was nicht gestört.

Kurz vor Shwenyaung schließlich stockte der Motor. Die Mittagshitze war dem milden Nachmittagslicht gewichen. Sie hatten zwei größere Orte hinter sich gelassen: Kalaw und Heho. Konnten sich nun endlich einordnen auf Sines Landkarte. Wussten, dass sie tatsächlich vorankamen. Und wollten es trotzdem nicht mehr glauben. Ihre Körper waren leblos geworden. Mit der Fliehkraft schaukelten sie in den Kurven gegen die Tür, gegen die Kupplung. Starrten vor sich hin, sprachen nicht.

Den plötzlichen Halt begriffen sie kaum. Sie blieben sitzen, beobachteten teilnahmslos den Fahrer, der vor ihnen die Motorhaube aufklappte. Dessen Hände manchmal an den Seitenrändern der Haube auftauchten, nach Werkzeug tasteten, mit Lappen wedelten wie in einem seltsamen Puppenspiel. Erst als Rauch aufstieg und ihnen die Sicht zu vernebeln begann, kam wieder Schwung in ihre erschlafften Gedanken.

Sine stieß die Tür auf, stemmte sich in die Höhe. Griff nach seiner Hand und zerrte auch ihn ins Freie. Sie dehnten die Arme, die Beine. Trommelten sich gegenseitig auf den Rücken herum. Traten dann zum Fahrer, der schwitzend bis zur Hüfte unter die Motorhaube gerutscht war. Als er auf ihre Fragen, ihre Hilfsangebote nicht einging, griff sich Sine die Rucksäcke vom Wagen. Winkte einen vorbeifahrenden Pick-up heran. Was sie am Fahrerfenster verhandelte, konnte er nicht hören. Aber sie nickte ihm zu und schwang sich auf die Rückbank der offenen Ladefläche.

Im Fahrtwind rief sie, dass das neue Auto sie bis nach Nyaungshwe bringen würde, vorbei an Shwenyaung, direkt an den See. Bald, schrie sie, bald sind wir da. Und wiederholte es dreimal: soon, soon, soon. Einen Militärwagen, der auf einer Teilstrecke hinter ihnen her fuhr, grüßte sie mit erhobener Hand. Zeigte dann belustigt auf das Aufblitzen der Ferngläser, die sich auf sie richteten. Dieses Bild hat sich ihm eingeprägt: Sine, den Kopf in den Nacken geworfen, zwischen den tanzenden Spiegelreflexen soldatischer Ferngläser, lachend.

Sie hielten gegenüber des Shanpalastes, vor dem Remember Inn. Sine hüpfte vom Pick-up, warf sich mit großer Geste auf die Knie, mimte einen den Boden küssenden Papst. Im Haupthaus führte eine breit geschwungene Treppe in den ersten Stock. Die Rezeptionistin sperrte ihnen zwei helle Zimmer auf, fragte nach der Dauer ihrer Anreise – you must be tired – und nickte bei Sines Antwort: twentytwo hours. »We get that a lot«, sagte sie. Einmal habe ein australisches Paar vierundvierzig Stunden von Bago bis hierher gebraucht. Also: gute Erholung. Ihr seid jetzt hier.

Er schloss die Tür seines Zimmers hinter sich. Beinahe hätte er den Vorgang wiederholt: dieses Zuziehen der Tür. So sehr genoss er das Ankommen in diesem Moment. Das

Alleinsein. Die Ruhe im Raum. Den Anblick der schweren, dunklen Holzmöbel. Vor dem geöffneten Fenster sah er auf dem äußeren Rand eines Schulhofs spielende Kinder in grünweißer Uniform. Den leichten Wind in den wenigen Baumkronen. Er atmete durch. Fiel vornüber in die Kissen des breiten Betts. Dachte nicht an Sine,

– nicht an Dich –

dachte gar nicht mehr. Fiel. Und schlief schon im Fallen ein.

Als er aufwachte, war es dunkel. Erst verstand er nicht, wo er war. Immer noch spürte er die Bewegung der unter ihm wegziehenden Straße. Die Enge des Pick-ups, Sine neben sich. Das Vibrieren des Bodens unter seinen Füßen. Die Gegenwart des schweigsamen Fahrers.

Im Badezimmer ließ er kaltes Wasser über sein Gesicht laufen. Stellte sich dann unter den weit sprühenden Brausestrahl der einmontierten Dusche. Keine Duschtasse war in den Boden eingelassen, das Wasser klatschte auf den kahlen Zement, rann in eine Bodenöffnung neben der Kloschüssel. Alles wurde nass. Die Handtücher, die Kleider, die er in einem Haufen auf die Erde geworfen hatte. Die dünne Rolle Klopapier, die sie den Ausländern hingestellt hatten, eine Aufmerksamkeit des Hauses. Es war ihm egal. Er spritzte mit dem Wasser um sich, fing es in der hohlen Hand, schüttete es sich auf seinen Rücken, unter die Achselhöhlen, über den ganzen Körper. Rubbelte dann mit dem feuchten Handtuch an sich herum, bis seine Haut rot wurde. Kroch zurück unter die ausgekühlte Bettdecke. Streckte sich aus auf der geräumigen Matratze. Und plötzlich vermisste er sie.

Woher er endlich den Mut nahm, weiß er nicht. Im Aufstehen muss er noch nach Ausreden gesucht haben, nach Gründen, die es rechtfertigten, dass er mitten in der Nacht an ihre Zimmertür klopfte. I need some painkillers, hätte er sagen können, I can't sleep, can you. Aber das war nicht nötig gewesen. Schon nach dem ersten Klopfen öffnete sie ihm. Zog ihn zu sich, an sich, in ihr dunkles Zimmer hinein, auf ihr Bett.

Er kann sich an dieses erste Mal mit ihr gut erinnern. Sine war überall. Ihr Mund, ihre Hände, die weiche Haut. Als sie kam, biss sie ihm in den Nacken. Und er grub sich in sie, in diesen Körper, den er noch wenige Stunden vorher nicht mehr hatte ertragen können. Sie waren nicht vorsichtig miteinander. Er spürte ihre Fingernägel auf seinem Rücken, ihre Zähne in seiner Haut. Warf sie herum. Stieß tiefer. Bog ihren Rücken durch, bis ihre Brüste flach wurden, bis er die harten Warzen mit der Zunge weiter reizen konnte. Musste das Kondom festhalten, während er in sie spritzte, so heftig war seine Ejakulation. Später fragte er sie, wieso sie dieses Kondom griffbereit gehabt hatte, wieso sie, außerdem, bereits feucht gewesen war, als er sie im Flur erstmals berührt, sie mit der Hand zwischen ihren Beinen vor sich her geschoben hatte. Sie lächelte. Legte ihre Finger auf seine Hoden. Drückte leicht zu. Sagte: Ich hatte auf dich gewartet. Seit drei Nächten schon.

Betrüge ich uns. Das ist eine Frage, die ich mir stelle. Ob ich Dich noch betrügen kann. Auch, wenn das nicht möglich ist: es fühlt sich so an.

Am nächsten Morgen waren sie zärtlicher. Beim Aufwachen war er verlegen gewesen. Hatte die blauen Flecken auf ihrem

Oberarm entdeckt, seine Fingerabdrücke auf ihrer Haut. Er küsste die Druckstellen, streichelte mit der Handfläche ihr Schlüsselbein, die Kuhle an ihrem Hals, bis sie erwachte. Mit geschlossenen Augen suchte sie seinen Mund. Schmiegte sich an ihn. Legte sich auf seinen Rücken. Küsste die Kratzspuren, die sie dort hinterlassen hatte.

Hinterher strich sie ihm über das Haar. Flüsterte ihm etwas ins Ohr, das er zuerst nicht verstand. Sie wiederholte die Worte auf Dänisch, dann auf Englisch. Da begriff er. My little fugitive, nannte sie ihn. Mein kleiner Flüchtling.

Den Frühstücksraum betraten sie Hand in Hand.

Die Tage am See waren lang. Sie blendeten sich ineinander über, reihten Ausflüge, Bootsfahrten, Essen und Nächte zu einem einzigen, fröhlichen Augenblick. So zumindest kommt es ihm jetzt vor. Vielleicht täuscht er sich. Wahrscheinlich lässt er Dinge aus. Fügt Irritationen in andere Momente hinein, verschiebt sie auf früher, auf später, um diesen Aufenthalt in Nyaungshwe so rein zu halten. Aber das ist Unsinn. Denn er muss schon dort gewusst haben, dass es so nicht weitergehen konnte.

Stattdessen vergaß er alles. Sah nur sie. Ihre Augen. Das rote Bändchen an ihrem Fußknöchel, das er nun küssen konnte, jede Nacht. Ihren Körper vor der lang gestreckten Landschaft, inmitten der hoch aufragenden Berge. In einem schwankenden Einbaum-Boot auf dem See, daneben die schwimmenden Gärten, die sinkende Sonne im Hintergrund. Auf dem Markt, beim Verhandeln mit den Einheimischen aus dem Stamm der Shan. Deren Kopfschmuck so hoch aufgesteckt war, dass er meinte, sie könnten aus dem Gleichgewicht kippen, jederzeit. Die kühle Bergluft. Der See. Die mit den Beinen rudernden Fischer. Das Band aus Schilf, aus Schlingpflanzen und Wasserhyazinthen am Uferrand. Die vielen Klöster, hundertachtzig, gleichmäßig über das Seegebiet verteilt. Ein bisschen ging es ihm mit diesem Land wie mit seinem Verhältnis zu Sine: er wählte aus. Nahm nur auf, was er sehen wollte. Alles andere war nicht da.

Du hast mir gesagt, dass es so sein würde. Dass man vergisst. Die Wachsamkeit, hast Du gesagt, hält sich leichter aus der Distanz. Wenn man aber dort ist, wenn man die Weite der Landschaften sieht, die Schönheit zerfallender Bauten, den Frohsinn der Menschen – dann kann man sich kaum noch der Vorbehalte entsinnen. Man kann den Worten nicht glauben, die man vorher über Burma gelesen hat: Militärdiktatur, Rauschgifthandel, Kindersoldaten. Sie verblassen, diese Worte, zerfallen zu Buchstaben, zu Symbolen, deren Bedeutung man nicht mehr erinnern möchte. Weil das Erfahrene so viel stärker ist als das Abstrakte. Weil sie dafür sorgen, dass das, was du siehst, nicht das ist, was du erwartet hast. Weil sich die Schablonenzeichnung eines unterdrückten Landes nicht über den Anblick schieben lässt, den du vor dir hast.

Das hast Du mir gesagt. Und konntest nicht wissen, dass ich mich zusätzlich ablenken lassen würde von einer Frau, die Dir gleicht. Zu der ich, ich gebe es zu, die Distanz verloren habe. Genau wie zu Dir.

Der Begriff fällt ihm jetzt ein, bevor Ute ihn ausspricht: selektive Wahrnehmung. Noch immer sitzt sie ihm gegenüber, betrachtet ihn mit diesem freundlichen Frauenhaus-Blick, mit ihren geschulten Sozialpädagoginnen-Augen. Fast will er aufatmen, will glauben, dass sie begreifen wird. Dass sie, wenn er gleich dazu kommt, versteht.

Du würdest verstehen. Da bin ich sicher. Und bist die einzige, mit der ich nicht reden kann. Nein, falsch – ich kann mit Dir reden. Aber ob Du es hörst, sagen sie, ist zweifelhaft. Ich sehe an ihren Gesten: sie glauben es nicht.

Tagsüber erkundeten sie die Umgebung. Schon nach zwei Tagen erfanden sie sich einen Rhythmus. Nach dem Frühstück liefen sie los. Suchten sich ein Boot, einen Fahrer. Sine konnte nicht genug bekommen von dem See. Auch dass sie Eintritt bezahlen mussten, dass sie dem Staat eine Abgabe überreichen mussten, bevor sie den See befahren durften, störte sie nicht. Dreimal fuhren sie Nga Phe Kyaung an, das Kloster mit den springenden Katzen. Auf Stelzen ragte es aus dem Wasser, ein störrischer Pfahl-Bau inmitten des Sees. Im Inneren drückten schwere, rostrot bemalte Teakholz-Stämme das Dach in die Höhe, wirkten aber, verziert mit Goldornamenten, dennoch filigran. Mönche lagerten in den Fenstern, auf Korbstühlen, Holzbänken, ausgelegten Bastmatten am Boden. Katzen streunten über zum Trocknen aufgeschichtetes Porzellan, umschmiegten die Beine der Besucher, die in regelmäßigen Abständen von kleinen Booten angeliefert wurden. Im ganzen Raum waren Buddhastatuen verteilt, manche von ihnen unförmig geworden, abgegriffen von den tastenden Händen der Pilger. Aber dafür hatte Sine keinen Blick. Sie kauerte sich zu den Mönchen auf die Matten, ließ sich strahlend die Sprünge der Katzen vorführen, die den Mönchen entgegenhopsten, sobald ihnen einer einen Reifen hinhielt. Manche der Katzen katapultierten sich hoch in die Luft. Andere waren bedächtiger, setzten mit zitternden Schnurrbarthaaren an zum Absprung. Bereits bei ihrem zweiten Besuch erkannten die Mönche Sine wieder. Zeigten ihr schließlich, wie sie sich hinhocken, wie sie den Reif mit der Flugkurve führen musste, um die hüpfenden Tiere nicht zu behindern. Seit Jahrzehnten habe man diese Katzen dressiert, erklärte ihnen einer der Mönche, aber inzwischen sei das nicht mehr nötig. Die Neugeborenen, sagte er, schauen sich die Technik von ihren Eltern ab. Sie halten das Hüpfen für eine natürliche Fortbewegungsart.

Auf dem Markt von Ywama kleidete Sine ihn ein. Erstand ihm den blau-karierten Longyi, den er sofort tragen musste. Den sie dann nachts über seine Erektion drapierte, um herauszufinden, wieviel Stoff er damit in die Höhe heben konnte.

In Indein stiegen sie zwischen den hunderten, schief aufragenden Türmchen der Pagoden und Stupas herum. Unkraut quoll ihnen aus den Ritzen entgegen. Sie waren die einzigen Besucher, irrten auf verwilderten Pfaden durch die Anlage. Dass die Bauten ein Eigenleben entwickelt hatten, dachte er bei dem Anblick. Sie strecken sich, lehnen sich einander entgegen, tauschen, wenn niemand zusieht, ihre Plätze.

Abends gingen sie indisch essen. Sie hatten eine kleine Hütte am Ufer gefunden, in der sie, darauf bestand Sine, nun Stammgäste waren. Lasen sich aus den Einträgen der Gästebücher vor, die ihnen die Köchin hinlegte, bevor sie im dunklen Hinterraum verschwand. Sie hörten das Klappern der Töpfe, rochen die Gewürze, den modernden Schlammgeruch vom See. Einmal sah er eine Ratte an der Wand entlanglaufen. Er verbiss sich Aufschrei und Ekel, wollte Sine die Freude an diesem Restaurant nicht verderben.

Sie redeten viel. Immer wieder musste er ihr von der Flucht erzählen, musste ihre Fragen beantworten, sie hörte nicht auf damit. Sie selbst erzählte nicht viel, schien eher an ihm interessiert, an seiner Vergangenheit. Als er versuchte, sie nach ihrer Zukunft zu fragen, nach ihren Plänen, wich sie aus. Sie habe gerade erst begonnen, eine Rückkehr nach Europa für möglich zu halten, sagte sie. Und als er darauf drängte, darüber zu sprechen – wo gehst du dann hin, nach London, nach Kopenhagen, was wirst du dort tun, tell me –, antwortete sie nicht. Erst nachts, als sie das Fenster geöffnet hatten und der zunehmende Mond auf ihre Bettdecke schien, sagte sie leise: Deutschland, Berlin. Das wäre eine Möglichkeit.

Einmal, mitten auf dem See, im Anblick des Sonnenuntergangs, bekam sie plötzlich Heimweh. Von Weihnachten begann sie zu erzählen, von dänischen Bräuchen, von der versteckten Glücksmandel im Ris à l'amande, von heißem Gløgg und Æbleskiver, vom Schlittschuhlaufen im Lindevangsparken. Sie habe, sagte Sine, Weihnachten immer mit ihrer Familie verbracht. Auch als sie schon in London wohnte, sei sie im Dezember nach Hause geflogen, jedes Mal. Sie schmiegte sich an ihn, während sie das erzählte. Strich ihm schließlich mit der Hand über die Stirn und flüsterte, dicht an seinem Ohr, dass es schade sei, dass es hier kein Klavier gäbe, keinen Konzertflügel. Du könntest, sagte sie, mir Weihnachtslieder vorspielen, maybe this would soothe me a bit. Und er stutzte, hielt sie kurz von sich weg, wollte sie beinahe fragen: Klavierspielen. Wie kommst du darauf, dass ich –

Komm zur Sache, sagt Ute.

Gespräche über die DDR versuchte er zu vermeiden. Die Fragen nach seiner Flucht beantwortete er. Allem anderen wich er aus. Einmal wollte Sine von ihm wissen, wie das war mit der Stasi. Ob er zu dieser Behörde gegangen sei, nach der Wende. Sich seine Akten habe bringen lassen. Die Berichte von Leuten, die man für Freunde gehalten hatte. Er schüttelte den Kopf. Sagte, dass er nicht observiert worden sei.

Komisch. Ich habe Dich so was nie gefragt. Vielleicht hat es mich nicht interessiert. Vielleicht wollte ich verdrängen, dass Du eine andere Vergangenheit hattest als ich.

Dass sie weiterfahren mussten, versuchte er zu vergessen. Jeden Morgen fragte ihn Sine, wie lang sie noch bleiben konnten. Das Bergdorf, fragte sie, wann müssen wir los, wann sollten wir uns auf den Weg dorthin machen. Und er sagte ihr nichts von den Berechnungen, die er in seinem Kopf anstellte, sagte nicht, dass die Zeit langsam knapp und knapper wurde. Stattdessen winkte er ab, verlängerte bei der freundlichen Rezeptionistin um noch einen Tag. Ließ sich weitere Ausflugsrouten empfehlen. Bat um den Wäscheservice, der ihnen die verschwitzten Hosen und Hemden gewaschen und gebügelt auf ihre Betten drapierte.

Sine jubelte über jede Verlängerung. Sie freute sich über die zusätzlichen Tage am See. Dass das Guesthouse einen mail-account besaß, versetzte sie in Begeisterung. Ich bin ein Junkie, weißt du, sagte sie, ich habe in London mindestens zehnmal am Tag meine e-mails gecheckt, meinen Namen gegoogelt. In Burma fühle ich mich, als wäre ich auf Entzug: you can see me shaking.

Der Vorgang war umständlich. Niemand durfte ins Netz. Anbieter wie yahoo, gmail, GMX konnten nicht angewählt werden. Also hatte das Guesthouse nur über einen ausgelagerten Zugang die Möglichkeit, e-mails zu senden und zu empfangen. Die mails, so stand es auf einem Merkblatt neben dem riesigen, altersschwachen Rechner, mussten in englischer Sprache verfasst werden. Warum denn wohl, sagte Sine. Sie fand das aufregend: dass jemand ihre Post überprüfen würde. Wie in der DDR komme sie sich jetzt vor, sagte sie. Just imagine: ein burmesischer Spitzel versucht, aus meinen banalen Urlaubsgrüßen aufrührerische Tendenzen herauszulesen. Ist das nicht toll, ich bin dir ganz nah. Dir und deinem früheren Ich, your former self in Stasiland.

Er hielt sich vom Computer fern. *Wem hätte ich schreiben sollen.* Sine aber schrieb morgens und abends. Ihre Freunde konnten ihr antworten. Konnten an das Guesthouse zurückschreiben, die Nummer von Sines Zimmer im Betreff. Die Rezeptionistin druckte die mails aus, legte sie Sine beim Frühstück wie Briefe neben den Teller. Sine machte das Spaß. Manchmal fand sie auf der Blatt-Rückseite Fehldrucke von Briefen früherer Gäste. Sie las sie, während sie mit dem Boot über die Flussmündung auf den See fuhren. Sie fand nichts dabei. Diese mails seien mit dem klaren Bewusstsein geschrieben worden, dass andere sie lesen würden. Das hier, sagte sie, ist gläserne Post.

Sie selbst versuche, den Staatsapparat auszutricksen. Eine Freundin in London habe sie verschlüsselt gebeten, im Netz ihre e-mails zu checken. And look what I got: eine zweiseitige Geschichte über die Nichte der Freundin. Dabei hat sie gar keine Geschwister. Komm, hilf mir mal beim Dechiffrieren.

In der vierten Nacht stieß sie ihn weg. Er war kurz vor dem Einschlafen. Spürte im Dämmerzustand, wie Sine sich in seinem Arm plötzlich gegen ihn stemmte. Ihr Gesicht war nass. Als er sie festhielt, sie fragte, was denn sei, antwortete sie nicht.

Er schaltete das Licht ein. Sah sie im Schein der Nachttischlampe auf der Bettkante sitzen. Ihr nackter Rücken war nach vorne gekrümmt, er nahm die Rippen unter ihrer Haut wahr, die Knorpel der gebogenen Wirbelsäule, die ihr nach vorne gefallenes Haar am Nacken freigab. Sie zitterte.

Die Stille ertrug er kaum. Aber er wollte nicht noch einmal fragen, wollte ihr Zeit geben, wollte warten. Erst rührte er sich nicht. Nahm dann schließlich doch die Decke hoch, legte sie ihr von hinten über die Schultern. Ließ seine Hände dort liegen, seine Arme schließlich, mit denen er sie umschloss, sie hin und her wiegte, bis er spürte, dass ihr Körper sich zu entspannen begann. Er küsste ihr Ohrläppchen, strich ihr über die Stirn, als könnte er die Falte glätten, die sich dort einzugraben begann. Bis sie sich ganz zu ihm drehte, ihn umschlang, ihn auf die Matratze drückte, die Decke über ihre beiden Köpfe zog. Mehrfach setzte sie zum Sprechen an. Schluckte. Sagte dann – so leise, dass er sie kaum verstand –, dass sie überrascht sei. Von sich, von ihm. Meine Gefühle für dich, sagte sie, they are running too deep, I wasn't prepared for that.

Er schwieg. Nestelte mit der Hand am Wollsaum der Decke. Versuchte, den Stoff anzuheben. Die Luft wurde zu warm, zu verbraucht, ihm fehlte der Sauerstoff. Sine hielt ihn zurück. Ihr Atem ging schnell, er spürte ihren klopfenden Puls am Handgelenk. You have to say something, you know, sagte sie. Du kannst mich jetzt nicht warten lassen. Ich werde mit allem umgehen können. Aber sag was. Anything.

Die Worte, mit denen er hätte antworten können, fielen ihm nicht ein, *mein Kopf war so leer,* er suchte nach ihnen, kramte in seinem Gedächtnis nach ähnlichen Situationen, *die es nie gab, wie also hätte ich vorbereitet sein sollen,* er überlegte, suchte die richtigen Sätze, *denn in diesem Moment hätte man noch etwas sagen können, eine Chance war das, letztmals,* bis er etwas fand, etwas, das, er aussprach, schließlich.

This is no holiday romance. You are not just my latest fling. Mach dir keine Sorgen.

Danach: keine Möglichkeit mehr.

Der letzte Tag am Inle See war anders. Etwas hatte sich verändert in dieser Nacht. Sie waren unsicher geworden, das war es, das konnte er benennen. Das Gleichgewicht hatte sich verschoben. Sine war scheu. Beim Aufstehen drehte sie sich weg von ihm, griff nach dem Handtuch, das sie am Abend vorher auf den Boden geschüttelt hatte, das sie mit den Zehen aufgehoben, in die Luft gewirbelt hatte, bevor sie zu ihm ins Bett sprang. Jetzt stakste sie durch das Zimmer, das Handtuch um ihre Hüften geknotet, hielt die Arme wie unbeabsichtigt vor ihre Brüste. Er beobachtete sie, wie sie ihren weißen Spitzen-BH anzuziehen versuchte, wie sie, plötzlich linkisch, den Verschluss auf ihrem Rücken einhaken wollte, wie es ihr nicht gelang. Sie schlüpfte aus den Trägern, zerrte die losen Enden auf ihren Bauch, schloss dort die Haken ineinander, wand sich mit ihrem Körper in die richtige Position, zum ersten Mal unerotisch.

Beim Frühstück schob sie die ausgedruckten e-mails neben ihrem Teller hin und her, las nicht, faltete sie nicht zusammen, steckte sie nicht einmal ein. Dass das Guesthouse fast nur von Frauen geführt wurde, fiel ihm in diesem Moment zum ersten Mal auf. In ihren langen bunten Röcken huschten sie durch den Raum, am Fenster vorbei, sie servierten, sie putzten, sie ordneten. Dass die Fahrräder heute frei seien, rief ihnen die Rezeptionistin zu, die, wie sie inzwischen wussten, die Tochter des Hauses war. Er wollte ablehnen, schüttelte schon den Kopf, aber Sine griff ihn am Arm, sagte: lass uns eine Tour machen, ein bisschen herumfahren, das wäre schön.

Auf dem Fahrrad fühlte er sich frei. Sie radelten am Ufer entlang, Richtung Norden. Auch Sine schien sich zu entspannen. Der Fahrtwind kühlte ihnen die Köpfe. Wolken sammelten sich vor den Bergen, stauten sich über dem See. Der Weg war uneben und verlassen. Nur manchmal kam ihnen jemand entgegen, trat aus flirrenden Abzweigungen, aus überraschend einbiegenden Kurven. Nach Khaung-daing wollte Sine, zu den heißen Quellen des Inle Spa. Sie fuhr voraus, trat gleichmäßig in die Pedale, hatte, so schien es, keine Mühe mit ihrem fremden, rostenden Rad. Ihm selbst war der Rahmen zu klein. Bei jeder Umdrehung stieß er von unten mit den Knien gegen den Lenker. Auch die Bremse machte ihm Probleme. Sie war so schwach, dass er die Fersen auf dem Boden schleifen ließ, wenn er bergab zu rollen begann. Trotzdem genoss er die Fahrt. Die Tage auf den wechselnden Booten hatten ihn träge gemacht. Er war froh, sich bewegen zu können. Auch wenn er langsamer war als Sine. Auf einer steilen Anhöhe wartete sie, sah lachend zu, wie er sich abstrampelte, um sie zu erreichen. Vergiss jetzt beim Abwärtsfahren die Bremse, sagte sie, als er neben ihr zum Stehen kam. Just let it roll. Sie legte ihre Hand auf seine Schulter, zog ihn mit sich. Die schwüle Luft fuhr ihm gegen den Brustkorb. Er widerstand dem Impuls, ließ die Füße auf den Pedalen, wurde mitgerissen von der Geschwindigkeit, mit der sie abwärts rasten. Steine spritzten unter ihren Reifen zur Seite, Sine jauchzte auf.

Sie fuhren den ganzen Tag, radelten bergauf, bergab, sahen im Gestrüpp am Wegrand die Tempelruinen der Shan. Gegen Nachmittag besuchten sie die Quellen. Sie sanken in die beiden getrennten, heißen Becken, behielten gemäß der Badevorschriften ihre Longyis an. Zuerst war Sine enttäuscht gewesen. Das Wort »Spa« hatte, sagte sie später, in ihr zu hohe Erwartungen geweckt. Es passte nicht zu den kargen, schlecht gestrichenen Becken, die sie dort vorfand. Aber das heiße Wasser besänftigte sie schnell. Sie trieb auf dem Rücken, hielt das Gesicht dem Himmel entgegen. Nur ab und zu hob sie ihren Kopf und blinzelte zu ihm herüber. Kurz bevor ihre Badezeit ablief, zog sie sich in ihrem schwer gesogenen Longyi über den Beckenrand, tappte barfuß auf ihn zu, blickte sich schnell um und ließ sich zu ihm ins Wasser fallen.

Zurück fuhren sie langsam. Die Quellen hatten sie ermüdet. Als es dämmerte, rollten sie aus und hielten am Seeufer. Im Schatten der Wolken war das Wasser dunkel geworden. Die Umrahmungen der hinterleuchteten Wolkenformationen zogen ein unregelmäßiges Muster über die glatte Fläche. Der See war ruhig. Ein einzelner Fischer glitt auf seinem Boot an ihnen vorüber. Wie ein venezianischer Gondoliere stand er auf dem abgesunkenen Bug seines Einbaums. Sein Fuß schlang sich um einen langen, dünnen Stock. Mit kleinen, fast unmerklichen Stößen drückte sich der Fischer vom Seegrund ab. Etwas Verzerrtes lag in diesem Bild, eine Asymmetrie der Gliedmaßen. Fuß und Stock verwuchsen miteinander, bildeten mit gestreckter Linie ein überlanges Bein, das sich in ruhigen Kreisen durch den See bewegte. Sie konnten das Geräusch hören, das Glucksen, mit dem das Bein eintauchte. Sahen die Verschiebungen, die Störungen im Wasser, die Strudel unter der spiegelnden Oberfläche. Erst als der Fischer sich am Horizont verlor, konnten sie sich von dem Anblick lösen. Sine drehte sich ihm zu, lehnte ihren Kopf an seine Schulter. Ob er ihr irgendwann die restlichen der Bergdorf-Bilder zeigen werde, fragte sie ihn in diesem Moment. Wirst du, sagte sie, mir irgendwann so sehr vertrauen, dass du mir zeigst, was du vor mir verbergen wolltest. Er küsste ihre Stirn.

In dieser Nacht – *hätte ich gewusst, dass es die letzte ist* – waren sie ernst. Während draußen endlich der Regen losbrach, lagen sie auf dem Bett. Als er die Hand nach dem Kondom ausstreckte, hielt Sine ihn zurück. Sie schob ihre Hüften gegen ihn, nahm ihn in sich auf, atmete tief. Er hielt sich ruhig, bewegte sich nicht in ihr, glich seinen Atem ihrem Rhythmus an. Still lauschten sie auf das Donnergrollen vor dem Fenster, auf die Regentropfen, die, windschief, gegen die Hauswand prallten. Spürten ineinander hinein. Sahen sich an dabei. Er schob sein Gesicht dicht über ihres, fast berührten sich ihre Wimpern.

I am beginning to fall for you.

Die Frage ist, ob Sine – hätte es diese Nacht nicht gegeben – mir trotzdem alles so übel genommen hätte. Etwas war anders an dieser Nacht. Sie fühlte sich an wie ein Versprechen. Sie war eines.

Der Abschied vom Remember Inn fiel ihnen schwer. Das Einpacken erledigten sie schweigend. Sortierten die Kleidungsstücke auseinander, die sie in beiden Zimmern verstreut hatten. Hielten sich Dinge entgegen, die sie getrennt in ihren Rucksäcken verstauten. Einen Ring, den Sine abgenommen hatte, den er auf seinem Nachttisch fand, steckte er in die Hosentasche. *Als hätte ich etwas behalten wollen von ihr, als hätte ich es schon geahnt.*

Bevor sie in den Pick-up stiegen, bedeutete ihnen die Rezeptionistin, zu warten. Sie lief in die Küche, kam mit zwei blauen Plastiktüten wieder, in die sie Pfannkuchen und Bananen gewickelt hatte. »For your sweet tooth«, sagte sie und schloss Sine in die Arme. Sie winkte ihnen, bis sie hinter der Biegung verschwanden.

An der Kreuzung von Shwenyaung mussten sie umsteigen. Hier sollte der Bus nach Mandalay eintreffen. Sollte sie beide mitnehmen, sie an den nächsten Ort bringen, zum nächsten Ziel. So hätte es sein sollen.

Ich habe es nicht kommen sehen. Nicht in diesem Moment.

Es begann mit einem Spaß. Dass sie sein Passfoto sehen wolle, sagte Sine, während sie auf den Bus warteten. Ein Bild von dir, auf dem du jünger bist als jetzt. Ich will, sagte sie, dich sehen, wie du früher warst. Ihre Zehenspitzen bohrte sie dabei in den Straßenstaub, zeichnete Dreiecke, Wellenlinien. Er lachte, kramte in seinem Bauchbeutel. Hatte den Pass schon gezückt, als es ihm einfiel.

Dann ging alles sehr schnell. Er hatte noch versucht, den Pass in die Tasche zurückzustopfen. Hatte etwas genuschelt, sie nicht angesehen dabei. Dieses Verbrecherfoto, hatte er gemurmelt, das möchtest du doch gar nicht sehen. Aber Sine war wach geworden. Sie fand es lustig, dass er ihr den Pass nicht zeigen wollte, nahm es als Aufforderung zum Spiel. Erst bettelte sie, streckte die Hand nach ihm aus, umschlang ihn von hinten. Als er sich sträubte, kitzelte sie ihn. Er bog sich von ihr weg, versuchte, sie von sich fern zu halten, abzulenken, ein anderes Thema zu finden. Nach dem Bus spähte er, während Sine mit ihm zu rangeln begann. Hoffte, dass er um die Ecke biegen möge, auf diese Kreuzung zufahren, dieses verfluchte Shwenyaung. Sine bekam davon nichts mit, spürte nicht die Angst, die in ihm aufstieg. Sie lachte, sprang an ihm hoch, biss ihm in den Nacken und riss ihm schließlich mit einem kurzen Täuschungsmanöver den Pass aus der Hand.

Schon auf dem Berg hätte es ihr auffallen können, beim Goldenen Felsen, in diesem Gebäude, bei der Kontrolle durch das Militär. Sie hatte es, abgelenkt durch die Soldaten, nicht wahrgenommen.

Sine lachte noch immer, *ich habe noch gehofft, dass sie es nicht merkt,* blätterte in den Seiten, hielt das Foto auf Augenhöhe neben ihn, während sich seine Gedanken überschlugen, *nach Auswegen habe ich gesucht, nach Erklärungen, noch mehr Lügen,* bis ihr Blick plötzlich an etwas hängen blieb – an einem Wort, wie er wusste – und stockte.

Er konnte sehen, wie es in ihr Bewusstsein drang. Wie sie still wurde, fast schlaff. Ihr Gesicht plötzlich bleich. Die Augen, als sie wieder hoch sah, so misstrauisch –

Nun sag schon, sagt Ute.

Sines Stimme war leise, als sie es aussprach, fast ruhig. Hier steht, sagte sie, geboren in – Köln. I may be stupid sometimes. But this much I know: Köln liegt nicht in Ostdeutschland. Köln ist im Westen.

Wie kann das sein.

9

Es ist still. Ute schweigt. Sie sitzen auf der Balustrade eines Tempels, irgendeines, er kennt den Namen nicht. Unter ihnen erstreckt sich das Pagodenfeld von Old Bagan. Mitten in seinem Monolog war Ute aufgestanden. Hatte ihn aus dem Café geführt, zum nächsten Fahrradverleih. Er hatte nicht aufhören können zu sprechen. Während die Sätze aus ihm herausströmten, war er Ute gefolgt. War auf das Fahrrad aufgestiegen und neben ihr hergeschlingert, blicklos für den Weg, für die Bäume, Sträucher, Tempelruinen, die an ihnen vorüberzogen. Über zerrüttete Backsteinstufen war er ihr schließlich nachgeklettert, durch reliefbehauene Torbögen hindurch, an unbesehenen Statuen vorbei. Hatte sich auf der höchstgelegenen Terrasse dieses Tempels neben sie auf die Brüstung gesetzt, sich ihr zugewendet, bis auch sie kein Auge mehr für die Landschaft haben konnte. Bis sie ihn wieder ansah beim Zuhören.

Im Schweigen hört er den Nachhall seiner eigenen Stimme. Spürt kaum das Beißen der hoch stehenden Sonne in seinen Augen, die Wärme auf seiner Haut. Immer noch hört er Sines Worte aus seinem Mund. Hört, wie er es ausgesprochen hat, in ihrer Sprachmelodie. Köln. Ist im Westen. Wie kann das sein.

Etwas fällt von ihm ab.

Lass mich das klar kriegen, sagt Ute. Sie beugt sich nach vorn, den Blick auf ihn geheftet. Unter ihren Achselhöhlen kann er Schweißflecke erkennen, ihre Augen glänzen leicht fiebrig, das Antibiotikum scheint noch nicht zu wirken. Du kommst nicht aus dem Osten. Du bist, sagt sie und schüttelt den Kopf, ein Wessi, der sich als Ossi ausgegeben hat.

Niemand sonst: wir beide wissen warum.

Er bleibt stumm. Weicht Utes Blick nicht aus. Bewegt sich nicht. Versucht einen Moment lang, sich vorzustellen, wie sie ihn sehen muss. In was für einem Licht. Wie er ihr gegenübersitzt, den Oberkörper nach vorne geklappt, den Rücken versteift, die Finger gegen die Steinbrüstung gedrückt. Unter ihm die Ausgrabungen, die zerfallenden Tempelbauten, verdorrende Felder. Sein Kopf wieder so schwer. Zu schwer, um zu nicken.

Noch immer betrachtet Ute ihn. Studiert sein Gesicht, als könnte sie dort etwas finden. Schon wartet er auf die Beschimpfungen. Auf das Unverständnis. Die Vorwürfe. Hört bereits die Sätze, die sie ihm sagen wird. Was soll denn so was. Wie konntest du.

Aber Ute lacht. Die Belustigung blitzt plötzlich in ihren Augen auf, kräuselt ihr die Lippen. Dass das völlig absurd sei, ruft sie. Und wiederholt es wieder und wieder – ein Wessi als Ossi. Ein Wessi als Ossi, das kann doch, sagt sie, nicht sein. Du bist ja lustig.

Er antwortet nicht. Utes Lachen verwirrt ihn. Versperrt ihm den Zugang zu den Worten, die er hat loswerden wollen. Die er Sine nicht hat sagen können. An Ute hat er diese Worte erproben wollen. Wollte an ihren Fragen seine Antworten testen, sich wappnen an ihren Einwänden, ihren Gegenentwürfen. Wollte alles mit ihr durchgehen. Jetzt begreift er, dass das nicht geht. Er kann Sine nicht vergleichen. Kann nicht die schreiende, tobende, um sich schlagende Sine in Ute heraufbeschwören. Ihre Verletzung ist nicht wieder herstellbar. Shwenyaung lässt sich nicht nach Bagan holen, das muss er verstehen. Die Kreuzung und der Bus, diese Tempelterrasse und Ute – nichts passt zueinander. Also sagt er nichts. Wartet stattdessen auf Ute. Sie ist an der Reihe. Er muss bleiben und warten. Auf das, was sie als nächstes sagen wird. Er will diesmal nicht ausweichen. Das nimmt er sich vor.

Ich werde Dich nicht wieder verschweigen.

Ute rutscht auf der Mauer hin und her. Das Lachen hat ihren Körper belebt, ihre Wangen haben Farbe bekommen, ihre rotgefärbten Haarsträhnen schimmern im Sonnenlicht. Der Fieberschleier in ihren Augen hat sich gehoben, sie baumelt jetzt leicht mit den Beinen, bleibt in Bewegung. Dass sie erleichtert sei, erklärt sie, als sie wieder zu Atem kommt. Ich dachte, du hättest ihr etwas angetan, dieser Dänin. Sie vergewaltigt vielleicht. Du ahnst nicht, sagt sie, was ich in meinem Frauenhaus für Geschichten zu hören bekomme. Diese Schicksale von Frauen, die gefoltert werden, die man einsperrt, erniedrigt, quält. Man wird misstrauisch in diesem Beruf, das musst du verstehen.

Er beißt sich auf die Lippe. Will aufbegehren, jetzt schon. Ute nimmt ihn nicht ernst, das kann er sehen. Trotzdem schweigt er. Wartet auf die Fragen, die nun kommen müssen. Nach dem Wieso, dem Warum.

Doch Ute fragt nicht. Ihr Blick fliegt über die Ebene, sucht, so wirkt es, den nächsten Tempel, den sie besteigen können. Sie will sich von ihm nicht abbringen lassen. Will nicht hineingezogen werden in seine Gedanken. Sie ist hier, um die Bauten zu erkunden. Das hat sie ihm erzählt. Tempelräume will sie begehen, Wandmalereien in Höhlentempeln besuchen, glasierte Terrakotta-Tafeln betrachten, verwitternde Fresken, Ordinationshallen, abgestumpfte Buddhastatuen. Sie muss sich ablenken von der Arbeit daheim. Jedes Jahr macht sie das: sie sucht den Abstand zu den Fällen, die sie im Frauenhaus betreut. Die räumliche Entfernung zu ihrem Arbeitsplatz ist dabei unerlässlich. Sie war schon in Laos, Vietnam, Kambodscha. Anders, hat sie erklärt, ließe sich ihr Beruf nicht ertragen.

Dass das Militär die Leute gezwungen habe, ihre eigenen Häuser abzureißen, sagt Ute jetzt. Wusstest du das. Sie ist in ihrem Kopf schon weitergelaufen, hat ihn und seine Antworten hier sitzen lassen, während sie selbst gedanklich durch das Tempelfeld streift. Die Freilegung der Tempel wurde von der Regierung befohlen, die Bewohner per Brief aufgefordert, Bagan zu verlassen. Ein ganzer Ort wurde verpflanzt, wurde verschoben, von Old Bagan nach New Bagan. Weil das Militär es so wollte. Das Schlimme daran ist, sagt Ute und deutet auf die Aussicht, dass das Ergebnis so schön ist. Schau dir das an.

Er zwingt sich, den Kopf zu bewegen. Dreht sich von Ute weg, der Landschaft zu. Sie sitzen hoch, er kann bis zum Horizont sehen. Der Himmel ist klar. Grün-braun ziehen sich die Felder über die ganze Ebene. Wie riesige, tönerne Glocken ruhen die Tempelbauten auf der Erdfläche. Es müssen hunderte sein, er kann sie nicht zählen. In unregelmäßigen Ansammlungen drängen sie sich aneinander, stechen mit steil aufragenden Turmspitzen in die Höhe. Dass man sie zum Klingen bringen müsste, denkt er. Alle Tempel aufheben und nacheinander anschlagen. Was wäre das für eine Musik.

Das plötzliche Stechen in seinen Augäpfeln lässt ihn zusammenfahren. Mit der Drehung des Kopfes ist ihm das Sonnenlicht schräg in die Iris gefallen. Der Schmerz zuckt ihm bis in die Zehen. Ein Schnitt durch die Pupillen ist das. Ein Splittersprung. Er kann das Wasser nicht aufhalten, das ihm in die Augen schießt. Schnell beugt er sich vor, zerrt sich die Brille vom Nasenbein, schirmt mit den Händen sein Gesicht ab. An ein Buch muss er denken, das er gelesen hat. Einem Traumdeuter wurde dort zur Initiation eine Dolchschneide durch die Pupillen gezogen. Schon beim Lesen hat er gewusst, wie sich das anfühlen müsste: genau so.

Ute reagiert schnell. Sie steht auf, stellt sich hinter ihn. Greift seine Schultern, ohne ihn aus dem Gleichgewicht zu bringen. Holt ihn mit festem Handgriff von der Brüstung. Schiebt ihn die Stufen abwärts in eine lichtgeschützte Nische. Dass das die Wirkung des Antibiotikums sein müsse, sagt sie. Wer weiß, was dieser Arzt dir da gegeben hat. Wahrscheinlich ist das Zeug in Deutschland längst verboten.

Er schüttelt den Kopf. Krallt sich mit den Fingern in die Ziegelwand, bis er spürt, dass der Schmerz nachlässt. Will Ute sagen, dass es anders sein muss. Die Kopfschmerzen, die Übelkeit, die Lichtempfindlichkeit – all das muss zusammenhängen. Der Arzt hat es nur nicht benannt. Plötzlich spürt er Furcht aufsteigen. Diese Angst vor einer Krankheit. Begriffe fallen ihm ein. Netzhaut. Glaskörper. Ablösung, Riss.

Komm, sagt Ute, wir setzen uns. Sie führt ihn nach unten. Im Hauptraum des Tempels lassen sie sich auf den Boden nieder. Es ist kühl. Durch die durchbrochenen Fenster dringt kaum Helligkeit. Die Strahlen fangen sich in den feingliedrigen Terrakotta-Gittern, die sich über die Öffnungen ziehen. Nur wenige Besucher prozessieren durch das Dämmerlicht, an aufgebahrten Reliquien vorbei. Als unscharfe Silhouetten bewegen sie sich in den Farbklecksen, aus denen sich ihm das Bild zusammensetzt. Einen Augenblick lang glaubt er Jeff zu erkennen. Will sich schon wegducken, sich hinter Utes Rücken verbergen, aber dann beruhigen sich seine Augen und er erkennt den Unterschied. Das ist nicht Jeff. Ein anderer Amerikaner ist das, in ähnlicher Kleidung: in Turnschuhen, Jeans, T-Shirt, das Baseball-Cap tief ins fleischige Gesicht gezogen. Mit einer Taschenlampe leuchtet der die verdunkelten Nischen ab, sucht nach Wandmalereien, nach Fresken, nach was auch immer.

Seine Augen brennen. Er tastet nach seiner Brille. Greift dann stattdessen nach Utes Sonnenbrille, die sie ihm hinhält. Ihre Gläser sind unkorrigiert, Ute braucht keine Sehhilfe. Alles bleibt verschwommen, aber die Abdunklung tut ihm gut. Er kann spüren, wie sich sein Blick entspannt. Er sitzt hinter einer Wand aus getöntem Glas, nimmt nur noch wenige der Lichtreflexe wahr, die sich im Raum verteilen. Den wandernden Kegel der Taschenlampe. Den Widerschein auf der Schulter einer goldenen Buddhastatue, die im Einfallswinkel eines der Fenster steht. Das Blinken der Gabel, die sich um Utes Handgelenk windet. Langsam wird er ruhiger. Ute hat Recht. Das Antibiotikum hat ihn lichtscheu gemacht.

Du hast dir also irgendeine Vergangenheit erfunden. Ute sagt es leise, fast wispert sie es. Vielleicht will sie nicht, dass die anderen Besucher sie hören können. Vielleicht schüchtert der sakrale Raum sie ein. Oder: sie kann ihm nicht glauben. Er dreht sich ihr zu, atmet ein. *Es ist soweit …* Nein, sagt er, so war es nicht.

… wir nähern uns Dir.

Diese Vergangenheit existiert.
Es ist die Vergangenheit einer Person, die ich kenne.
Es ist die Vergangenheit meiner Freundin.

Das waren die Worte gewesen, bei denen Sine zu schreien begann. Sie war bis zu diesem Moment beinahe ruhig geblieben. Ihre Finger hatten seinen Pass umklammert. Hatten mit dem Nagel ihres Daumens eine Kerbe unter seinen Geburtsort gegraben. Schwankend war sie dort gestanden, zwischen den Wellen, den Dreiecken, die sie vorher mit den Zehenspitzen in den Straßenstaub gezeichnet hatte. Hatte ihn angestarrt. Ihn mit diesem Blick angesehen, während ihm die Erklärungen aus dem Mund stolperten. Fast hatte er geglaubt, dass sie verstehen würde. Dass sie begreifen konnte, wie er da hineingeraten war in diese Situation. Wie er auf dieser Bühne in Yangon eine Möglichkeit gesucht hatte, den Sinn der Versammlung zu verstehen. Wie er hatte prüfen wollen, wo der Lehrer politisch stand. Wie Sine selbst ihn dann weitergetrieben hatte, immer weiter, mit ihrer Begeisterung für seine scheinbare Herkunft, seine Vergangenheit, für die DDR. Die nächtliche Fahrt im Pick-up von Meiktila fiel ihm ein, während er immer noch auf sie einredete, redete und dabei nicht wusste, was er sagen sollte. Das Gespräch mit Toby in Bago. Der erste Abend in Yangon, als er sie bei sich halten wollte, als er nichts weiter wollte als das: die Neugier, das Interesse in ihren Augen nicht enttäuschen. *I don't forget my past.* So viele Augenblicke.

Er hatte sehen können, was sie sah. Dieser Fremde, der ihr gegenüberstand. Der sich verhaspelte, der schwitzte, nach Begriffen rang, die doch nichts erklärten. Ein Mann, von dem sie plötzlich nicht mehr wusste, wer er war. Einer, der alles sein konnte. Oder: niemand. Es gab nichts, woran sie sich festhalten konnte, keine gemeinsame Erinnerung. Entkleidet musste er ihr scheinen, leer. Sie zog sich zurück von ihm, das hatte er spüren können. Während sie dort stehen blieb, zog sich alles in ihr von ihm weg, er konnte es nicht halten.

Als er auf sie hatte zutreten wollen, ihr nachlaufen, obwohl sie doch immer noch vor ihm stand, als er sie bei ihren Schultern packen, sie an sich drücken wollte, wich sie zurück. Ihr Gesicht veränderte sich. Er konnte zusehen, wie es erlahmte. Wie alles an ihr leblos wurde. An Totenmasken musste er denken. An die hässlichsten der Buddhastatuen, die sie in manchen Tempeln gesehen hatten: missglückte Skulpturen waren das, von Affen bewohnt. Mit entleertem Blick stierten die Figuren in die Ferne, ihre dunklen Augen Löcher in der kalkweißen Haut.

Sine war ihm plötzlich ebenso fremd gewesen wie er ihr.

Und diese Vergangenheit: die hast du dir ausgedacht.

Sie fragte es spät. Er hatte sich bereits müde gesprochen, hatte sich verheddert in seinen Sätzen, in dem unkontrollierten Durcheinander seiner gestammelten Worte. Hatte schon begriffen, dass er nicht zu ihr durchdringen konnte, dass nichts sie erreichte. Hatte begonnen, hin und her zu laufen beim Sprechen, war um sie herumgeirrt, als könnte er sie so wiederfinden. Fast hatte er sich vor ihr auf den Asphalt werfen wollen, in eines dieser staubigen Dreiecke hinein. Gib mir eine Chance, wollte er rufen, lass uns einen neuen, einen anderen Anfang versuchen. Und da fragte sie es. Sie sagte es stockend, als hätte sie verlernt, zu sprechen. Diese Vergangenheit, sagte sie, die hast du dir ausgedacht. This past – you made it up.

Da, endlich, sprach ich von Dir.

Bei seiner Antwort zuckte sie zusammen, er konnte sehen, wie der Zorn in ihrem Körper einschlug. Während sie auf ihn einbrüllte, während sie Flüche ausstieß, Beschimpfungen, senkte er den Kopf. Bewegte sich nicht, lief nicht mehr, wehrte sich nicht, als sie auf seinen Brustkorb einhämmerte. Blieb still, sagte nichts, *warum nicht*, auch nicht, als ihr Stimme und Sprache wegkippten und sie kreischend dänische und englische Begriffe durcheinanderzuschleudern begann. Aus den Augenwinkeln nahm er die Burmesen wahr, die mit ihnen auf den Bus warteten. Die sich flüsternd aneinander drängten, in ihre Richtung sahen, nicht wussten, was zu tun war.

Dann der Bus, der um die Ecke brach wie ein Fluchtwagen. Sine, die ihn zur Seite stieß, die hinter den einsteigenden Burmesen auf das Trittbrett sprang. Der Schrecken, mit dem er begriff, dass sie ging. Dass sie ihn nicht mitkommen lassen würde. Dass er noch keine Telefonnummer von ihr kannte, keine e-mail-Adresse, all diese Dinge, die ihnen hier, gemeinsam im netzlosen Land, nichts genutzt hätten. Er weiß, dass er ihr nachhechtete, dass er sich an sie hängte, ihre Beine umklammerte, mit denen sie nach ihm trat. Wie sie den Busfahrer zu Hilfe rief. Wie der sich von seinem Lenkrad herüberbeugte und prüfend auf ihn heruntersah. Wie er dann einfach anfuhr, die Türen schloß, die ihm die Hände quetschten, bis er, rennend, loslassen musste. Wie er schließlich betäubt im aufwirbelnden Sandstaub stehen blieb, den Bus an sich vorüberziehen sah, die Aufreihung der Gesichter hinter den Fensterscheiben, die sich nach ihm verdrehten, bis der Bus am Ende der Straße in einer Biegung verschwand. Wie er dann dort stand, noch immer Sines Schreie im Ohr, überlagert von seiner eigenen Stimme, die er sagen hörte, wieder und wieder: es ist die Vergangenheit meiner Freundin.

Ute sieht ihn an. Hinter den getönten Gläsern der Sonnenbrille kann er sie nicht richtig erkennen. Das Aufleuchten der Buddhastatue in ihrem Rücken schwächt Utes Anblick. Sie ist zu unscharf, zu dunkel. Er kann ihren Ausdruck nicht deuten. Sie atmet ein, dann lange nicht aus. Plötzlich ist er froh, dass sie seine Augen nicht sieht.

Er schweigt, bewegt sich nicht. Weiß, dass er noch etwas sagen müsste. Dass er zumindest den Kopf senken müsste, sich angleichen an die Büßerposen, die man von Heiligenbildern kennt, von Bettafeln auf Kalvarienbergen, von Kreuzwegen in katholischen Kirchenschiffen. Stattdessen lehnt er lässig mit dem Rücken an der Wand. Hat die Beine von sich gestreckt, als säße er am Lagerfeuer. Als genösse er die Situation. Er versucht, sein Gewicht zu verlagern. Will irgendetwas an seiner Haltung verändern. Will die Beine heranziehen, den Rücken krümmen, seine Stirn auf den Handgelenken ablegen. Aber sein Körper gehorcht ihm nicht. Alles in ihm ist still geworden.

Wie sich das angefühlt habe, fragt Ute. Sie spricht leise mit ihm, fast sanft. Die Ruhe in ihrer Stimme trifft ihn. Mit Vorwürfen hat er gerechnet, mit weiblichem Schulterschluss. Aber Ute, so scheint es, verurteilt ihn nicht. Stattdessen fragt sie. Wie er sich mit der Vergangenheit seiner Freundin gefühlt habe, will sie wissen. Wie war es, sie zu sein.

Er spürt die Verkrampfung in seinem Körper, kann seine Reaktion nicht unterdrücken. Wendet sich dennoch nicht ab, rührt sich nicht. Wischt die Tränen nicht weg, die ihm schließlich über das Gesicht laufen, als er sagt: »Gut.«

Als würde es Dich noch geben. Als hätte ich die Macht, Dich wiederzuerwecken.

Ute nickt. Sie sieht ihn nicht an, blickt stattdessen in den Raum hinein, auf die hoch aufsteigenden Wände. Vielleicht bemerkt sie deshalb seine Tränen nicht, vielleicht hört sie deswegen nicht auf. Oder anders: vielleicht weiß sie um seine Traurigkeit und macht aus diesem Grund weiter.

Ob die Freundin dann im Westen wirklich Architektin geworden sei, fragt sie. Habe sie das Abitur nachmachen können, habe sie einen Studienplatz bekommen. Und: habe sie dieses Haus je gebaut, das mit den Fluren.

Er schüttelt den Kopf. Kann nicht fassen, dass Ute ihn das jetzt fragt. Während Sine zwei ganze Wochen lang nicht nachgehakt hat an diesem Punkt. Sie wollte nie wissen, ob er wirklich Architekt war, ob er dieses Studium tatsächlich begonnen hatte, später. Sie hatte es einfach angenommen.

Die Freundin habe, sagt er Ute, sich später für ein anderes Studium entschieden. Mit den Räumen hätte das zu tun gehabt. Es war, sagt er, als hätte die Flucht ihr etwas ausgetrieben. Als hätte die Fahrt in dem Kofferraum mit der Klaustrophobie zugleich auch ihre Faszination für dieses Thema zum Erliegen gebracht. Wobei – hier holte er Luft – sie sich dennoch treu geblieben sei, auf ihre Weise. Sie habe Räume entstehen lassen, habe belebte Räume in Szene gesetzt, Bühnenräume. Denn das sei sie schließlich geworden: Regisseurin.

In einer Deiner Inszenierungen gab es ein Bühnenbild, das nur aus Treppenfluchten bestand. Die Schauspieler irrten über Aufgänge, abwärts, aufwärts, über Kaskaden von Stu-

fen. Die Kritiker haben das nicht verstanden. Ich aber wusste: das war Dein Haus.

Warum ist sie nicht mitgefahren, die Regisseurin, fragt Ute jetzt. Sie beugt sich ihm nun wieder zu, sieht neugierig aus. Warum, sagt sie, ist deine Freundin nicht mit dir hier in Burma. Warum ist sie nicht da. Sie sollte bei dir sein, dann hättest du sie dir nicht heraufbeschwören müssen.

Er öffnet den Mund. Sucht mit den Augen den Ausgang aus diesem Tempel. Will sich wegdrehen, aufstehen. Will Ute hier zurücklassen. Sich erheben, gehen, *wohin,* sich nicht mehr aussetzen, sich zurückziehen, anderswo sein, *wo nur,* endlich schlafen, vergessen. Nicht antworten müssen. Nicht reden.

Er stockt. Wartet. Horcht. Als müsste ein anderer reden. Als wäre der, der jetzt sprechen sollte, nicht er selbst. Als hätte er das Stichwort gegeben, das den Monolog einer anderen Figur auslösen müsste. Eines Darstellers, der nicht er ist. Der alles erklärt. Und er selbst könnte abgehen. Könnte zuhören von der Hinterbühne aus. Könnte lauschen auf die Worte, die jetzt fallen müssten.

Aber niemand spricht. Ute sitzt neben ihm, sieht ihn abwartend an. Hinter ihr hat sich der Raum geleert. Die Sonne ist tiefer gewandert, das Licht fängt sich schon an höheren Stellen. Streift nur noch den Scheitel der Buddhastatue in Utes Rücken und wirft einen gebrochenen Schatten gegen die Wand.

Noch immer kann ich es nicht aussprechen.

Sie konnte, sagt er, nicht kommen.

Wie falsch das klingt.

Er schüttelt den Kopf. Als könnte er etwas abwehren. Er wisse nicht, sagt er schließlich, wie ihm alles so habe entgleiten können. *Warum sage ich es nicht.* Es sei ihm, fährt er fort und legt dabei Nachdruck in seine Stimme, unerklärbar. Er habe Sine sogar von seiner Freundin erzählt. Habe nur keine Verknüpfung hergestellt. Ihr nicht gesagt, wer sie sei. Ihr, natürlich, nicht erzählt, wessen Erinnerung er da als seine ausgebe. In welcher Beziehung sie zu ihm stünde. Sine wusste nur, sagt er, dass ich wegen ihr hier bin. Wegen ihrer Bilder. Diese Bilder, die sie, *Du*, die Regisseurin, vor gut einem Jahr in Burma gemacht hat.

So viele Worte. Und immer noch nichts gesagt.

Was für Bilder, sagt Ute.

Deine Bilder. Die Bilder, die in seinem Rucksack liegen, immer noch. Die er im Bergdorf abgeben muss. Er hat sie aus den Augen verloren, als er begann, Sine zu suchen. Jetzt fallen sie ihm wieder ein. Er kann sie vor sich sehen. Diese Bilder, die er zu Hause so oft betrachtet hat. Die er in den Händen gedreht hat, endlos, bis er wusste, was er zu tun hatte: hierher kommen. Mister Khin finden, mit ihm in das Bergdorf aufsteigen. *Wie konnte ich das vergessen.*

Ute seufzt. Er strengt sie an, auf einmal kann er es sehen. Behutsam nimmt er die Sonnenbrille ab und hält sie ihr hin. Setzt sich seine eigene Brille wieder auf. Erkennt erst jetzt die Fieberflecken auf Utes Wangen, den Schweißfilm auf ihrem Gesicht. Selbst ihre roten Haarsträhnen scheinen an

Glanz verloren zu haben. Dass sie gehen sollten, sagt er Ute. Du solltest dich, sagt er, hinlegen. Und ich muss allein sein, glaube ich. Mir wird da gerade etwas klar.

Den Tempel verlassen sie schweigend. Sie müssen länger hier drin gewesen sein, als er dachte. Im späten Nachmittagslicht sind die Farben warm geworden. Der Schatten des Tempels zieht sich schon in die Länge, verliert sich in den Zweigen angrenzender Büsche. Auf dem Vorplatz ist niemand mehr zu sehen. Keine Besucher, keine Händler. Nur ein einzelner Mönch fegt mit einem Reisigbesen über den fest gestampften Boden. Das Scharren und Kratzen der Zweigspitzen ist das einzige Geräusch.

Du hast Recht, sagt Ute. Ich muss zurück ins Guesthouse, in unser Lazarett. Die anderen warten da sicher auf mich. Er nickt. Bückt sich nicht, um sein Fahrrad loszusperren. Wartet stattdessen ab. Wie Ute schweigend in den Taschen ihrer Dreiviertelhose nach zerknüllten Taschentüchern gräbt. Wie sie hustet, sich mit dem weit geschnittenen Oberärmel ihres T-Shirts den Schweiß von der Stirn zu wischen versucht. Wie sie auf das Fahrrad steigt, mit ihren Fußballen das Gleichgewicht haltend. Er streckt Ute die Hand hin. Dass sie es gut machen solle, sagt er. Und: danke.

Ute lächelt. Hey, sagt sie, schon okay. Ich hoffe, du kommst klar. Aber – vergiss die Dänin, vergiss Sine, da hast du verspielt. Ich glaube ja fast: es ging gar nicht um sie. Ein Ausrutscher war das, so was passiert. Du liebst deine Freundin, das kann man dir ansehen. Fahr nach Hause. Klär das mit ihr.

Als wäre das möglich.

Er sieht Ute zu, die sich in Bewegung setzt. Hat die Hände in seine Hosentaschen geschoben, winkt nicht. Kurz bevor Ute in einen Feldweg einbiegt, dreht sie sich nach ihm um. Ruft ihm über die Schulter etwas zu, das er erst versteht, als sie leicht abbremst, um es zu wiederholen: dein Name, ruft sie, dein Name war aber richtig. Er nickt. Und du kommst aus Köln, wohnst aber wirklich in Berlin. Wieder nickt er. Aber was, will sie rufend wissen, was ist dein echter Beruf.

Er will es nicht sagen. Hört schon vorher, wie das Wort klingen muss, wenn er es jetzt ausspricht, in diesem Zusammenhang, mit dieser Geschichte. Sagt es dann doch. Sagt es leise, gegen die Windrichtung, während er sich abwendet und hofft, dass sie es nicht hören kann.

Schauspieler.

Er nimmt einen anderen Weg zurück. Versucht sich an der Anordnung der Tempel zu orientieren, an der ungefähren Aufgliederung der Gebäude. Er fährt langsam, will das Gegenlicht vermeiden, die direkte Einstrahlung der Sonne in sein Gesicht. Noch immer brennen seine Augen. Er hält den Kopf gesenkt, beschirmt mit dem Stirnschatten seinen Blick, folgt den Fahrrillen anderer Räder, den sich kreuzenden Linien im Sand.

Am Sockel einer Pagode hält er an. Eine Menschenmenge hat sich dort gesammelt, staut sich an steil nach oben gezogenen Außenstufen. Sie führen hinauf bis zu einer Plattform, auf der das Kuppelgewölbe der Stupa aufsetzt. Flache, weiße Steinblöcke umranden das Plateau wie zu Burgzinnen ummodellierte Grabsteine. Ein paar der Besucher sind auf die Steinscheitel geklettert, halten ihre nackten Fußsohlen in die Luft, nesteln ihre Fotoapparate im Schoß. Sie warten auf das Bild, das sie aus ihren Reisebüchern und von Fotobänden kennen: den hinter den Tempelruinen in den Fluss stürzenden, untergehenden Sonnenball.

Er lehnt sein Fahrrad an einen vereinzelten Baum auf dem Vorplatz. Reiht sich ein in die langsam vorrückende Warteschlange. Lässt kurz seinen Blick schweifen, prüft die Anwesenden auf Ähnlichkeiten mit Sine, mit Ute, mit Jeff. Streift, als er keinen von ihnen entdeckt, die Sandalen ab und legt sie in einen der bereitgestellten Bastkörbe. Zieht sich am abblätternden Stahlgeländer über die rötlichen Backsteinstufen bis zur nächsten Ebene. Widersteht dem Impuls, sich nach vorne fallen zu lassen, mit den Händen in die Stufen zu greifen, sich dem Aussichtspunkt auf allen vieren kriechend zu nähern.

Auf der Schattenseite setzt er sich an den Rand. Achtet darauf, seine Augen von der Sonne abzuwenden. Schottet sich ab gegen die Schritte der anderen Besucher in seinem Rücken. Gegen das Klicken der Fotoapparate, die verzückten Ausrufe beim Anblick des Horizonts. Die Ellbogen stützt er auf die Knie, den Kopf in die Hände. Dass man höher hinaufmüsste, denkt er. Man sollte weiter emporklimmen, sich loslösen vom Boden. Denn die Tempel auf der Fläche vor ihm bilden sicher ein Muster, eine sinnvolle Struktur. Wie bei plötzlich auftretenden Kornkreisen in deutschen Maisfeldern, die, aus dem Hubschrauber betrachtet, ein bestimmtes Raster ergeben. Wenn man aufsteigen könnte, denkt er, könnte man diesen Zusammenhang erkennen. Man könnte die Dinge enträtseln.

Ich muss für uns ein Ende finden. Das würdest Du, wenn Du davon erfahren könntest, verstehen.

Die Kalkulation, die er aufstellt, ist knapp. Er rechnet: Schon der Aufenthalt am Inle See war zu lang. Er hatte die Abreise ins Bergdorf verschoben, wieder und wieder. Hatte Sine glauben lassen, dass noch Zeit wäre, dass sie vorher noch nach

Hsipaw reisen könnten, nach Pyin Oo Lwin, anderswohin. Eine Furcht hatte ihn dazu getrieben: dass sich Sine, wenn sie ihr Ziel erreicht hätten, wenn sie gemeinsam im Bergdorf gewesen wären, danach von ihm verabschieden könnte. Er hatte sie festhalten wollen, wollte diese gemeinsame Reise dehnen, hatte gehofft, dass sie weiter reisen würden, nie irgendwo ankommen, nirgends. Später hat er in Mandalay, auf der Suche nach Sine, noch mehr Zeit verloren. Die Fahrt nach Bagan hat ihn vom Weg abgebracht. Jetzt muss er, wenn er innerhalb der begrenzten Aufenthaltsgenehmigung noch zum Bergdorf gelangen will, ein Auto mieten. Besser: einen Wagen mit Fahrer. Dann ist es möglich. Er wird sich zusammenreißen müssen. Nicht mehr an Sine denken, bis er die Bilder der Regisseurin abgegeben hat. Die Tabletten des Arztes schlucken. Es dorthin schaffen.

Er versucht, sich zu strukturieren. Sich Dinge ins Gedächtnis zu rufen, die er weiß. Wie der Ort heißt, an den er fahren muss. Wo er absteigen soll. *Du hattest mir ein Guesthouse empfohlen, daran müsste ich mich erinnern.* Wie er Mister Khin findet, den Bergführer, der ihn zu diesem Dorf bringen kann. *Du hast mir das alles erzählt.* Es gab da einen Plan.

Ich müsste, hast Du mir gesagt, zu Mister Khin. Das sei das Wichtigste: dass ich – wenn ich je hinführe, in jenen Ort, von dem aus man zum Bergdorf aufsteigen kann – Mister Khin fände. Denn es gebe dort andere, staatlich kontrollierte Bergführer. Wer weiß, sagtest Du mir, wo die dich hinbringen. Schon die Wahl des Guesthouses im Ort sei wichtig. Dass es nicht dem Staat gehöre. Auch nicht den kooperierenden Chinesen. Dafür, sagtest Du, müsse ich ein paar Unannehmlichkeiten in Kauf nehmen. Die Bettwanzen, die zerfressene Matratze. Die Ratten im Flur. Das Ausfallen des Lichts.

Der Freund, der ihn angesehen hatte, einen ganzen Abend lang. Der den Kopf geschüttelt hatte, wieder und wieder. Ihm Rotwein nachgegossen. In dieser Küche, an diesem Tisch aus deutschem Eichenholz, während er selbst redete. Redete und nicht aufhörte damit. Bis der Freund, irgendwann müde geworden, sagte: dann mach.

Er wird in das Bergdorf gehen. Endlich weiß er es wieder. In New Bagan wird er sich einen Fahrer suchen, der ihn zum Ausgangspunkt bringen kann. Das kann so schwer nicht sein. Es muss reiche Burmesen geben, Emporkömmlinge, Staatsfreunde, Autobesitzer. Er wird gut zahlen, sie werden ihn gerne chauffieren. Wenn er die Geschwindigkeit dieses Landes einrechnet, die brüchigen Wege, diese Verlangsamung der Zeit, dann kann er innerhalb von zwei Tagen in dem Ort sein, in dem er den Mister Khin finden muss. Der Aufstieg zum Dorf wäre dann, *sagtest Du,* in zwei Tagen machbar. Für die Übergabe der Bilder – *an den Dorfältesten, sagtest Du: immer alles an ihn* – blieben zwei weitere Tage Zeit. Dann der Abstieg, eine Zwischenübernachtung, schließlich die Rückkehr auf den staatlich vorgesehenen Rundwanderweg: über Mandalay zurück nach Bago, nach Yangon. Oder andersherum: über Bagan nach Pyay, nach Yangon. Er muss sich zusammennehmen bis dorthin. Bis zum Abflug vom Mingaladon Airport. Muss die Symptome seines Körpers unterdrücken, bis er in Berlin die Praxis seines Hausarztes betreten kann. Bis der ihn einweisen kann, in die Klinik, ins Tropeninstitut, wohin auch immer. Oder ihm sagen, dass alles in Ordnung ist.

Er muss bei sich bleiben. Sich nicht mehr ablenken lassen von dem, was er eigentlich vorhatte. Muss beschließen, Sine zu ignorieren, selbst wenn er ihr noch einmal über den Weg liefe. So könnte es, denkt er, funktionieren. Alles andere wird er später entscheiden.

Die Nüchternheit der Planung tut ihm gut. Sie beruhigt sein Denken, seine Atmung, seinen ganzen Körper. Endlich ist er wieder bei sich, ist nicht außerhalb, denkt nicht Sine hinterher, ihren Schritten, ihren Entscheidungen, ihren möglichen Gedankensprüngen. Etwas daran ist erleichternd.

Wenn ich sie so einfach loslassen kann: warum dann nicht Dich.

Er reckt sich. Spürt, wie das Dämmerlicht seine Augen entlastet. Hinter der Kugelhälfte der Stupa beginnt die Sonne zu verblassen. Er steht auf, biegt in das ausbleichende Licht. Stellt sich hinter die Rücken der aufgereihten Besucher. Nur wenige von ihnen sprechen miteinander. Sie reden jetzt leise, beinahe ehrfürchtig. Als wohnten sie dem Anfang eines Rituals bei.

Vom Fluss sieht er den Nebel aufsteigen. Er greift nach oben, umstrickt den Sonnenball mit einem feinseidigen Kokon. Während die Ebene sich verdunkelt, sich die Tempelruinen in zweidimensionale Schemen verwandeln, spinnt der Fluss Fäden, an denen er die Sonne zu sich zieht. Erstickt ihr Licht in einem Netz aus verdunstenden Wassertropfen. Holt sie zu sich, in einer gleichmäßigen, fast knisternden Bewegung. An das Versinken eines fehlgetretenen Pferdes im Moor muss er bei dem Anblick denken. An die letzten, schon wehrlos ergebenen Momente eines Tieres in Treibsand. Oder: an den Verdauungsprozess einer Fleisch fressenden Pflanze, der der erschlaffende Fang noch zwischen den Zähnen hängt. Dass man so ein Bild nie festhalten können wird, denkt er im Rhythmus der hektisch klickenden Fotoapparate vor ihm. So ein Vorgang widersetzt sich dem Stillstand, lässt sich nicht einfangen mit Videokameras, mit Fotoobjektiven. So etwas kann man nicht wiederherstellen. Auch auf der Bühne nicht. Nicht mit Gassenlicht, mit Top-Strahlern, mit Hebebühnen – manches lässt sich nicht abbilden. Die Regisseurin hat das, denkt er, nie begriffen.

Vor ihm hat sich ein Mönch auf den Zinnen drapiert. Er ist noch sehr jung, beinahe ein Kind. Die Touristen schieben ihm Geldscheine zu, Kugelschreiber, Kaugummi. Bitten ihn, so sitzen zu bleiben, genau so. Sie wollen ihn als Vordergrund für ihre Aufnahmen. Wollen das Motiv. Das Safranrot seines Gewandes vor der Tempellandschaft. Seinen schmächtigen Körper. Die Traurigkeit in seinen – seht nur – so melancholischen Augen.

Er beobachtet den Mönch. Die flinken Bewegungen, mit denen er nach den Geschenken greift. Sie unter den Stoff seiner Kleidung schiebt. Sie dort versenkt in verborgenen Taschen, in eingenähten Stoffschlaufen. Wie er sich den Fotolinsen entgegendreht, routiniert über die Schulter blickt, die Unterlippe vorschiebt, bis er beinahe trotzig wirkt: ein Mönchsmodel beim Foto-Shooting.

Fast will er applaudieren. Will dem jungen Mönch zuzwinkern, ihn wissen lassen, dass er versteht, was der da tut. Dass er weiß, dass das hier eine gut einstudierte Abendvorstellung ist, ein regelmäßiger Auftritt im Spielplan. Für die Touristen, die sich glücklich preisen, dass heute, ausgerechnet heute, so ein gedankenverlorener Mönch neben ihnen auf der Pagode sitzt. Aber er sagt nichts. Nimmt keinen Kontakt auf. Stattdessen bleibt er stehen. Stellt sich vor, wie der Mönch später im Kloster seine Beute verteilt, heimlich, nachdem das Licht gelöscht wurde, damit es keiner der älteren Mönche bemerkt. Wie er im Dunkeln die Stifte und

Bonbons auf seiner Schlafmatte auslegt und seine Freunde danach tasten lässt.

Als die Sonne verschwunden ist, kommt Bewegung in die Besucher. Alle wollen sie gleichzeitig aufbrechen, wollen zu ihren Fahrrädern gelangen, zu ihrem Bus, in ihre Hotels, ihre Guesthouses, zum Essen, in ihre Betten. Rufend und lachend klettern sie von den Steinen herunter, stoßen und schieben, hangeln sich abwärts über die steilen Stufen, treten einander auf die Halt suchenden Hände, rutschen dann fluchend und schimpfend hinunter bis zum Boden.

Er wartet, bis die letzten von ihnen verschwunden sind. Bis auch der Kindmönch sich aus seiner Pose löst, sich mit einem Seitenblick an ihm vorüberdrängt und leichtfüßig über die Treppe abwärts springt. Bis das Aufklatschen seiner nackten Fußsohlen auf dem Stein verklungen ist.

Jetzt ist die Dunkelheit vollkommen.

In dieser Nacht schläft er zum ersten Mal wieder durch. Kann sich beim Aufwachen an keinen Traum erinnern und ist froh darüber. Der Druck im Kopf, im Magen hat noch immer nicht nachgelassen. Er schluckt, bevor er losgeht, bevor er die Tür des Bungalows hinter sich zuzieht, schnell die Tabletten des Arztes, 2 x 2 x 1.

Den Rucksack hat er noch am Abend bereitgestellt. Hat zum ersten Mal seit Kin Pun die Bilder der Regisseurin wieder hervorgeholt. Die in Plastikhülle eingeschlagenen, ineinander gewendeten Bildansichten, deren Rückseiten noch immer nach oben gekehrt sind, *why are you here*. Seine Finger über der Hülle, wie sie am Plastik entlangstrichen. Er konnte sich nicht dazu bringen, diese Hülle zu öffnen. Konnte sich nicht überreden, nach den Abzügen zu greifen, sie hervorzuziehen, sie auszulegen auf dem Bett, auf dem Tisch, dem Boden, bis er auch jene Bilder hätte betrachten müssen, die er vor Sine, vor sich, verbergen hatte wollen. Stattdessen steckte er den Bildstapel in die Seitentasche der Jacke, die er jetzt trägt. Und achtet bei jedem Schritt, jeder Bewegung des Oberkörpers darauf, sie nicht zu knicken.

Mit Hilfe des Guesthouse-Betreibers fand er sich einen Fahrer für den heutigen Tag, einen hoch gewachsenen Mann mit weiß gestärktem Hemd, das am Bund in den braun-karierten Longyi hineingefaltet ist. Die Füße stecken in teuren Rambo-Slippern, die Haare sind kurz geschorenen, mit ausrasiertem Zirkel im Nacken. Im Gesicht eine geschliffene Sonnenbrille, am Handgelenk eine zu große, goldene Uhr. Lässig lehnt der jetzt an der Terrassenbrüstung. Schwenkt den Autoschlüssel an einem Kettchen durch die Luft. Nimmt ihm den Rucksack nicht ab, begrüßt ihn nicht.

Ein anderer sitzt schon auf dem Beifahrersitz. Hat sich ausgebreitet, grinst ihn durch das heruntergekurbelte Seitenfenster an. Er will kurz protestieren. Wer ist das, will er sagen, das war nicht abgesprochen. Ich habe diese Fahrt bezahlt, will er sagen, für die hundert Dollar, die ich Euch gebe, bekäme ich in diesem Land ein Privatflugzeug. Aber dann schweigt er. Wirft seinen Rucksack in den Kofferraum, setzt sich auf die Rückbank. Verschränkt die Arme, lehnt sich zurück.

Sie fahren langsam, halten oft. Immer wieder lässt der Fahrer den Motor aufheulen, will eine Geschwindigkeit vortäuschen, die auf diesen zerberstenden, aufplatzenden Straßen nicht möglich ist.

Das Motorengeräusch vermischt sich mit seinen Gedanken, mit der Kraft, die er aufbringen muss, um dieses Gefühl von Eile zu unterdrücken, von Hast: *schneller, schneller, vielleicht halte ich nicht mehr durch, vielleicht verlässt Mis-*

ter Khin gerade den Ort, dann erwische ich ihn nicht mehr, was dann. Vom Rücksitz aus kann er den Tachometer nicht erkennen, will ihn fixieren, aber bald begreift er, dass ihm der Blick auf die km/h-Nadel nichts bringt. Er weiß, dass sie ihn anlügen, wenn sie behaupten, dass man heute Abend ankommen werde. Hat gelernt, den Zeitangaben, den Einschätzungen von Geschwindigkeit in diesem Land zu misstrauen, sie sich zu verdoppeln, automatisch, so, wie er auf Märkten den vorgeschlagenen Kaufpreis halbiert. Zwei Tage müsse man rechnen, hat ihm der Rezeptionist im Guesthouse gesagt, als er ihn um eine ehrliche Einschätzung gebeten hat. Zwei Tage in diesem Auto, einem Auslaufmodell von Subaru, zwischen den Ausdünstungen der Männer vor ihm, ihren schweren Gerüchen nach Aftershave und Schweiß. Betelnuss haben sie angefangen zu kauen. Als der Beifahrer sich umdreht, ihm etwas davon hinhält, hält er sich den Magen, schüttelt den Kopf.

Er kauert auf seinem Sitz, versucht, sich auf die vorüberziehende Landschaft zu konzentrieren, nicht auf die Vorwürfe zu hören, die plötzlich in seinem Kopf Gestalt annehmen, *wie konnte mir das passieren, wie konnte ich so abkommen vom Weg.* Sandige Ebenen betrachtet er, langsam ansteigende Talausläufer. Sieht Feldarbeiter, Bauern mit schwankenden Wasserbüffeln, Kinder, die, knietief in Tümpeln stehend, die Entengrütze beiseite räumen und sich das Schlammwasser aus der hohlen Hand in den Mund gießen. *Was, wenn ich es nicht mehr schaffe, wie könnte ich dann zurückkehren zu Dir.* Ein Schnabeltier glaubt er im Vorüberfahren am Straßenrand sitzen zu sehen. Und erinnert sich – *nicht an sie denken!* – an den englischen Begriff, den Sine ihm lachend beigebracht hat, als er ihr von seiner Faszination für diese australischen Tiere erzählte: platypus.

Irgendwann verliert er sein Gefühl für die Zeit. Während vor dem Fenster ein gleichmäßiger Regen einsetzt, rauschen die Eindrücke durch seinen Kopf, *schneller, schneller,* besetzen seine Nervenbahnen, seinen gesamten Organismus. Ein Gefühl ist das, denkt er, als würde er schlafen und wäre gleichzeitig hochkonzentriert – ein komplexer Informationsfluss auf eigener Frequenz. Wie Text lernen ist das, denkt er, oder: wie Lesen. Als es irgendwann dunkel wird, als draußen in den Hütten, in den Vorgärten, schon Lampen und von nassem Holz aufqualmende Feuer entzündet werden, ist er fast überrascht.

Sie erreichen den Ort schon am nächsten Morgen. Sind die ganze Nacht durchgefahren. Haben nur kurz zum Essen pausiert. Blieben dann einmal gegen Mitternacht, grundlos scheinbar, auf einem aufgeweichten Waldweg stehen. Alles in ihm spannte sich an in diesem Moment. Er sah Fahrer und Beifahrer aussteigen, sah sie sich auf ihn zu bewegen, einer von links, einer von rechts. Wartete darauf, dass sie die Türen zum Rücksitz aufreißen würden, ihn aus dem Wagen zerren, ihn zu Boden treten, hinein in den Matsch, ihn in die Magengrube prügeln, bis er wehrlos genug wäre, um sich seine Wertsachen abnehmen zu lassen. Bis sie wieder einsteigen würden, hohnlachend, und mit abgeblendeten Scheinwerfern und unleserlichem Nummernschild in der Dunkelheit verschwänden. Schon tastete er mit der einen Hand nach harten Gegenständen, mit denen er sich schützen könnte – ein Schlüssel, irgendein Metallstück in der geballten Faust –, schon fuhr seine andere Hand über das Innenfutter seiner Jackentasche, die Bilder, die Bilder, aber da drehten die Männer sich seitwärts ab. Zwischen den gleichmäßig auf das Autodach trommelnden Regentropfen erkannte er das Plätschern, mit dem ihre Pissestrahlen auf dem Boden aufschlugen.

Zum chinesisch geführten Guesthouse wollen sie ihn jetzt bringen. Es gäbe, sagen sie, nur drei Möglichkeiten, in diesem Ort zu übernachten, der Chinese sei davon die bessere. Dass er darauf besteht, im anderen Guesthouse abgesetzt zu werden, können sie nicht verstehen. Sie sehen sich an, der Beifahrer schnalzt mit der Zunge. Aber sie fahren ihn, halten direkt vor der Tür, winken ihm sogar, grinsen ihm zu, als sie wenden, als sie mit durchdrehenden Reifen durch eine Pfütze fahren, die ihn von oben bis unten mit Schlammspritzern besprengt.

Nach Mister Khin fragt er schon, bevor er durch die Tür tritt, ruft dessen Namen beinahe von außerhalb des Hauses, noch bevor er sich vorstellt, sich nach einem freien Zimmer erkundigt. Do you know him, is he in town. »Yes«, sagt ihm der Mann, der aus einem dunklen Hinterzimmer getreten ist, der ihn prüfend betrachtet, »yes, he is, but what do you want.«

Alles, was ich will, ist: dass es aufhört, endlich.

Das Haus, das Mister Khin gehören soll und das er in einer Nebenstraße findet, ist klein. Wie ein Flickenteppich sieht es aus, ein Durcheinander aus Materialien: Ziegel, Plastik, Holz, Schilf fügen sich an den Wänden zu einem mühsam vernähten Muster. Er eilt darauf zu, die Müdigkeit der langen Fahrt wie weggeblasen, *ist er da, ist er da*, er kann keine Klingel entdecken, klopft stattdessen mit den Fingerknöcheln auf dem Türholz herum, bis sich aus der angrenzenden Hütte eine junge Frau herausbeugt, eierschalfarbene Thanaka-Male im rundlichen Gesicht. Was er suche, ruft sie ihm in flüssigem Englisch zu, und er antwortet ihr, bevor sie zu Ende gesprochen hat: Mister Khin suche ich, is he here, can I see him, please. Die Thanakazeichen scheinen sich auf ihrer Haut zusammenzuziehen, sie runzelt die Stirn über seine Hast, sieht ihn fragend an, does he know you, what do you want. Er zögert kurz. Zwingt sich dann zu ruhigeren Worten, zu mehr Gelassenheit in seiner zu angespannten Stimme. Sagt ihr, dass er etwas überreichen wolle. Den Gruß einer gemeinsamen Freundin.

Sie bringt ihn an die Rückseite des Hauses. Setzt ihn unter ein Vordach aus Wellblech. Reicht ihm, bevor sie sich zurückzieht, ein Glas Wasser. Schimpft im Gehen auf den Regen. Seit fünf Tagen höre der nicht auf. Die Wege in die Berge seien unpassierbar geworden. Hoffentlich wolle er nicht in die Bergdörfer geführt werden, hoffentlich sei er nicht deswegen hier.

Er sitzt. Umklammert das Glas. Stellt es dann auf dem Boden ab. Versucht, nicht an diese Möglichkeit zu denken. Dass er es bis hierhin geschafft haben soll – und nun nicht weiterkommen könnte. Betrachtet stattdessen den wieder einsetzenden Nieselregen. Das Glitzern der Tropfen in den Büschen vor ihm, in dem dickblättrigen Baum im Garten, der sich bis über das Dach spannt. Die Pfützen auf den Holzkisten, die sich knapp neben ihm aufstapeln, jenseits der Kante des Dachs. Er greift in seine Jacke, zieht die Plastikhülle mit den Bildern heraus. Dreht sie in seinen Händen. Löst endlich den Verschluss. Kalt fühlen sich die Abzüge an unter seinen Fingern. Vorsichtig blättert er sie an den Ecken auf. In Kin Pun hat er die beiden Stapel zu hastig aufeinander geschoben: die Bilder, die er Sine gezeigt hat, liegen mit der Glanzseite auf den anderen, den verborgenen Bildern, sind an der Übergangsstelle zusammengeklebt. Die jeweils ersten Bilder der

Stapel haben sich ineinander verklebt, one facing the other. Vorsichtig macht er sich an die Trennung, pellt langsam, um die Farbe nicht abzutragen, das obere Foto vom unteren ab. An Abziehbildchen muss er plötzlich denken, von Fußballern, von Comicfiguren, Rennautos, an die Sammelalben seiner Westkindheit. Und kann sich doch nicht wehren gegen den Anblick in seiner Hand. Zentimeter für Zentimeter legt er das Bild frei, das ihn in Kin Pun hat zusammenzucken lassen, das er Sine nicht hatte geben können, unmöglich. Keine Militäranlagen sind darauf zu sehen, keine bewaffneten Rebellen in den Bergen. Stattdessen: ein Garten, dieser hier, das Wellblechdach sonnenbeschienen. Darunter ein alter Mann, ein Herr eher, mit breitem Lächeln, kurz geschorenem, grauen Haar. Er steht sehr aufrecht, hält sich athletisch, hat sich den graublauen Longyi eng um die schmalen Hüften gebunden. Daneben – jetzt wird sie sichtbar – eine strahlende, junge Frau. Das blonde Haar hängt in ihrem erhitzten Gesicht, die Wangen sind gerötet, ihre Augen leuchten. Von ihrer dunkelroten Bluse hat sich der oberste Knopf gelockert. An einem dünnen Faden baumelt er in ihren Ausschnitt hinein, sie bemerkt es nicht. Ihre linke Hand liegt locker auf den Holzkisten, an ihren schmalen Fingern fängt ein Ring das Sonnenlicht, reflektiert es gegen den Betrachter.

Wie hätte ich Sine Dich zeigen können.

Der Mann, der ein rostendes Fahrrad neben ihm abstellt, begrüßt ihn, als hätte er ihn erwartet: there you are, hello, hello. Einen Plastikstuhl greift er sich, setzt sich zu ihm. Zeigt kein Anzeichen von Verwunderung über seine Anwesenheit, fragt ihn nicht, wer er ist, stellt sich nicht vor. Erzählt ihm stattdessen von seinen Einkäufen. Frische Eier habe er gerade auf dem Markt bekommen, sagt er. Sieben Jahre gereiften Honig, Tofu. Mister Khin redet schnell, seine Stimme ist rau, sein burmesischer Akzent in der britischen Betonung kaum hörbar.

Nach dem Grund seines Besuchs fragt Mister Khin erst nach mehreren Minuten. Nachdem sie schon über das Wetter gesprochen haben, über die Dauer seiner Anreise, über die Zustände der regennassen Straßen. Nachdem er sich gezwungen hat, Mister Khin zu antworten, ruhig zu scheinen, ihn nicht zu überfallen mit seinem Anliegen. »You told my daughter«, sagt Mister Khin schließlich und betrachtet ihn prüfend, »we share a friendship to someone.«

Die Hände, die ihm plötzlich zittern. Das Glas, das umkippt, als er sich auf dem Stuhl zu schnell bewegt und mit seinen Füßen daran stößt. Das Bild, das er in seinen Händen hält. Er hat es in Kin Pun nicht angesehen, es nur mit dem Blick gestreift, es verborgen, schnell, vor Sine, vor sich selbst. *Mister Khin und Du, hier, nach Eurem Gang in das Bergdorf, wie lange ist das her, eineinhalb Jahre beinahe, vielleicht erinnert er sich nicht.* Er reicht es Mister Khin.

Dann der Schmerz. Er krümmt sich nach vorne. Versucht, sich auszubalancieren, dem Stechen auszuweichen, in seinem Magen, seinen Augen, seinem Kopf. Während Mister Khin das Foto in den Händen hält, während sich dessen Gesichtszüge aufhellen, er mit dem Zeigefinger über die Konturen der Regisseurin fährt, *über Dein Gesicht, Dein Lachen,* während Mister Khin freudig sagt, ohne aufzublicken: I remember her, such a lovely girl. How is she. Wie geht es ihr.

Alles sackt weg. Er muss nach vorne gekippt sein, unter dem Blechdach hervor, sieht den Boden auf sich zukommen, berührt mit der schwitzenden Stirn schon die nasse Grasnarbe, krümmt sich auf der feuchten Wiese, rutscht mit seinen Halt suchenden Fingern durch die Halme. Das Würgen zieht sich durch seinen ganzen Körper, verkrampft ihm die Darmschlingen, bis ein saurer Geschmack in seiner Speiseröhre ansteigt, ihm, während sein Schluckreflex noch dagegen ankämpft, in den Rachen schwappt. Sprechen will er, will etwas sagen, aus den Windungen seines Körpers heraus, schüttelt den Kopf, aber dann bricht es aus ihm hervor, dieser Schwall aus Galle, aus Magensäften, gleich nachdem Mister Khin es gesagt hat, nachdem er gesagt hat: Was ist. Was ist mit ihr geschehen, what happened to her – is she …

Ob Du gestorben bist, will er wissen. Und manchmal wünschte ich: Du wärst.

10

Ein Feuer, sagte mir deine Mutter am Telefon. Es habe da ein Feuer in unserer Wohnung gegeben. Du hättest, sagte sie mir, keine andere Wahl gehabt: Du musstest springen. Der Aufprall war unglücklich. Das Gestänge der Schaukel im Innenhof war Dir im Weg. Dann die steinerne Kante des Sandkastens. Ohnehin aber hattest Du, mutmaßten sie später, bei einem solchen Sprung aus dem dritten Stock kaum eine Chance gehabt. Dass die Feuerwehr so spät eintraf, lässt sich bis heute so gut wie nicht erklären.

Von einem Schädel-Hirn-Trauma gehe man, sagte mir Deine Mutter bei jenem Telefonat, aus. Von einer schweren Kopfverletzung. Eine Schädigung des Großhirns sei, sagte sie, wahrscheinlich. Man habe für die Verlegung der Trachealkanüle bereits einen Luftröhrenschnitt vornehmen müssen. Und ob ich ins Krankenhaus kommen könne.

Ein Jahr ist das her. Der Anruf kam spät, damals. Ich kann mich daran genau erinnern. Ich war auf einer Party, der Geburtstag meines Cousins, Anstoßen um Mitternacht. Warum ich alleine gekommen wäre, wollten viele wissen. Wo Du denn seiest. Und ich rollte lachend die Augen, sprach von Deiner Arbeitswut, Deiner Besessenheit.

Fünf Monate zuvor warst Du in Burma gewesen. Warum ich Dich alleine fahren ließ, kann ich heute nicht einmal mir selbst mehr erklären. Sicher: ich hatte zu tun, hatte Angebote: eine Gastrolle an einem Stadttheater, eine Lesung, drei Drehtage für einen Kinofilm. Eine Nebenrolle nur, mir aber, so dachte ich, wichtig. Dazu schwiegst Du. Hast mich nicht ein einziges Mal gebeten, Dich zu begleiten. Hast mich nicht eingefordert. Manchmal denke ich, die Wahl Deines Reiseziels war Dein Protest. Dass Du ein Land aussuchen musstest, das ich nicht kannte. Das weit genug weg war, exotisch genug. Über das ich so wenig wusste, dass ich mir Dich dort nicht vorstellen konnte. In dem Du außerdem nicht erreichbar warst: nicht per Post, nicht auf dem Handy, nicht einmal per e-mail. Dir machte das Spaß, das konnte ich sehen: dass Du Dich mir so einfach entzogst. Dass ich, der ich Dich nicht begleiten wollte, abhängig davon sein würde, wann Du Dich meldetest. Das tat Dir gut.

Ich bin, das weißt Du, nicht gut im Finden von Worten. Kann besser damit umgehen, wenn man mir Text vorgibt. Wenn ich Vorgeschriebenes nachsprechen kann, es unterfüttern mit Haltung. Du warst da anders. Hast mich an Dich gebunden durch die Kraft Deiner Beschreibungen. So habe ich Dich erstmals gesehen: aus dem Dunkel des Zuschauerraums heraus, während Du inszeniertest. Du saßest nicht – wie die meisten Theaterregisseure – an einem zwischen die Reihen montierten Pult. Du standst auf der Bühne, inmitten der Schauspieler. Nie wieder habe ich so etwas beobachtet: jemanden, der anwesend und unsichtbar ist zugleich. Du bewegtest Dich zwischen Deinen Darstellern, als hättest Du sie gerade erschaffen. Als seien sie Deine Geschöpfe, direkt Deinen Gedanken entsprungen. Und das waren sie auch: sie verschwanden hinter den Rollen, füllten sie aus. Ich konnte nicht hören, was Du ihnen sagtest. Womit Du sie dorthin führtest, wo Du sie haben wolltest. Mit welchen Sätzen. Deine Stimme war zu leise, zu verschwörerisch, für mich nicht zu verstehen.

Hättest Du mich nicht für diese Inszenierung engagiert, hättest mich, den Schauspielabsolventen, nicht einspringen lassen für den erkrankten Darsteller: ich hätte einen anderen Weg gefunden, bei Dir zu sein. Ich wollte mit Dir arbeiten, noch bevor ich Dich haben wollte. Habe ich Dir das je gesagt.

Einmal habe ich geträumt, Du würdest Farben inszenieren. Ich blickte auf die Bühne und sah dieses Stück, das ich nicht kannte. Wollte von Dir wissen, was das ist. Blätterte dann im Textbuch, das Du mir reichtest. Starrte auf die bunten Farbfelder, die sich über die Seiten zogen. Konnte nicht verstehen, wie Du dieses Muster zu dem umwandeltest, was auf der Bühne zu sehen war. Woher Du das nahmst. Wie Du aus so wenig so viel machen konntest.

Als Du mir später Deine seismographischen Szenenanalysen zeigtest, wollte ich sie gar nicht in die Hand nehmen. Wollte mir Dein System nicht erklären lassen. Ich nickte und hörte nicht hin. Ich wollte es gar nicht begreifen.

Jemand sitzt neben ihm. Stützt ihm den Rücken, richtet ihn auf. Hält ihm eine Tasse hin. Aufsteigender Dampf. »Drink this«, sagt eine Stimme, »you need to drink.« Die Hitze schießt ihm in die Finger, als er die Tasse berührt. Ihm ist so kalt.

Deine Gliedmaßen, die auf dem Krankenbett herumlagen. Abgelegt von den Pflegern, arrangiert und drapiert von den Ärzten. Der Zustand vorgetäuschter Lebendigkeit. Eine Ernährungssonde habe man Dir durch die Bauchwand verlegt, sagte mir Deine Mutter. Sie stand neben mir, ratterte medizinische Begriffe herunter, sah mich nicht an. Ihr Blick irrte dabei durch den Raum, versuchte Dir auszuweichen, Deinem Anblick.

Man befürchte, sagte Deine Mutter weiter, einen schweren neurologischen Defekt. Die apparative Diagnostik müsse man jetzt abwarten, den Kernspin, die Messung der summierten elektrischen Aktivität Deines Gehirns, die Analyse von Graphoelementen, von Frequenzmodulationen, die Prüfung der Leitfähigkeit Deiner Nervenbahnen. Deine Mutter verstand das, was sie da sagte, ebenso wenig wie ich.

Irgendwann begann sich etwas aus den Begriffen, mit denen sie auf mich einsprach, herauszuschälen. Zwischen Amplituden, zwischen stochastischen Störsignalen, Großhirnrinde und Kreuzkorrelation fand sich ein Begriff: apallisches Syndrom. Was das denn sei, wollte ich von Deiner Mutter wissen. Erst antwortete sie nicht. Schwieg lange.

Du wärst, sagte Deine Mutter dann schließlich, am Leben. Und dass das das Wichtigste wäre. Das Wort »Wachkoma« benutzt sie bis heute nicht.

Das Feuer muss in unserer Küche ausgebrochen sein. Ein defektes, elektrisches Gerät. Der Wasserkocher vielleicht, oder die Kaffeemaschine. Warum Du es nicht bemerkt hast, versteht niemand. Du musst, sagen sie, schon geschlafen haben, als es geschah. Und ob Du manchmal Schlaftabletten nähmest.

Deine Freunde sehen das anders. Du warst wahrscheinlich, mutmaßen die einen – die Kollegen hauptsächlich, Deine Schauspieler, Bühnenbildner, Dramaturgen –, in Deine Arbeit vertieft gewesen. In die Vorbereitungen für Dein neues Stück. Seist im Hinterzimmer gesessen, zwischen Zet-

teln, aufgeschlagenen Bildbänden, den ausgerissenen Seiten des Textbuchs. Dein Notizheft auf den Knien, die riesigen, altmodischen Kopfhörer über die Ohren gestülpt. Die Musik, sagen sie, müsse aufgedreht gewesen sein bis zum Anschlag. Du seist, wie so oft, abgetaucht in Deine Überlegungen. In die Figuren, die Szenerie, in Auftritte, Abgänge, in die Frage, ob das Stück eine Pause vertrüge. Dass das Feuer sich auszubreiten begann, dass es Dir den Weg abschnitt, hättest Du einfach nicht bemerkt. In solchen Momenten, sagen sie, hättest Du nie etwas mitbekommen, das außerhalb Deiner Gedanken stattfand.

Die anderen geben mir die Schuld. Warum ich nicht zu Hause war, wollen sie wissen. Wie ich auf eine Party gehen konnte, ohne Dich. Sie argwöhnen, dass wir uns gestritten haben müssen, vorher. Dass Du vielleicht weinend in unserem Hinterzimmer lagst, auf unserem dunkelroten Teppich. Dass Du erst zu Dir kamst, als es zu spät war. Dass Du um Dein Leben gekämpft haben musst, in diesem Augenblick. Bis Du einsehen musstest: es gab keinen anderen Weg als diesen, aus dem Fenster heraus.

Was ich denken soll, weiß ich nicht. Dein Sprung ist nicht zu verstehen.

Von Deiner SMS habe ich niemandem erzählt. Ich stand inmitten der Partygäste, spürte das Vibrieren in meiner Hosentasche. Las nur kurz, während ich in der anderen Hand ein Sektglas balancierte, während mein Cousin auf mich einredete: Ich liebe Dich.

Später habe ich Zeiten verglichen. Du musst geschrieben haben, bevor Du das Fenster öffnetest. Mit Deiner verbrannten Hand wäre das, glaube ich, danach nicht mehr möglich *gewesen. Gesprungen bist Du, während ich las. Bist aufgeprallt, während ich mich wieder meinem Cousin zuwandte, während ich beschloss, dass ich Dir später antworten würde, Dir eine Erwiderung ins Ohr flüstern, wenn ich heim käme, wenn ich mich zu Dir legen würde ins Bett. Als ich, beschwingt vom Alkohol, später noch überlegte, ob ich Dich doch anrufen sollte, Dir sagen, dass Du mir hier fehlst, dass Du nachkommen sollst, da lagst Du schon unten.*

Vor ihm Gesichtzüge, die er nicht kennt. Das Knistern einer Tablettenpackung, die aufgedrückt wird. Ein kühles, nasses Tuch in seinem Nacken. Jemand streicht ihm über den Kopf. Dann wieder dunkel.

Deine Vergangenheit habe ich nie verstanden. Habe nur selten danach gefragt. Nur ab und zu bin ich darüber gestolpert. Wenn wir über unsere Kindheit sprachen. Wenn ich Bücher zitierte, Filme, Hörspiele, die Du nicht kanntest. Wenn Du Namen erwähntest, die mir fremd waren: Schnatterinchen. Einfache Begriffe, die ich nicht zuordnen konnte. Dann fiel es mir wieder ein. Dass Du ganz anders aufgewachsen bist als ich. In einem anderen Land.

Wie soll man das auch verstehen: dass der Ort, an dem wir jetzt beide lebten, dass das früher die Stadt war, aus der Du geflohen warst. Die aber jetzt in einen anderen Staat gehörte, in eine Demokratie. Unbegreiflich war das. Denn es war ja alles noch da: die Wohnung Deiner Eltern, Deine Schule. Deine Straßen, die Du mir zeigtest. Und trotzdem alles verwandelt, manches umbenannt. Du hast versucht, mir das zu erklären. Hast mich herumgeführt, auf Dinge gezeigt, mir beschrieben, wie es damals, vor sechzehn Jahren, war. Aber wie soll ein Außenstehender das nachvollziehen. Wie sollte ich, der ich früher nie in der DDR gewesen war, der ich – das Kind, der Jugendliche – lieber daheim bei den Großeltern hatte bleiben wollen als mit meinen Eltern dorthin zu fahren, wie sollte ich das wirklich verstehen. Diese Doppelbödigkeit, die Dir das bedeuten musste. Ich habe das, ich gebe es zu, erst gar nicht versucht.

Von Deiner Flucht hast Du mir spät erzählt. Da waren wir noch nicht zusammen. Auf einer Theaterprobe war das gewesen, im Kreis mit den anderen. Wir kauerten auf dem Bretterboden der Probebühne, wollten nicht gehen. Jemand bat Dich – der Bühnenbildner war es gewesen, ich erinnere mich – um Details. Ihm gingen, sagte er, diese Bilder nicht aus dem Kopf: Du, von Angst geschüttelt in jenem Kofferraum. Was war ich wütend. Weil ich der Einzige war, der davon nicht wusste. Weil ich auf so etwas gar nicht gekommen war. Auf so eine Geschichte in Deinem Leben.

Man soll, heißt es, die Toten ruhen lassen. Das Problem ist: Du lebst nicht mehr. Und bist trotzdem nicht gestorben.

Dass sie nach Ablauf der Akutbehandlung keine nennenswerten motorischen Verbesserungen feststellen könnten, sagten die Ärzte irgendwann. Deine Automatismen seien zwar teilweise erhalten, aber sie veränderten sich nicht, und es gäbe keine kognitive Funktion des Cortex cerebri. Stoffwechsel und Herz-Kreislauf-System seien stabil, die Großhirnfunktion aber bliebe gestört. Eine Verlegung auf eine Pflegeintensivstation, eine Fachabteilung für wachkomatöse Patienten, sei empfehlenswert, da Du weiterhin künstlich beatmet werden müsstest.

Deine Mutter ließ mich das wissen. Sie versuchte, mir die medizinischen Begriffe zu erklären, sprach von defekter

Hirnrinde und spastischen Mustern. Sie gab mir Fachliteratur, klammerte sich an mich, an meine Besuche bei Dir. Weil ich, wie sie sagte, einer der wenigen war, die sich kümmerten. Zu viele hätten sich abgewendet. Hätten gesagt, sie ertrügen das nicht. Und dass sie Dich so in Erinnerung behalten wollten, wie Du gewesen warst, vorher. Als hätte man da eine Wahl, rief Deine Mutter. Ich konnte sehen, wie schlecht es ihr ging. Wie hätte ich ihr da sagen können, dass auch ich es kaum aushalte. Dass ich Dich so nicht sehen will. Und irgendwie stimmt es ja auch: wir sehen uns nicht.

Deine Augen schwimmen. Das ist einer der Begriffe, die ich gelernt habe. Schwimmende Augenbewegungen. Dir fehlt der Fixpunkt, sagen sie. Manchmal stelle ich mich Dir in den Blick. Deine Augen wandern dann über mich hinweg, erfassen mich nicht. Deine Pupillen, übermittelweit, reagieren nur auf Licht. Nehmen, scheinbar, nichts wahr. Und trotzdem schläfst Du. Schließt nachts Deine Lider und öffnest sie morgens. Das kann ich nicht verstehen. Wieso Du diesen Rhythmus einhältst, wieso Du unterscheidest zwischen Tag und Nacht. Wieso das dann geht.

Ob Du mich hören kannst, weiß ich nicht. Ob sich in Dir noch ein Wille bildet, für irgendetwas. Es gibt da Diskussionen. Die unterschiedlichsten Meinungen, selbst unter Medizinern. Eine Abgrenzung sei, sagen sie, schwierig. Hundertprozentiges wisse man nicht. Manche glauben an einen minimally conciousness state. So nennen sie das. Einen noch so geringen Bewusstseinsanteil. Andere bestreiten das. Bezeichnen Dich hinter vorgehaltener Hand als Pflanze – und die Station als Gewächshaus. Ich habe das mitbekommen.

Deine Mutter und ich streiten über die Zeichen, die Du womöglich gibst. Sie stellt Veränderungen fest. Seit die Beatmungsmaschine abtrainiert ist. Seit Du den Pflegerollstuhl hast und Du ausgefahren werden darfst im Park. Die Natur, sagt sie, mache Dich fröhlich. Ich erkenne das nicht. Ich glaube, sie will das so sehen. Für mich ist da: nichts. Du bist weg. Aber sicher, nein, sicher bin ich mir nicht. Wie könnte ich.

Eine Zeitlang hat mich dieser Gedanke verfolgt. Dass Du eingeschlossen sein könntest in Deinem asymmetrisch gelagerten Körper. Dass Du irgendwo dort drin noch vorhanden wärst, eingekerkert in Dir selbst, Dein Leib ein Gefäß. Du würdest alles hören, alles sehen. Aber Du wärst nicht fähig, zu reagieren. Du wärst eingesperrt in dem kleinsten Raum, den es gibt: in Dir selbst. Das, glaube ich, wäre das Schlimmste.

Es gibt da diese Geschichte: von dem Psychiater, der die Flugangst einer Patientin heilte. Kuriert stieg sie in einen Urlaubsflieger, erstmals. Und stürzte ab. Der Psychiater kündigte seine Stelle im städtischen Krankenhaus. Konnte nicht mehr praktizieren. Gab sich die Schuld an dem Tod dieser Frau. Sie habe, sagte er, einen Instinkt gehabt, der sie hätte schützen sollen. Er hatte ihn ihr ausgetrieben, hatte die begründete Furcht eliminiert. Das war, so glaubte der Psychiater, sein Fehler.

Was, wenn Deine Angst vor geschlossenen Räumen eine Vorahnung war. Wenn Du, unbewusst, schon immer jenes Hinterzimmer gefürchtet hättest, in dem das Feuer Dich einkreisen würde. Dann hättest Du selbst Dir diesen Instinkt, der Dich bewahren hätte sollen, aberzogen.

Oder: Du bist zu weit gegangen. Vielleicht hast Du die Räume um Dich herum reduziert und dann nicht aufgehört damit. Hast Dich zurückgezogen in kleiner und kleiner werdende Winkel. Bis Du verschwunden warst in Dir selbst.

Ich darf so nicht denken.

Ein ganzes Jahr geht das nun so. Ich komme nicht los von Dir. Kehre immer wieder zurück an Dein Bett. Erkundige mich nach Herzfrequenzen, nach Sauerstoffsättigung, überprüfe Deine Nahrungsbeutel. Wir lassen einander nicht gehen.

Ich muss einen Schlusspunkt setzen. Du kommst nicht wieder, ich habe das verstanden. Wie beendet man eine Beziehung zu jemandem, der im Koma liegt. Unmöglich ist das.

Stattdessen bewege ich mich rückwärts. Bezeichne Dich noch immer als meine Freundin. Unsere Wohnung haben sie renoviert, weißt Du das. Ich bin wieder eingezogen. Habe, bevor ich fuhr, den roten Teppich nachgekauft. Der Verkäufer erkannte mich, er fragte nach Dir. Für ihn hat sich nichts verändert. Und ich sagte, Du seist krank. Und dass Du bald nach Hause kämst, sicherlich.

So kann es, verstehst Du, nicht weitergehen.

Is this why you are here. Your need for closure.

Deine Bilder von Burma fielen mir vor ein paar Wochen beim Einräumen in die Hände. Ich hatte sie ganz vergessen. Hatte daran nicht mehr gedacht. Noch in der Woche Deiner Rückkehr bist Du ins Fotolabor gegangen, um die Papierabzüge zu bekommen. Dir ließ das keine Ruhe. Du wolltest zurück. Wolltest den Bewohnern des Bergdorfs ihre Fotos bringen. Dass Mister Khin Dich eingeladen habe, mit ihm ein Hindufest im Bergdorf zu besuchen, sagtest Du mir. Dass Du zurück müsstest, einmal noch. Und ich nahm Dich in den Arm, versprach, dass ich mit Dir kommen würde beim nächsten Mal. Dass ich dabei sein wollte, wenn Du in das Bergdorf zurückkehrtest. Gemeinsam, sagte ich, würden wir Deiner Reiseroute nachgehen. Würden Dir nachfahren, Deinen früheren Spuren. Du hattest das in Deinem Kopf bereits fertig inszeniert: wo wir schlafen würden, wie Du mich Mister Khin vorstellen wolltest. Wie wir die Bilder überreichen würden, an den Dorfältesten, immer alles zuerst an ihn. Du hattest sie gleich mehrfach abziehen lassen, diese Fotos, ein Exemplar für jede der abgebildeten Personen.

Alles hattest Du geplant. Nur nicht das: wo Du selbst dann wärst.

Pass auf, hatte der Freund gesagt. Der ihm gegenübersaß am dem Abend, an dem er überlegte, es zu tun. Der ihm Wein nachgoss. Der nicht wusste, was er ihm raten sollte. Der irgendwann die Entschlossenheit in ihm erkannte und ihn gehen ließ. Pass auf, sagte er zum Abschied, dass das keine Trauerfahrt wird. Sonst machst du Burma zum Wallfahrtsort. Und du selbst wirst ein Pilger.

Ich konnte mich nie verabschieden von Dir. Weißt Du das. Es gab keinen Abschluss. Burma ist eine Möglichkeit für mich. Verstehst Du. Ich bringe an Deiner Stelle diese Bilder in das Bergdorf. Ich gehe, das weißt Du, für Dich dahin –

Der Regen, sagt jemand, the rain. Die Stimme ist tief, altersbrüchig. Er versucht, sich ihr zuzudrehen, aber jemand greift nach ihm, drückt ihn zurück. Unter ihm alles weich. You can't go up there now, sagt die Stimme. Die Wege sind nicht passierbar. Bleib liegen, das ist wichtig. Stay calm. Try to sleep. Breathe.

Ich gehe dahin. Ich werde das tun. Die Abzüge sind, weißt Du das, völlig intakt. Es gibt keine Brandspuren auf ihnen, nicht ein Anzeichen von Hitze. Sie hätten schmelzen müssen, diese Bilder, aber Du hattest sie gut verwahrt. Manchmal halte ich das für Hohn: dass die Abzüge das Feuer überstanden haben. Und Du nicht.

Keiner hat begriffen, was ich hier will. Ich habe es nur wenigen erklärt. Bin am Abend vor meiner Abfahrt bei Dir gewesen. Habe Dir gesagt, dass ich fahre. Ich werde, sagte ich Dir, ich werde fliegen. Und bilde mir ein: Deine Augenlider haben gezuckt. Du hast es verstanden.

Was dann passierte – damit war nicht zu rechnen. Ich habe, das gebe ich zu, die Kontrolle über die Dinge verloren. Bin mir, so könnte man sagen, entglitten. Aber vergessen habe ich Dich nicht dabei. Auch wenn es anders ausgesehen haben mag, zeitweise: vergessen habe ich Dich, nein, nicht.

Mir ist da etwas durcheinander geraten. Sine warst Du, Du warst ich – alles verschoben.

Ich habe mich in Dich hineinversetzt. Damit fing es an. Schon auf dem Flughafen Berlin-Tegel warst Du bei mir. In Yangon wurde es schlimmer. Ich lief durch diese fremden Straßen. Fragte mich bei jedem Schritt, ob Du wohl hier gewesen warst. Ob Du genau dort entlanggegangen sein könntest vor eineinhalb Jahren. Ob Du das gesehen hast, was ich sah.

Und dann. Ich war so müde, als der Mönch mich einlud. Dir war so was nicht passiert, das wusste ich. Das hättest

Du mir erzählt. Mitgenommen habe ich Dich trotzdem. Du warst bei mir die ganze Zeit. Saßt mit mir auf der Bühne, während ich zu schwitzen begann. Während ich nicht verstand, was die wollten von mir. Während ich mich fragte, was wohl Du getan hättest an meiner Stelle. Als ich nach einer Lösung suchte, nach Worten, einer Handlung, die mir helfen konnte, da warst Du da. Es war so logisch. So naheliegend, Deine Vergangenheit als meine auszugeben. Zu sehen, was sie dann tun.

Sine kam dazwischen. Sie war plötzlich im Raum. Sah irgendwie aus wie Du. Hatte die gleiche Selbstverständlichkeit. Hatte Dein Haar, Deine Art, sich zu bewegen. Das Lachen sogar. Auch wenn ich bald verstand, dass Sine nicht Du ist: ich wollte trotzdem, dass sie blieb. Seit Deinem Sprung ist sie die erste, die durchkam zu mir. Verstehst Du. Seit einem Jahr war da niemand außer Dir. Außer Deinem liegenden, abwesenden Körper.

Sie war so begeistert von Deiner Flucht. Alles wollte sie wissen. Und ich gefiel mir in dieser Rolle, habe versucht, mir vorzustellen, wie das gewesen wäre: ich auf der anderen Seite der Mauer. Ob ich Deine Kraft gehabt hätte. Ob ich es geschafft hätte, zu gehen. Alles zurückzulassen. So wie Du.

Die Lücken in Deiner Geschichte habe ich selbst geschlossen. Es gibt so vieles, das ich nicht weiß. Und kann Dich nicht mehr fragen danach. Die Identität des Diplomatensohns zum Beispiel hast Du nie verraten. Schon die Polizisten im Westen haben das nicht aus Dir herausbekommen. Du hast ihnen nie seinen Namen genannt, nie das Land, aus dem er kam. Dass es ein Dritte-Welt-Land war, hast Du mir später irgendwann anvertraut. Deswegen habe ich ihn zum Ecuadorianer gemacht. Erst gestern kam mir dann der Verdacht: dass es Burma gewesen sein könnte. Und dass Du ver-

liebt gewesen sein könntest in den Diplomatensohn, damals. Vielleicht warst Du deswegen hier.

Wieder vernimmt er die Stimme neben sich. Spürt die Anwesenheit eines anderen. Jemand hört ihm zu. Jemand unterbricht ihn. Stellt Fragen. But what are the parallels, fragt derjenige. Between our country and yours. Your former state. Kannst Du mir das sagen. Can you try, please. I would really like to know.

Burma ist anders. Noch nie habe ich so ein Land gesehen. Nichts stimmt überein. Nicht die Zeitungsberichte mit dem ungetrübten Anblick. Nicht die scheinbar fröhlichen Menschen mit der Grausamkeit der Unterdrücker. Die Fassade vor Ort ist nahtlos, sie bröckelt nicht.

Aber dann sind da die Eckdaten. Die wenigen Dinge, die man weiß. Die man gehört hat, vorher. Die man gelesen hat in westlichen Zeitungen, in Fachbüchern, kleinen Artikeln der Auslandsressorts. Über die Missachtung der Menschenrechte, die Folter. Dass das Militär bestimmt, wo man ist. Dass die Kommunikation kontrolliert wird, die Hochschulen geschlossen, eine intellektuelle Elite verhindert. Die Veränderung der Namen – wie Karl-Marx-Stadt, wie Chemnitz: Yangon, Rangoon – und hier: ein ganzes Land.

Burma, Birma, Myanmar. Sine, Signe, Sign. Als sie ging, brach etwas weg. In dem Moment verlor ich Euch beide. Du gingst mit ihr mit, ich konnte Dich nicht halten. Ich musste ihr nach. Musste sie, musste Euch, dachte ich, wieder finden. Auch wenn das, so scheint es, nichts bringt. Sie wird mir nicht verzeihen. Würde mir, träfe ich sie, nicht einmal zuhören. Das ertrage ich kaum. Dass es jetzt noch eine Frau gibt, die verschwunden ist. Noch eine, die ich nicht mehr erreichen kann.

There has to be closure, you know.

Es ist still. Er bewegt sich. Tastet nach der Wolldecke, die ihn bedeckt. Schlägt die Augen auf. Er liegt auf einer Matte am Boden. Jemand hat ihn hier abgelegt. Hat ihm Kissen unter den Rücken geschoben, ihm den Nacken gekühlt. Seine Kleider riechen nach Schweiß, nach Erbrochenem. Vorsichtig hebt er den Kopf. Vor dem Fenster die tropfenden Blätter eines Bananenbaums. Er kennt diesen Raum nicht, war noch nie hier. Die wenigen Möbel sind alt. Eine Katze sitzt unter dem schweren Holzstuhl. Mister Khin lächelt ihn an.

Hör zu: Ich werde Dich eine Weile nicht auf der Station besuchen können. Und ich muss, verstehst Du, aufhören, in meinem Kopf mit Dir zu reden. Siehst Du das ein.

Das alles muss ein Ende finden.

11

Endlich ist es vorbei. Sein Körper hat sich entkrampft, er kann es spüren. Er schwitzt nicht mehr, friert nicht, seine Eingeweide haben sich beruhigt. Auch sein Atem geht gleichmäßig, füllt ihn aus, hebt und senkt ihm den Brustkorb, bewegt die verbrauchte Luft im Raum. In seinem Mund ein Geschmack, den er nicht benennen kann: sauer, bitter, metallen, der Nachgeschmack der Gallensalze vielleicht. Die Schmerzen in seinem Kopf haben nachgelassen, nur ein leichter Druck hinter den Stirnhöhlen ist geblieben. Er massiert die Schläfen mit den Fingern, altbekannte Bewegung, streckt dann seine Arme, seine Beine in alle Richtungen, dehnt sich, streift die Wolldecke ab und stemmt langsam seinen Oberkörper in die Höhe. Das Zimmer ist niedriger als er dachte. Die Decke hängt tief, er wird die Knie beugen müssen, wenn er steht.

Ob er sich besser fühle, will Mister Khin wissen. Er ist von seinem Holzstuhl aufgestanden, lehnt jetzt am Fenster, betrachtet den Regen, die Tropfen, die über die Fensterscheibe driften, are you better, nach fast eineinhalb Tagen im Fieber, we were worried about you.

Er räuspert sich. Testet die Stimmbänder in seinem Hals, der sich anfühlt, als hätte er ununterbrochen gesprochen. Weiß einen Moment lang nicht, was er tun soll. Wie er mit der Beschämung umgehen soll, der Verlegenheit darüber, dass er zusammengebrochen ist vor den Augen dieses fremden Mannes. Mit den Fingern spürt er nach der Katze, die auf seinen aufgestützten Arm zugelaufen ist, die sich gegen sein Handgelenk wirft, sich schnurrend an seiner Haut reibt. Dass er sich entschuldige, sagt er schließlich, wie Leid ihm das täte, I apologize for causing this inconvenience.

Mister Khin dreht sich ihm zu. Er sieht müde aus, älter als zuvor. Eine tiefe Furche zieht sich ihm über die Stirn, seine Haut bleibt matt. Auch seine Augen wirken trüb, sie reflektieren das diesige Licht nicht, sie schlucken es. Dass er sich nicht bei ihm zu entschuldigen brauche, sagt ihm Mister Khin. Er habe ihm bereits alles erzählt, habe nicht aufgehört zu reden, sei nicht zu beruhigen gewesen, nicht zu stoppen, als er sich im Fieberkrampf auf dieser Bodenmatte gewälzt habe. Don't you worry: I understand the depth your grief. Schon seine Tochter habe ihm das gesagt gehabt, als er gestern vom Markt nach Hause gekommen war: dass da ein sehr trauriger, ein sehr verstörter junger Mann in seinem Garten auf ihn warte. Mister Khin tritt an ihn heran, legt ihm die altersfleckige Hand auf die Schulter, neigt sich zu ihm herab. Auch wenn sie noch lebt, sagt er, I am deeply sorry for your loss.

– immer noch hört es nicht auf –

Ob er sich eine Loslösung, einen Abschluss versprochen habe, will Mister Khin später von ihm wissen. Er hat ihm hochgeholfen, ihn an einen niedrigen Tisch geführt, ihm die Decke um die Schultern gelegt, die Katze auf seinem Schoß abgesetzt, weil er doch wieder zu frösteln begann. Is this why you are here. You need to put your pain behind, you want some kind of closure. Sei es deswegen so wichtig, die Bilder im Bergdorf abzugeben: closure. Sei das, verstehe er das richtig, der Grund.

Sie haben die Bilder auf der Tischplatte ausgebreitet, sie aufgefächert wie ausgespielte Memorykarten. Haben doppelte Abzüge aufeinandergestapelt, haben vorsortiert nach abgebildeten Personen, nach Familienzugehörigkeit. Zu jedem der Gesichter hat Mister Khin etwas zu sagen. Er hat sich eine Brille mit notdürftig geklebten Gläsern aufgesetzt, hält sich die Fotos dicht unter die Augen, erklärt Verwandtschaftsgrade, nennt Alter, Namen, eine Zusammensetzung aus immer wiederkehrenden Silben: Htun, Than, Zaw, Ngwe, Pa, Sa, Ta. Bei einem der Bilder stockt Mister Khin kurz, dreht es in den Händen, hebt den Blick nicht, als er sagt: dieser Junge hier ist tot, wurde erschossen bei einer Razzia des Militärs, eine Jagd nach den Rebellen in den Bergen, ein Jahr ist das schon her, seine Mutter wird über das Foto so glücklich sein.

Draußen regnet es noch immer. Die dünnen Wände scheinen sich unter dem Druck der schräg abprallenden Regenböen ineinanderzuschieben. An einer Stelle tropft es durch die Dachschindeln hindurch, eine Emailleschüssel fängt das Wasser auf, imitiert als Klangschale das Ticken eines Metronoms. Die Luft ist getränkt von Dunst, von Nässe, in den Zimmerecken wellen sich die Seiten aufgetürmter Bücher. Die Tür zum Garten ist halb geöffnet, eine Schlingpflanze hat sich um den Türstock gelegt, zieht ihre Triebe schon über die Innenwand, keimt dort neue Blätter, neue Schößlinge.

Dass er diese Hintertür nie schließe, sagt Mister Khin, der seinem Blick gefolgt ist. Die Vordertür mache er nie auf, aber die Hintertür stünde immer offen. Er könne sich ohnehin nicht schützen gegen die Aufpasser, die Freunde der Militärjunta, den Polizistenspitzel des Orts. Aufgebrochen werde alles, nichts bleibe verriegelt, nichts unbeobachtet. Manchmal glaube er, dass die Regierung die freien Wahlen 1990 nur durchgeführt habe, um alle Systemgegner erfassen zu können. Jeder, der damals die demokratische Opposition gewählt habe, stünde seitdem auf der Liste. Sie beschneiden uns, halten uns kurz, sagt er, sie lassen uns nichts verschließen, ich erhalte selbst meine Post nur geöffnet.

Er beobachtet Mister Khin, während der spricht. Versucht, dessen Alter abzuschätzen. Sich vorzustellen, wie er mit ihm die Berge besteigt, ihm folgt über rote Lehmpfade, durch Monsunwälder, über verwachsene Lichtungen, rissige Felsketten. Wie ihm Mister Khin beibringt, nicht auf Schlangen, auf Skorpione zu treten, ihm Luftwurzeln zeigt, ihm Bäume erklärt: die leuchtenden Kronen von Flammenbäumen, die Blütenkelche des westindischen Jasmin, die doppelgefiederten Blattreihen des Palisander. Hier, im Sitzen, sieht Mister Khin wieder jünger aus, drahtiger, sein dünner Körper angespannt, wachsam, er ist zäh. Dass ihm ein unterer Eckzahn fehlt, bemerkt er erst jetzt.

But back to you, sagt Mister Khin und legt die letzten der Bilder auf den Tisch zurück, back to your closure, zu diesem Wunsch, dem Gang in das Bergdorf. Es ist so: wir können nicht aufsteigen. Nicht heute, nicht morgen, nicht in den nächsten drei Wochen. Der Regen, ich habe es schon gesagt, lässt das nicht zu. We simply wouldn't make it.

Die Stille nach den Worten ist nicht zu ertragen. Sie legt sich auf ihn, presst ihn abwärts, zieht ihn mit sich, nimmt ihm die Kraft, mit der er sich aufrecht hielt. Ausatmend sinkt er mit dem Oberkörper nach vorn, auf die ausgelegten Bilder zu. Sackt über die Katze in seinem Schoß, legt seine Stirn ab an der Kante des niedrigen Tisches. Spürt, wie alles an ihm, in ihm erlahmt, zum Stehen kommt. Er denkt nicht mehr, fühlt nicht, alles so leer. Bis hierhin, nicht weiter. Nichts bleibt.

Die Freunde, die ihn anstarrten, als wäre er fremd geworden. Die nicht wussten, was zu tun war. Die ihn aufmuntern wollten, ihm beistehen, helfen. Die anfangs noch mit ihm kamen. Die hinter ihm durch die Gänge des Pflegeheims liefen, sich über den Geruch beschwerten, über die weite Anfahrt, die Beklemmung. Ratlos standen sie dann neben ihm, traten unruhig hin und her, hielten sich an ihren Handys fest, tippten Nachrichten, wisperten in die Sprechmuscheln, während er sich über das Bett beugte, über diesen manchmal spastisch zuckenden, schmatzenden Körper. Keiner von ihnen kam zweimal mit.

Die Katze bewegt sich in seinem Schoß. Sie stemmt ihre Pfoten gegen seinen Bauch, sträubt ihr Fell, sie faucht, bis er ihr ausweichen muss, ihr Raum geben und sich wieder aufrichten. Er wird gehen. Kann Mister Khin nicht weiter belästigen. Kann sich diesem Mann, der ihn nicht kennt, nicht weiter zumuten, diese Leere in ihm. Die niemand erträgt außer ihm selbst.

Die Bilder auf dem Tisch. Die Frau mit dem geschwungenen Turban. Der kleine Junge mit der Häkelmütze, der, wie er jetzt weiß, gestorben ist. Der alte Mann mit dem blutenden, aufgeschnittenen Pflanzenblatt, aus dem eine purpurne Flüssigkeit zu Boden tropft – der Saft des Teakholzbaums, wie ihm Mister Khin vorhin erklärte –, verwendet zum Färben von Seide, von Wolle. Und dann – die Regisseurin. Immer wieder sie. Auf den Bildern, die er Sine nicht gezeigt hat: die lachende, neugierige blonde Frau. Im Selbstauslöser fotografiert: mit den Bewohnern. Neben Mister Khin. Mit dem Jungen mit der Häkelmütze auf ihrem Schoß, Thanakazeichen in ihrem Gesicht. Vor einem Stein, in den sie seinen Namen geritzt hat.

Er wird sie bei Mister Khin lassen. Wird ihn bitten, die Fotos mitzunehmen bei seinem nächsten Aufstieg in wenigen Wochen. Wenn der Regen nachgelassen hat, wenn sich die unterspülten Wege verfestigt, die Witterungen beruhigt haben. Er kann nicht bleiben. Kann nicht warten. Das lässt sein Visum nicht zu, die abgeschnittene Zeit. Er hat es versucht. Hat es bis hierher geschafft. Dass er nun feststeckt, nicht weiterkommt, zurückkehren muss ohne die Übergabe im Bergdorf selbst ausgeführt zu haben, das war nicht vorhersehbar gewesen, lässt sich nicht ändern. Die Regisseurin müsste das, könnte sie ihm zusehen, verstehen.

Er wird sich nicht vorbeugen. Wird nicht die Hand ausstrecken, die Bilder zusammenschieben, sie Mister Khin überreichen in einer lächerlichen Geste. So eine Handlung könnte nicht standhalten, wäre kein gleichwertiger Ersatz für den Vorgang, den ihm die Regisseurin damals ausgemalt hatte: wie sie sich durchschlagen würden zu diesem Bergdorf. Wie sie ankämpfen würden gegen zu steil ansteigende Wege, gegen Dornensträucher und giftige Blütendolden, gegen die Hitze, den Durst, die eigene Erschöpfung. Bis sie dann aus der Baumgrenze heraus treten, erschöpft und stolz, während ein Kind, das sie entdeckt, losrennt, um die Erwachsenen zu holen: ein weißer Mann, eine weiße Frau, seht mal, was wollen sie nur. Wie sich dann das Dorf stumm um sie schart, die Frauen in bunt gesprenkelten Longyis, die Gesichter von Thanaka-Bemalungen zu Clownsmasken verzerrt, die Männer misstrauisch, bis der Dorfälteste zu ihnen tritt und sie ihm mit einer Verbeugung die Abzüge überreichen. Kurze Stille, dann das Erstaunen des Dorfältesten, das Auflachen, als er die Gesichter auf den Fotos identifiziert. Als er sich der Regisseurin zuwendet, sie erst jetzt wieder erkennt. Der losbrechende Trubel. Wie sie sich ansehen: strahlend. So hätte es sein sollen. So konnte es, natürlich, nie werden.

Draußen beginnt es zu dunkeln. Mister Khin steht auf, greift nach einem Handtuch, das auf dem Fensterbrett liegt und stopft es in das angekippte Scharnier der Fensterscheibe. Schaltet erst dann die Leselampe ein, die auf dem wackligen Schreibtisch steht. I don't want them to see you, sagt Mister Khin und lässt Wasser in einen verbeulten Aluminiumtopf laufen, we could both get into trouble. Den Einheimischen sei zu enger Kontakt mit den Touristen verboten. Kein Austausch von Geld, von politischen Worten sei erlaubt, private Übernachtungen nicht gestattet. Seine Tochter habe in der letzten Nacht die Straße überwacht, um ihn zu warnen, falls sich ein Polizist, ein Soldat seinem Haus genähert hätte. Den Besitzer des Guesthouses, ein Freund, habe sein Schwiegersohn informiert. Womöglich hätte der sonst falsch reagiert, wäre unruhig geworden. Es schlafen, sagt Mister Khin, zu viele Soldaten bei ihm im Haus, nächtigen dort auf ihren Fahrten in den Norden, in die verbotenen Gebiete. Der Hof sei immer voller Militärjeeps, voller Kriegsfahrzeuge. Da könne man schon mal in Angst geraten und das Falsche tun.

Der Tee, den Mister Khin ihm reicht, ist stark und süß. Er hält die Tasse in beiden Händen, pustet in den Dampf, spürt die Wärme, die sich in seinem Körper ausbreitet. Schließt die Augen beim ersten Schluck. Sie schweigen.

Ihr Gesicht am Abend vor der Abfahrt. In dem er eine Reaktion ausgemacht haben will, ein unmerkliches Zucken der

Lider über den unfokussierten Augen, als er sagte: Ich fahre da hin. Ich gehe in dieses Bergdorf, bringe ihnen Deine Bilder. Was sagst Du dazu: Ich folge Deinen Regieanweisungen, endlich wieder. Trete ein in Deine Gedanken, in die Szene, die Du vor eineinhalb Jahren entworfen hast. Spiele, letztmals, ein Stück, das Du Dir ausgedacht hast für mich.

Die Erleichterung wird nicht kommen. Das muss er begreifen. Ein Abschluss findet nicht statt. Nichts wird sich lösen. Er wird das akzeptieren müssen. Wird zurückkehren nach Deutschland, in sein unverändertes Leben. Sein Plan hat nicht funktioniert, der Auftritt im Bergdorf wurde abgesagt. Damit wird er sich abfinden – dass das alles gewesen sein soll: dieser Moment, hier, in diesem feuchten Zimmer. Mit den Insekten, die das Licht der Leselampe umflattern, den Motten, Moskitos, Nachtfaltern. Mit Mister Khin, der ihm wieder gegenübersitzt. Mit den Fotos auf der Tischplatte, denen die Feuchtigkeit schon die Ecken aufrollt. Die ihr Ziel erreichen werden, ohne ihn. Die er jetzt nicht mehr ansehen wird. Weil er aufstehen muss, sich bedanken, sich verabschieden und gehen. Schnell muss er das tun, schnell, bevor er wieder zu Boden stürzt und diesmal vielleicht nicht wieder aufsteht.

Er ist schon fast am Ende der Straße, als Mister Khin ihn zurückruft. Seine Schritte zittrig, er kommt nur langsam voran. Dass er Mister Khin morgen ein Geschenk vorbeibringen muss, denkt er gerade. Irgendetwas, einen Dank für die nicht aufzuwiegende Fürsorge, etwas Nützliches, für die Tochter vielleicht, aber es fällt ihm nichts ein, der Kopf dumpf, nichts funktioniert richtig. Die Straße fühlt sich unterkellert an unter seinen Füßen. Ein Resonanzboden, auf dem jeder seiner

Schritte in der Tiefe nachhallt. Als er endlich die Stimme Mister Khins bemerkt, ist der schon bei ihm. Ist ihm nachgelaufen, hat ihn am Arm gegriffen, ihn in eine Hausnische gezogen. Etwas sei ihm eingefallen, flüstert Mister Khin, etwas Wichtiges. Es gäbe da etwas, das er tun könne. Eine Handlung, die die Regisseurin nicht zu Ende gebracht habe, your chance for closure. Come back to my place tomorrow morning, sagt Mister Khin. Mehr könne er ihm nicht erzählen, nicht hier, nicht auf dieser unübersichtlichen, belauschbaren Straße.

Später fragt er sich, ob er sich das eingebildet hat. Ob er diesen letzten Moment mit Mister Khin erfunden hat, damit er weitermacht. Damit er morgen aufsteht. Damit er nicht aufhört mit allem, nicht einfach hier liegen bleibt und doch noch zu atmen vergisst. Vielleicht hat er sich da etwas zurechtgesponnen. Hat sich eingeredet, dass Mister Khin ihm helfen will. Hat sich einen Grund ausgedacht, der ihn weitermachen lässt, obwohl nun alles vorbei ist. Möglich wäre das. Er traut seinem Kopf nicht. Seinen erschöpften, übermüdeten Gedanken. Alles darin springt durcheinander. Sinc, Mister Khin, Burma, Birma, Myanmar. Die DDR. Toby. Die Flucht der Regisseurin, ihre umverteilte Vergangenheit. Mister Khin und die Bilder. Alles zu oft benannt, alles durcheinander geraten, nichts mehr an seinem Platz. Er selbst längst schon verschwunden, verloren gegangen irgendwo dazwischen.

Irgendwann schläft er ein. Die Kammer, in der er liegt, ist klein. Er hatte sie bei seiner ersten Ankunft kaum beachtet. Hatte sich nicht umgesehen, als er den Rucksack auf das Bett warf und loslief, um Mister Khin zu suchen. Erst jetzt, kurz vor dem Einschlafen, bemerkt er den Schmutz. Die Spinnennetze, aus denen losgerissene Weben herabbaumeln, umwickelte Beute, flügelverklebte Insekten. Den Schimmel im abschälenden Putz. Den Rattenkot in den Zimmerecken. Im Halbschlaf hört er das An- und Abfahren der Soldaten. Hört ihre Stiefel auf den Holzdielen, ihr Gelächter, ihr Stöhnen und Schnarchen im Schlaf. Als sie im Morgengrauen in ihre Wagen springen, steht er auf. In der Nacht muss er seinen Rucksack geöffnet haben. Muss seine Kleider unter sich gezogen haben, sie ausgebreitet zum Schutz gegen die durchlöcherte, von Parasiten zerfressene Matratze. Gegen die Geräusche, die er im Kopfkissen zu hören glaubte. Das Knacken von Milben, von Nissen. Beim Einräumen sucht er nach Dingen, die er Mister Khin schenken könnte. Nichts scheint ihm brauchbar: seine Pullover und T-Shirts, Kugelschreiber, der Fotoapparat, die Medikamente. Die Kontaktlinsen, die er hier nie trägt. Sines Ring. Den er in der Hand hält, ihn dreht. Schließlich in seine Hosentasche schiebt, die Finger darumschließt und nicht wieder loslässt.

Mister Khin erwartet ihn schon. Er sieht wieder besser aus, ausgeruhter. Die Furche in seiner Stirn hat sich geglättet, er lacht über das ganze Gesicht, als er ihn kommen sieht. Dass Mister Khin in der Nacht, in der er bei ihm war, nicht geschlafen haben kann, begreift er erst jetzt. Er muss sich um ihn gekümmert haben, muss ihn gehalten haben, während er sich erbrach. Muss mit ihm gesprochen, ihm den Mund ausgespült, die Stirn gekühlt, ihm Tee eingeflößt haben.

Auf dem Markt führt ihn Mister Khin zu einem offenen Bretterverschlag. Ein schmächtiges Mädchen verschwindet dort fast hinter dem riesigen Topf, in dem sie rührt. Sie muss sich auf die Zehenspitzen stellen, als sie ihnen die Suppe in Schalen füllt. Kleine Paprikaschoten schwimmen in der würzigen Brühe aus Tomaten, aus Koriander, Zitronengras. Glasnudeln hängen tropfend über den Rand. Dass er das essen müsse, sagt Mister Khin, und zwar alles – you will need your strength. Er solle sich keine Sorgen machen: morgens könne er burmesisches Essen bedenkenlos zu sich nehmen, alles sei frisch. Das Problem sei die Lagerung: das Essen stünde in der Sonne herum, bliebe offen, fliegenumschwärmt, werde dann abends mit Öl angereichert und wieder serviert. Das sei es, erklärt Mister Khin, was die Europäer nicht vertrügen: diesen Verfall durch die Zeit. I know your stomachs.

Die Suppe stärkt ihn, er kann es spüren. Endlich fühlt er sich wieder kräftig. Er beobachtet die Burmesen, die sich zu ihnen an den tief gelegten Tisch kauern. Die ihre Longyis zu Schläuchen spannen, sie zurechtrücken, neu knoten, bevor sie sich setzen. Sie beugen sich tief über ihre Schalen. Die meisten von ihnen springen danach sofort wieder hoch. Wieder arrangieren sie ihre Kleidung, knoten ihre Röcke um, grüßen das Mädchen hinter dem Suppentopf und verschwinden zwischen den Marktständen – zwischen aufgetürmten Reissäcken, zwischen Gemüse, getrocknetem Fisch, zu Pyramiden angeordneten Stoffballen – in den Gängen.

Als sie einen Augenblick lang allein am Tisch sitzen, sieht sich Mister Khin prüfend um, beugt sich dann vor. About your grief, sagt er leise, here is what you can do. Er habe, sagt er, ein System entwickelt. Manchmal kämen Touristen zu ihm. Durch Zufall, Erzählungen, durch die Empfehlung anderer Reisender, ganz so wie er. Alle erhofften sie von ihm das Gleiche: die Wahrheit über dieses Land. Sie alle wollten etwas anderes sehen als das malerische Burma. Keine goldglänzenden Pagoden mehr, keine höflichen, freundlichen Mönche. Keine grüßenden, winkenden Kinder. Er nehme sie mit. Zeige ihnen die Armut. In den Dörfern außerhalb, den Orten, die keiner besuche. Er bringe sie in die Schulen. Dort spende er den Schulkindern die Dinge, die sie selbst sich nicht leisten könnten. Bücher, Stifte, Lernmaterialien. Auch die Regisseurin, sagt er, hat mich begleitet. Und alle, die dabei waren, wollen mir danach helfen. Sie geben mir Geld. Davon kaufe ich wieder Hefte, Kreide, rote Kugelschreiber für die Lehrerinnen. Manchmal sogar Schulbänke, eine Tafel.

Und jetzt das System: die Touristen, die ich mitnehme, setzen jeweils die Geldspende ihrer Vorgänger um. Sie sind bei mir, wenn ich die Hefte kaufe und übergeben sie dann den Schulkindern selbst. Wenn die Touristen später Burma verlassen, wenn sie zurück in Thailand sind, in Vietnam, oder wieder daheim in Deutschland, Italien, der Schweiz, dann schreiben sie den Spendern einen Brief und berichten ihnen, wie deren Geld verwendet wurde. Außerhalb der Landesgrenze hat niemand Zugriff auf diese Briefe, von dort aus kommen sie tatsächlich an. Die Vorgänger erhalten die Berichte ihrer Nachfolger. Eine sinnvolle Verschiebung. So wissen die Leute, dass ich mich nicht bereichere. Deswegen vertrauen sie mir. Das funktioniert, sie geben viel.

Die Regisseurin nun, fährt Mister Khin leise fort und lehnt sich näher zu ihm, habe etwas Besonderes getan. Er überreiche seinen Gästen am Ende eines solchen Tages immer eine Banknote. Altes Geld, inzwischen verboten. Auf diesem seltenen Schein notiere er den Namen des Beschenkten in burmesischer Schrift. Außerdem: Datum, Ort und seinen eigenen Namen. Eine Geste sei das. Eine Erinnerung an die andere, die verborgene Kehrseite dieses Landes. Als er der Regisseurin diesen Schein gegeben habe, sei sie ganz still dagestanden. Dann habe sie in ihre Tasche gegriffen. Sie habe kurz gezögert, schließlich ihren Geldbeutel genommen und ebenfalls eine Banknote hervorgezogen. Darauf vermerkte sie seinen, Mister Khins Namen. Außerdem: Datum, Ort und ihren Vornamen. Sie übergab ihm den Schein beinahe zeremoniell. Denn das war, erklärte sie ihm, das erste Westgeld, das sie je besessen hatte: dieser grüne Zwanzig-Mark-Schein der Bundesrepublik Deutschland.

Sie wollte, sagt Mister Khin, dass ich ihn habe. Ich habe ihn nie eingewechselt. Niemand hat dieses Geld in Stifte umgesetzt, in Hefte für die Kinder. Niemand ist für deine Freundin dorthin gegangen, ist zu den Schulen gefahren, hat ihr einen Brief geschrieben, hat den Vorgang abgeschlossen, das System weitergeführt. Sie wollte, dass ich es verwende, dieses Geld. Ich weiß nicht, warum ich es nie getan habe. Vielleicht habe ich gewartet. Auf dich. Und jetzt gebe ich dir diesen Schein. Wir wechseln ihn ein und du gehst für sie in die Schulen. Vielleicht, sagt er, wusste sie, dass du irgendwann kommst.

Er hält die Banknote in den Händen. Starrt auf die Kopfseite. Auf ihre Schrift über dem Wasserzeichen. Das Datum. Ihren Geburtsnamen, an den er nicht mehr denken will. Den er vermeidet, weil er sie nie so genannt hat. Weil er sie immer nur mit ihrem Beruf angesprochen hat, so wie sie ihn mit seinem. Meine Regisseurin, mein Schauspieler. Ein Spiel war das gewesen, eine Aufrechterhaltung von Distanz. Weil sie sonst, das weiß er, nicht mehr miteinander arbeiten hätten können, als sie begannen, sich zu verlieben.

Er muss aufstehen, sich bewegen, muss heraus aus diesem Markt, aus diesem Gewühl von zu vielen Menschen. Schiebt den kleinen Hocker so heftig von sich, dass er hinter ihm umkippt. Blickt sich nicht um, als er sich durch die Gänge zwängt, vorbei an den Ständen, den rufenden Händlern, die ihn, den Deutschen, den weißen Touristen, mit Angeboten überschütten, buy fruit, buy shoes, buy longyi for your wife.

Mister Khin holt ihn ein, als er an einer Wegkreuzung anhält. Das Gesicht des alten Mannes wirkt besorgt. Dass er sich entschuldige, sagt Mister Khin, als er neben ihm zum Stehen kommt, er habe ihn nicht erschrecken wollen, nicht aufwühlen, I really thought, this would be a good thing to do.

Er schüttelt den Kopf, den Blick noch immer auf seinen Händen, dem Geldschein, auf ihrer Schrift. Atmet dann ein, sieht hoch, endlich wieder bei sich, endlich Boden unter den Füßen. Ein Windstoß fährt ihm über den Körper, als er Mister Khin anlächelt. Als er sagt: no, you were right. Das ist eine wunderbare Idee, this is just perfect.

Die Bahngleise sind von hoch aufschießenden Gräsern durchzogen. Gerade zweimal täglich, sagt Mister Khin, verkehre hier ein Zug, abends nach Norden, morgens nach Süden. Seit zwei Stunden radeln sie auf einem schmalen Pfad neben den rostenden Schienen her. Sie fahren langsam, Mister Khin will ihn nicht überanstrengen. Das Fieber, mahnt er, habe ihn zu sehr geschwächt. Und dann die Trauer, your grief. It eats away all your strength.

Den Zwanzig-Mark-Schein hat er in seinen Geldbeutel gesteckt. Hat Mister Khin zehn Euro dafür gegeben, mehr wollte er nicht nehmen. Die zehn Euro konnten sie bei einem Freund Mister Khins gegen Dollar eintauschen, die Dollar gegen Stifte, Bücher und Hefte. Sein früherer Englischlehrer, erzählte Mister Khin, erhalte eine Altersrente von zwei Dollar pro Monat. Er sei zweiundneunzig Jahre alt und müsse seine Klassen noch immer unterrichten.

Wenn sie nicht sprechen, ist es still. Nur das Rattern der Fahrräder ist dann zu hören, das Auf- und Niederspringen der Hefte in den Körben, der Wind in den Gräsern, manchmal der Flügelschlag eines Vogels hoch über ihren Köpfen. Als sie den Ort hinter sich ließen, hat Mister Khin begonnen, ihm von den Wahlen zu erzählen. Von der Fassungslosigkeit, die sich ausbreitete, als das Militär 1990 das Wahlergebnis des Volks ignorierte. Als die gewählte NLD unterdrückt, deren demokratische Vorkämpferin Daw Aung San Suu Kyi unter Hausarrest gestellt wurde. Eine Militärdynastie sei das, sagte Mister Khin, regiert von einem verrückten, selbsternannten König, von Senior General Than Shwe, dem seine Astrologen weismachten, er sei die Reinkarnation des King Thalun. Das politische Klima, sagte Mister Khin, sei heute schlechter als je zuvor, die Regierung skrupellos, Than Shwes Handlanger abergläubische, ungebildete Schlächter. Our Burma, rief Mister Khin gegen den Fahrtwind, is suffering a lot, you know.

Er fragt wenig nach. Weiß nicht, welche Fragen angemessen sind. Was man sagen kann auf solche Sätze: unser Land leidet sehr. Trotzdem fühlt er sich gut. Zum ersten Mal seit langem ist er wieder zurück bei sich. Er sitzt aufrecht im Fahrradsattel, fährt freihändig. Das Gespräch über die Politik hilft ihm. Endlich kann er wieder denken. Darf neue Gedanken fassen, sich mit Dingen beschäftigen, die außerhalb seiner selbst liegen. Es geht nicht um Sine, nicht um die Regisseurin, *nicht immer noch um Dich, um uns*. Er selbst wird unwichtig, wird klein neben den Problemen dieses Landes. Neben dem Willen, der Mister Khin antreibt. Heute wird er ihm folgen.

Nach den Mönchen in Yangon fragt er Mister Khin, als sie ein Waldstück durchqueren. Während sie Baumschatten durchfahren, tanzende Reflexe von Zweigen, von Blättern auf dem Waldboden, erzählt er von der Bühne, dem Mikrophon. Den immer gleichen Fragen. Where do you come from, where do you go. How long will you stay. Sine erwähnt er nicht. Will wissen, ob Mister Khin ahnt, was das für eine

Versammlung war. Ob der Lehrer ein Sympathisant des Militärs gewesen sein könnte. Oder ein Gegner. Mister Khin schweigt. Dass die Mönche sich eigentlich nicht politisch engagieren dürften, sagt er dann. Und dass zumindest die reicheren Klöster eng mit dem Militär verknüpft wären. Aber dennoch: diese scheinbar heimliche Zusammenkunft, das Erlernen der Sprache der Touristen – das sei ungewöhnlich. Maybe, sagt Mister Khin, this is a good sign.

Er nickt. Ist kurz wieder dort, in diesem Raum. Erinnert sich an die Worte, die er gesprochen haben muss, als Sine ihn schon hören konnte. Als er noch nicht um sie wusste, ihre Anwesenheit. Fragt sich, was geschehen wäre, hätte sie das Zimmer einen Augenblick früher betreten. Einen minimalen Bruchteil aus Zeit.

Dass die Militärs ihn eingesperrt hätten, mehrfach schon, sagt Mister Khin gerade. Sein Kontakt zu Touristen, sein politisches Engagement, angeblich aufrührerische Tendenzen – es gäbe für die Staatsmacht immer einen Grund für neue Inhaftierungen. Ein Freund von ihm sei erst vor einer Woche im Morgengrauen festgenommen worden, noch in seinem Bett verurteilt zu zehnjähriger Haftstrafe. Die Ehefrau krank, der Freund fünfundsiebzig Jahre alt – sie werden das, sagt Mister Khin, beide nicht überleben.

Vor ihnen endet plötzlich der Weg. Der dünne Kiespfad läuft aus in einem Wall aus Gebüsch, aus Dornensträuchern. Hinter diesem Dickicht befände sich ein Abgrund, sagt Mister Khin und wuchtet sein Fahrrad auf die Schienen. Eine Überquerung sei nur über die Eisenbahnbrücke möglich. Aber dann, sagt Mister Khin, dann sind wir da.

Der Tritt auf die Gleise fällt ihm schwer. Immer wieder vergewissert er sich, dass er nichts hört: kein Singen der Schienen, kein Rumpeln in der Ferne, nicht das anschwellende Rauschen eines plötzlich herannahenden Zuges. Er klammert sich an die Handgriffe seines Lenkers, starrt auf die Gleisschwellen unter seinen Füßen, auf die Querverbindungen, die sich vom Boden loslösen, auf die zurückweichende Umrandung, beginnt wieder zu schwitzen.

Dass ihm die Regisseurin viel von der DDR erzählt habe, sagt Mister Khin in dem Moment, als sie auf die Brücke hinaustreten. Unter ihnen die Tiefe. Scharfkantige Felswände fallen senkrecht in die Schlucht, bilden einen steinernen Kessel, auf dessen weit entferntem Grund sich ein Bachlauf eingegraben hat. Etwas Unnatürliches liegt in diesem Anblick. Zuerst weiß er nicht, was es ist. Die Abstände, die Farben – alles wirkt normal. Unsicher bewegt er sich vorwärts. Sucht mit den Augen nach der Ursache für sein Unbehagen, für die Beklemmung, die in ihm aufsteigt. Dazu sein Respekt vor der Höhe, vor der Enge dieses eingleisigen Stegs, auf dem man nicht ausweichen könnte, käme jetzt ein Zug. Bis es ihm auffällt: nichts bewegt sich. Keine Vögel durchkreisen die Schlucht, selbst der Fluss scheint erstarrt, totes Gewässer. Als Mister Khin auf halbem Weg das Fahrrad abstellt und sich an den Brückenrand setzt, kann er es fast nicht glauben: dass er hier eine Pause einlegen will, hier mit ihm reden, ausgerechnet. Auf dieser Brücke, über dem stillstehenden Zerrbild eines Tals. Und begreift erst im Hinsetzen, dass Mister Khin sich sicher fühlt. Weil ihn hier, auf diesem über dem Nichts schwebenden Brückengerüst, niemand belauschen kann.

Ob er Fragen habe, will Mister Khin wissen. Whatever you want to know; ask me now. This might be the only place, where I can answer everything. Hast du Fragen zu unserem Land, unserer Politik, zu dem Besuch deiner Freundin damals, stell sie mir jetzt. Was willst du wissen.

Er gräbt seine Finger in das Schwellenholz. Löst mit den Nägeln Spreißel aus den Brettern. Weiß, dass er jetzt nach der Folter fragen sollte, von der er gelesen hat. Nach der Verschleppung von Frauen, dem Rauschgifthandel, Export von Rohopium, Vergewaltigungen im Karen-Staat, verschwindenden Menschen. Ist das alles wahr, müsste er fragen. Gibt es etwas, das ich tun kann. Stattdessen spürt er, wie sich etwas in ihm verkrampft. Wie es ihm nicht gelingt, die eine Frage zu unterdrücken, die ihn drängt, seit er Mister Khin zum ersten Mal gesehen hat. Er meidet Mister Khins Augen, als er sie stellt. Hat sie, fragt er, von mir erzählt.

Mister Khin sitzt still. Er wirkt nicht überrascht. Mit den Handflächen streicht er über den Stoff seines Longyis, fährt ein paar Mal über das Karomuster, als könne er die Farben glätten. Dann nickt er. Yes, sagt er, she did. She told me about her boyfriend, this actor back home in Germany. She loved you a lot.

Ein Vogel fällt vom Himmel. So sieht es zumindest aus. Mit weit ausgebreiteten Flügelspannen segelt er über ihre Köpfe hinweg, direkt in den Abgrund hinein, scheint nicht zu steuern, sich nicht zu regen im Flug, gibt keinen Laut von sich. Wie ein Papierflieger, den jemand in den Raum geworfen hat, um seine Flugtauglichkeit zu testen, oder: ein sinkender Stein, der die Brunnentiefe ausloten soll.

Dass ihm die Dinge, die ihm die Regisseurin erzählt habe, Hoffnung gemacht hätten, sagt Mister Khin. Von der Wiedervereinigung Deutschlands habe sie gesprochen, der Demokratisierung des SED-Staats durch die friedlichen, gewaltfreien Demonstrationen. Dann die Maueröffnung: was für ein Symbol. Er könne verstehen, wieso er, der Schauspieler, sich hier in die Rolle des Ostdeutschen habe versetzen wollen. Warum er in die Vergangenheit seiner Freundin geschlüpft sei. I understand why you did it. Die Geschichte der Regisseurin habe auch ihn sehr berührt. Obwohl sie geflohen sei, nicht gekämpft habe für ihr Land. Er selbst habe sich für das Bleiben entschieden. Eine Regierung lasse sich abschaffen, das habe der Niedergang der DDR gezeigt. Die Öffnung Burmas für den Tourismus sei da ein Anfang. Die Regierung unterschätze die Touristen. Nicht die organisierten Gruppen, die Bildungsreisenden, die habe der Staat tatsächlich im Griff. Aber die Backpacker, die Rucksacktouristen, sagt Mister Khin, ihr seid ihnen gefährlich, denn ihr seid nicht steuerbar. Euch karrt man nicht von Pagode zu Pagode. Ihr kommt in Orte wie diesen. Nehmt Briefe, Bilder mit herein, heraus, erzählt allen die Wahrheit über uns, in Europa, Amerika, Australien. Bringt uns Informationen von jenseits der Grenzen. Darüber, wie man unser Land wahrnimmt. Über das, was wirklich passiert in der Welt. Ihr seid, sagt Mister Khin, unsere trojanischen Pferde.

Es gäbe Gerüchte, dass das Militär die Hauptstadt verlegen wolle. Einen neuen Regierungssitz bilden, fern von Yangon, in einer abgeriegelten, verbotenen Stadt der Mandalay-Division. Kein Zugang für Zivilisten, für Ausländer. Eine Verschanzung wäre das, sagt Mister Khin, aber auch: ein Zeichen von Angst.

Er kann Mister Khin nicht antworten. In seiner Hosentasche spürt er Sines Ring. Denkt an ihr Gesicht. Ihre Augen, als sie seinen Pass in den Händen hielt. Ihren Unglauben im ersten Moment. Er lässt seinen Blick in die Tiefe schweifen, kann weit unter sich den Vogel sehen, als einen tauchenden, abwärts sinkenden Punkt. Your country, sagt er schließlich, your Burma, your Myanmar is very special. Dieses doppelseitige Land. Burma ist der einzige Ort, an dem mir so etwas passieren konnte. Niemals wäre ich anderswo auf so eine Idee gekommen. Nur hier konnte geschehen, was mir geschehen ist. Nirgendwo sonst.

Mister Khin nickt. Eine Weile schweigen sie. What will you do when you get back home, sagt Mister Khin schließlich, wie wirst du uns helfen. Verwirrt sieht er Mister Khin an. Er weiß nicht, was er sagen soll. Was er tun kann, wenn er wieder daheim ist. Sucht die Antwort in Mister Khins Gesicht. Der ihn fixiert, ihm standhält, auf etwas wartet. Bis Mister Khin sich wegdreht von ihm, bis er aufsteht, nach seinem Fahrrad greift und im Weitergehen leise sagt: At least – tell your friends.

Die Kinder erspähen sie schon von weitem. Sie lehnen sich aus den Fenstern einer großen Holzbaracke, sie rufen, winken Mister Khin. An alte Wildwestfilme muss er denken, als er sich dem verwitterten Bau nähert. An zerfallende Farmhäuser mitten in der Prärie. Sogar der Zaun scheint einem Western entlehnt: die großen Pflöcke und hölzernen Querlatten könnten Bullen und Wildpferde einzäunen. Stattdessen werden sie zum Klettergerüst für die Kinder, die aus dem Hausinneren auf Mister Khin zulaufen, die sich durch den Zaun zwängen, sich unter den Sprossen hindurchschwingen, auf dem kahlen Vorplatz auf und nieder springen, nicht zu halten sind, als sie die Hefte, die Stifte in den Fahrradkörben entdecken.

Ein hoch gewachsener, alter Mann tritt aus dem Gebäude. Er hält sich starr aufrecht, stützt sich ab an der Schulter eines Jungen, der ihm gerade bis zur Hüfte reicht. Seine Pupillen sind mit einem trüben Schleier überzogen, seine Wangen eingefallen unter einem kurz geschorenen weißen Bart. Als einziger trägt er die burmesische Schuluniform: einen dunkelgrünen Longyi und ein weißes, gestärktes Hemd. Dass das sein alter Lehrer sei, sagt Mister Khin und öffnet das Gatter zum Schulgelände. Als sie eintreten, wird es leise. Die Kinder huschen um sie herum, formieren sich, bilden drei wispernde, drängelnde, auseinanderkippende Reihen.

Sie beobachten ihn. Er kann ihre Blicke spüren. Weiß, dass das Getuschel sich auf ihn bezieht. Auf seine weiße Haut, seine Hosen, die Blässe in seinem Gesicht. Die Fremdheit seines Anblicks. Plötzlich fühlt er sich unwohl. Will abwehren, als Mister Khin und dessen Lehrer in artikuliertem Oxford-Englisch darauf bestehen, dass er den Kindern die Hefte selbst übergibt. Dass er sich niederkauert und die Schüler einzeln antreten lässt. Dass er sie grüßt, ihnen in die Augen sieht, bevor er jedem von ihnen einen Stift und ein Heft überreicht. Deplatziert fühlt er sich in diesem Moment: ein schwitzender Weihnachtsmann im Hochsommer. Warum er es trotzdem tut, weiß er nicht. Aber dann sieht er aus dem Augenwinkel Mister Khin, der sich an seinen Lehrer heranschiebt. Der dort unauffällig den Jungen ablöst, der den greisen Mann gestützt hat. Er sieht die beiden alten Männer dort stehen, ihre Bemühung um aufrechte Haltung. Und begreift: das hier ist etwas, das er tun muss. Weil sie ihn darum bitten.

Die Schlange nimmt kein Ende. Die Parade der Kinder, die ihn forschend ansehen. Manche von ihnen zögern, bevor sie zu ihm treten. Andere stellen sich hinter ihren Vordermännern auf die Zehenspitzen, sie schubsen, sie schieben, können es nicht erwarten. Ein kleines Mädchen im viel zu großen Blumenkleid, und runden Thanaka-Zeichen unter den Augen, stolpert über den Saum ihres Rocks. Er fängt sie im Fallen auf, hört das Gelächter der anderen Kinder, hält ihren kleinen Körper, der sich schutzsuchend an ihn presst. Je weiter die Schlangen vorrücken, desto rastloser werden die, die noch nicht bei ihm waren. Er spürt ihre Unruhe. Weiß, dass sie fürchten, dass es nicht reicht. Dass für sie nichts übrig bleiben wird. Schnell überschlägt er die Anzahl der anstehenden Kinder. Denkt an den Inhalt seines Rucksacks im Guesthouse. An die Kugelschreiber, die Medikamente, den Fotoapparat. All die Dinge, die er Mister Khin heute früh nicht hatte bringen wollen, weil er sie für nutzlos hielt, für wertlose, unangemessene Geschenke. Und wünscht sich nun, er hätte alles mitgenommen. Hätte mehr, was er diesen Kindern geben könnte.

Als es vorbei ist, ist er erleichtert. Die Anzahl der Hefte stimmt, Mister Khin hat sie genau berechnet. Er steht auf, streckt seine steif gewordenen Beine. Eine Schachtel Kreide und den roten Filzstift, der übrig bleibt, überreicht er dem Lehrer. Zu dritt stehen sie da. Betrachten die Kinder, die zurück in den Klassenraum gerannt sind. Die auf die zerkratzten Bänke klettern, mit ihren Kugelschreibern klicken, sich gegenseitig die bunten Einbände ihrer Hefte zeigen. I count them, sagt der Lehrer leise und lehnt sich schwer auf die Schulter von Mister Khin, jeden Morgen zähle ich sie. Und immer wieder passiert es, dass eines der Kinder fehlt. Sie kommen dann, sagt er, nicht zurück. Sie verschwinden, werden zwangsrekrutiert, did you hear about that. Rund sechzigtausend Kindersoldaten, fährt er fort, gäbe es in Burma, die meisten der Rekruten kaum größer als ihre Gewehre. Man setze sie unter Drogen, die Mädchen würden vergewaltigt, an ältere Soldaten verheiratet. Eine Flucht unmöglich, Deserteure würden mit dem Tod bestraft. Und ich, sagt der Lehrer und fährt sich mit der Hand über das Gesicht, über die trüben Augen, kann ihnen nichts beibringen, was sie dagegen wappnet. Sometimes I am so tired I barely can move.

Auf der Rückfahrt reden sie nicht. Mister Khin fährt voraus, lässt ihn mit seinen Gedanken allein. Als sie die Brücke überqueren, den Abgrund, die Schwelle, an der sie vorher saßen, will er Mister Khin zurückrufen. Will ihn um ein zweites Gespräch bitten, eine neue Unterredung, aber dann lässt er es sein. Es gibt, das weiß er, die Worte nicht, die vermitteln könnten, was er jetzt fühlt.

In Mister Khins Garten stellen sie die Fahrräder unter dem Bananenbaum ab. Dass er ihm Geld hier lassen möchte, sagt er Mister Khin. Zur Fortführung des Systems. Mister Khin lächelt, notiert sich seine Adresse in einem zerfledderten Heft, überreicht ihm dann eine alte Banknote des Staates Myanmar, auf der er das Datum und ihre beiden Namen notiert hat. You will, sagt Mister Khin, get a letter, you know. New tourists will come along and will bring your money to the school. They will write you about it. Und dass er der Regisseurin erzählen müsse, wo er gewesen sei. Dass er ihr Westgeld umgesetzt habe, es den Kindern, dem Lehrer gebracht. Usually I would have to give you her address now, sagt Mister Khin. Aber ich glaube, du weißt, wo du sie findest.

Beim Abschied stehen sie lang in der halb offenen Hintertür. Einen Packen dünner Luftpostbriefe drückt ihm Mister Khin in die Hand. Ob er die bitte einwerfen könne, wenn er außerhalb der Landesgrenze sei. Auf dem Heimflug, in Bangkok vielleicht, oder besser: in Eurem wiedervereinten Deutschland, das brächte mir Glück, ich bin sicher. Er nickt. Schiebt die Briefe in die Innentasche seiner Jacke. Die Bilder der Regisseurin, fährt Mister Khin fort, werde er in ein paar Wochen in das Bergdorf bringen können. Er werde ihm davon erzählen, ihm schreiben. It just might take a while until you hear from me.

Als er Mister Khins Hand ergreift, zögert er kurz. Weiß

nicht, wieder einmal, wie er sich ausdrücken kann. Sagt dann das einzige Wort, das ihm angemessen erscheint, auf Deutsch: Danke.

Er ist schon auf der Straße, als sich plötzlich die Vordertür zu Mister Khins Haus öffnet. Sie ist lange nicht bewegt worden, er hört es am Quietschen der Scharniere. Mister Khin lehnt in dem Türspalt, beugt sich über den Tisch, den er zur Seite rücken musste, um die Tür aufstoßen zu können. Er habe da, ruft Mister Khin, etwas zu sagen vergessen, etwas Wichtiges:

Du darfst sie jetzt loslassen, you get that: you now are allowed to let her go.

Es ist noch dunkel, als er am nächsten Morgen in Mister Khins Garten zurückkehrt. Er bewegt sich vorsichtig, vermeidet jedes Geräusch. Auf dem Rasen erkennt er die Spuren, die er hinterlassen hat, als er zu Boden stürzte. Die Tochter muss das Erbrochene weggespült haben, aber er sieht die aufgeworfene Erde an den Stellen, an denen er sich in die Grasnarben krallte. Er stellt seinen Rucksack auf den Boden. Leise räumt er seine Sachen aus: die Kleider, den Wecker, die Medizin. Legt auch den Fotoapparat dazu, die Speicherkarte mit den Bildern von Sine: Sine im Kin Pun Basecamp, am Golden Rock, im Kloster mit den springenden Katzen. Behält nur ein T-Shirt zum Wechseln, seine Papiere, das Moskitonetz, die Reiseführer, ein paar Aspirin. Setzt sich schließlich tastend die Kontaktlinsen ein und legt seine Brille zuoberst auf den Stapel. Vielleicht, das hofft er, benötigt Mister Khin eine ähnliche Stärke wie er.

Bevor er auf die Straße tritt, dreht er sich noch einmal um. Die Brillengläser reflektieren das Mondlicht, blicken ihm nach, zwei kreisrunde, schimmernde Flecke im Dunkeln.

Als hätte das andere Ich, das er mit sich herumtrug, sich endlich abgestreift von ihm. Sähe ihm nach, ganz ruhig. Weil ein einziges Wort den Unterschied ausmachen kann. Nicht: du musst sie loslassen. Sondern: du darfst.

Leb wohl.

Für die Rückfahrt nach Yangon benötigt er die restlichen Tage seines Visums. Er gewöhnt sich daran, dass Fahrzeuge unter ihm zusammenbrechen. Wechselt von Pick-ups in Busse, von Bussen in Pick-ups. Schläft in den unterschiedlichsten Guesthouses, bleibt nirgends lang. Einmal durchsuchen sie sein Zimmer. Er bemerkt schon beim Frühstück, wie die dickliche Rezeptionistin von zu gut gekleideten Männern beiseite gezogen wird. Bleibt dann geduldig bei ihr stehen, als sie aufgeregt versucht, ihn in ein Gespräch zu verwickeln, ihn abzulenken, festzuhalten, während sie auf seinem Zimmer seine wenigen Dinge durchwühlen. Er tastet nur kurz seine Kleidung ab, vergewissert sich, dass Mister Khins Briefe bei ihm sind, eingeschoben in das Innenfutter seiner Jacke. Ein anderes Mal sitzt er auf dem Beifahrersitz neben einem schöngesichtigen Dandy, der, als er erfährt, dass er Deutscher ist, erfreut ausruft: I like your country, I like Hitler. He cared for his people. Und ihm beim Abschied erzählt, dass er selbst bei der Polizei sei, ein ehrenwerter Job, I serve my state.

Er meidet das doppelt verpackte Wasser. Trinkt stattdessen Star-Cola, Fantasy-Orange, heiß aufgebrühten Tee. Er achtet darauf, gut zu essen. Mittags bestellt er frisch zubereitete Suppen, auf Märkten, in Restaurants. Morgens isst er Toast und Bananen in allen Formen: rot, grün, gelb, klein, groß, vernarbt. Stellt sich manchmal vor, wie er daheim die Praxis seines Hausarztes betreten wird, ihn um Nachkontrolle bittet.

Wie der ihn einweisen wird in irgendeine Station, in das Tropeninstitut, die Immunologie vielleicht. Wie er dort liegen wird, in gestärkten Bettlaken, den Geruch des Desinfektionsmittels auf der Haut. Oder: wie ihm der Arzt sagen wird, dass er gesund ist. Dass sein unruhiger Geist sich die Krankheiten herbeigedacht hatte, dass er sich bestrafen wollte, vielleicht, für seinen Treuebruch an der dahinvegetierenden, nicht sterbenden Freundin. Oder: wie er dem Arzt von den Antibiotika erzählen wird, die er in Bagan bekommen hat und wie der ihn auslachen wird, ihm sagen, dass die in Deutschland längst verboten seien. Aber keine Sorge, wird der Arzt sagen, was immer Sie auch gehabt haben mögen: diese Tabletten töten alle Viren, alle Bakterien, die schlechten wie die guten. Nur, wird er sagen, was Sie hatten, werden wir nun nicht mehr feststellen können. Wir werden nicht wissen, ob Sie überhaupt krank waren. Denn auch das ist möglich: vielleicht war er gesund. Vielleicht wollte der Mann, der sie ihm in diesem dunklen Arztzimmer in Bagan verkauft hat, nur an seiner Unsicherheit verdienen. You will be very sick soon.

Sine sucht er nicht mehr. Nur manchmal hält er nach ihr Ausschau, spürt, dass sich sein Puls beschleunigt, wenn er in der Ferne eine blonde Frau entdeckt. Aber sie ist es nie, er begegnet ihr nicht. Auch Jeff nicht, Ute nicht. Er spricht selten mit Leuten.

In Yangon schläft er wieder im gleichen Guesthouse wie bei seiner Ankunft. Sie erkennen ihn, erinnern sich, fragen ihn nach seiner Reise. Er erzählt ihnen kaum etwas, erwähnt nur den Goldenen Felsen, den Inle See, Bagan, die üblichen Orte. Sagt nichts von Mister Khin, nichts von der Überlandfahrt in die Schule. Nichts von dem alten Lehrer, den Kindern, dem Bergdorf, der Regisseurin. Nichts von Sine.

An seinem letzten Abend in Burma sucht er die Mönche. Er läuft im Dämmerlicht durch die Straßen, will das Haus wieder finden, in das sie ihn gebracht haben. Will den Raum noch einmal sehen, diesen unverständlichen Ort, diese Bühne. Noch immer weiß er nicht, wer sie sind. Zu wem sie gehören. Ob Mister Khin mit seiner Vermutung Recht hat: maybe this is a good sign. Er will prüfen, ob sie ihm wieder die gleichen Fragen stellen würden. Ob sie ihn wiedererkennen würden, ihn immer noch so verunsichern könnten. Vielleicht könnte er sie jetzt besser einschätzen. Jetzt, nach fast achtundzwanzig Tagen in diesem Land. Aber dann, als er die verwinkelte Gasse wieder findet, das Haus, den verdeckten Aufgang, bleibt er auf der Stiege stehen. Geht die wenigen Schritte bis zur angelehnten Tür nicht hinauf. Glaubt, als er sich abwendet, Jeffs Stimme zu hören, der im Klassenraum in das Mikrophon sagt: »I fucking told you I'm from the US.«

Der Inder, der ihn am nächsten Morgen zum Flughafen fährt, reicht ihm zum Abschied die Hand. Dass er einmal wieder kommen müsse, sagt er. Ein wenig später im Jahr vielleicht, nicht so knapp nach der Regenzeit, um Weihnachten herum etwa, da sei es hier besonders schön. Er geht nicht darauf ein, bedankt sich stattdessen für die Fahrt. Schüttelt dann, verzögerte Antwort, im Aussteigen den Kopf. Dreht sich nicht noch einmal um, als er losläuft, ohne seinen leicht gewordenen, fast leeren Rucksack auf den Rücken zu schwingen. Durch das Gewühl aus Menschen, aus anfahrenden, abbremsenden, hupenden Autos bahnt er sich seinen Weg zum Eingang.

Das Gebäude ist höher, als er es in Erinnerung hat, verschobene Proportion. Der Flughafen wirkt größer als bei seiner Ankunft. Als er gerade eintreten will, hört er das Donnern, das Aufrauschen, mit dem ein gerade herannahendes

Flugzeug die Wolken durchbricht. Er bleibt stehen, beobachtet den Landeflug, wartet, bis der schwere, in Sonne und Luftfeuchtigkeit aufglitzernde Flugkörper hinter dem Gebäude verschwindet.

Kurz fragt er sich, wie es wäre, wenn er in diesem landenden Flugzeug säße. Wenn er heute erst ankäme. Wenn sich gleich die Tür öffnete und er heraustreten würde, der Blick so müde, so verhangen. Was würde er sich sagen, sich mitgeben wollen für diese Reise. Was wäre sein Rat.

Er schlüpft in die Schulterriemen seines Rucksacks und tritt ein.

Dass sie im Wartesaal hinter der Abfertigung einen Fernseher stehen haben, kann er kaum glauben. Er setzt sich in einen der Plastikschalenstühle direkt vor den Monitor. Sie haben einen Musiksender eingestellt, haben einfach hier, in diesem Flughafen, in dieser Abflughalle den im ganzen Land verbotenen Zugang zu internationalen Sendern freigeschaltet. Kylie Minogue tanzt über eine chromglänzende Fläche, dreht sich, schwenkt dieses Kleid, bei dem man nie sicher ist, wieso es ihr nicht vom Körper gleitet, wieso es hält. Fremd kommt ihm das vor, ein absurder Gruß aus einer anderen Zeit.

Ob er die ganzen Zahlen behalten hat, beginnt er sich zu fragen: die PIN-Nummern seines Handys, seiner EC-Karte, die Schlüsselwörter zu seinem e-mail-account, seinem online-Konto, seinen User-Profilen. Alles unbrauchbar gewesen, einen Monat lang. Und jetzt so weit weg.

Er versucht, sich zu erinnern. Entscheidungen zu treffen für Dinge, die ihn zu Hause erwarten. Dieses Theaterstück annehmen, das sie ihm angeboten haben. Die Agentur anrufen, neue Castings finden für neue Drehtermine. Lauter solche Sachen. Er sitzt. Sieht jetzt einer jungen Sängerin zu, die über den Bildschirm hüpft. Die sich in Posen wirft, ihre Haare von Windmaschinen aufgewirbelt, die Tänzer in ihrem Rücken so hektisch. Mit den Händen hält er die Leere.

Ute bemerkt er erst, als sie ihn ruft. Sie steht an der Sicherheitsschleuse, trägt den rostroten Rock, den sie auf dem Schiff nach Bagan erworben hat. Ein Uniformierter redet auf sie ein, will ihr den Rucksack von den Schultern nehmen, sie zwingen, sich zu beeilen, aber sie blickt ihn an, strafend fast, sagt: I am an old woman, not a train. Und lacht dann gemeinsam mit den verdutzten Kontrolleuren über ihre direkte Übersetzung des Sprichworts aus dem Deutschen.

»Hey, was machst du denn hier«, sagt Ute. Sie läuft auf ihn zu, lässt sich neben ihm auf den Sitz fallen. Streckt ihre Beine von sich, klopft ihm, noch immer lachend, auf die Schulter. Ignoriert den flimmernden Fernseher, die Bildschnitte, die ihm viel zu schnell geworden sind. Dass er viel besser aussehe als in Bagan, sagt sie ihm. Und wie sehr sie sich jetzt auf zu Hause freue, auf ihre Wohnung, ihr Bett, ihre Badewanne. Dass sie ihren Flug verpasst habe, vorgestern, der Bus nach Yangon sei in einem Schlammbett stecken geblieben. Ihre Freundin war dann in einem Pick-up untergekommen und schon abgeflogen. Sie selbst habe den Tag gestern mit der Verlängerung des Visums verbracht, mit der Nachzahlung, der Strafgebühr für das Überschreiten der Zeit. Zwei Tage nur, aber die kennen da, lacht sie, nix.

Und dann noch etwas, sagt Ute und wird ruhiger, ich habe deine Sine getroffen. Wusstest du, dass sie sich Signe schreibt. Noch in Bagan sei sie ihr begegnet, nur einen Tag, nachdem er und Ute sich verabschiedet hätten. Ich habe mit ihr, sagt Ute, nicht über dich gesprochen. Sie hat nichts erzählt und ich wollte sie nicht drängen.

Er starrt Ute an. Sie lächelt ihm zu, beginnt, in ihrem Rucksack zu kramen. Ich habe, fährt sie fort, gehofft, dich noch mal wiederzusehen. Mir ging das alles gar nicht aus dem Kopf. Ich bin sogar in dein Guesthouse gegangen, aber da warst du schon weg. Auf jeden Fall, sagt Ute und zieht einen Zettel aus einem mit bunten Glassteinen bestickten Portemonnaie, habe ich mir Sines e-mail-Adresse geben lassen. Die willst du doch sicher haben: sign.here77@yahoo.com.

Sie legt ihm den Zettel in die hohle Hand. Er will sich ihr zuwenden. Will sie umarmen, sie an sich drücken. Bleibt stattdessen still sitzen, die Augen wieder auf dem Monitor, blicklos. Spürt den Zettel auf seinem Handteller, den leichten Einschnitt der Papierkante auf seiner Haut. Er atmet ein. Schließt dann die Finger zu einer Faust, zieht sie dicht an sich heran, an seinen Brustkorb.

Und sieht auf das verschwimmende Bild.

Die Arbeit an diesem Manuskript begann im Frühjahr 2004. Burma habe ich 2003 bereist. Die brutale Niederschlagung der friedlichen Demonstrationen im September 2007 fiel zeitlich mit der Fertigstellung des Buches zusammen. Für den aktuellen Zustand des Landes gibt es kaum Worte.

Ich danke allen, die vor Ort bereit waren, offen mit mir über die Situation in Burma zu sprechen. Die wenigen verwendeten burmesischen Namen sind – bis auf Friedensnobelpreisträgerin Aung San Suu Kyi und General Than Shwe – frei gewählt und lassen keinerlei Rückschlüsse auf real existierende Personen zu.

Für Beistand und fachkundigen Rat danke ich: phase7 performing.arts, U. B., Uwe Kästner, M-B, Michaela Wiebusch, Herrn Hans, Stine Lethan, Martin Mittelmeier, Diana Stübs – und vor allem: Monika Neudecker.

Christiane Neudecker
November 2007